아무도
편지하지
않다

제14회
문학동네작가상
수상작

# 아무도 편지하지 않다

장은진
장편소설

### 차례

Mint에게

**0.** 나는 허름한 배낭에 MP3와 소설책 한 권을 넣고 집을 떠났다. 와조와 함께.

*

**1.** 모텔은 은밀하다.

그리고 때로, 아니 자주, 아니 거의 외설적이다. 모텔 주인의 표현을 빌리자면 사람들은 대부분 모텔을 쉬었다 가는 곳―섹스 하는 장소로 이용하고, 또 그런 곳이라고 생각한다. 여자와 모텔에 가본 적도 없으면서 나 또한 예전에는 그렇게 생각했던 것 같다. 그러나 지금의 나는 그들처럼 모텔에서 종종 쉬었다 가는 사람이 되었다. 중요한 건 그냥 쉬었다만 간다는 것이다.

여기서 '쉬었다'는 하루 정도 머물며 휴식을 취한다는 의미다. 나의 잠은 극도로 순수하다. 슬리핑.

하지만 와조와 모텔 '아이리스'로 들어섰을 때 나의 잠은 순수하게 받아들여지지 않았다. 그러니까 우리는 방을 빌리기 위해서 돈보다 먼저 몇 마디의 말을 지불해야 하는 처지인 것이다. 그 말은 차분한 설명일 수도, 듣는 사람에 따라서는 변명이 될 수도 있다. '아이리스'라는 모텔 이름에 걸맞지 않게 부스스한 몰골로 카운터에 앉아 꾸벅꾸벅 졸고 있던 주인 여자는 우리를 보자마자 이런 기계적인 멘트를 날렸다.

"쉬었다 가실 거예요, 주무시고 가실 거예요?"

양자택일을 해야 하는 순간이었다. 이럴 때는 전국의 숙박업소에 똑같은 언어가 입력된 자동인형이 서 있는 것만 같다. 하긴, 국어사전을 아무리 뒤져봐도 모텔에 들어오는 손님에게 건넬 수 있는 말이란 게 다양할 것 같지는 않다. 그 두 가지면 충분하다. 어쩌면 손님들은 민망하거나 귀찮아서 그 말조차 건네지 않기를 바랄지도 모른다.

주인은 잠에서 완전히 깬 상태가 아니었는지, 뒤늦게 살짝 인상을 구기며 나와 와조를 번갈아 쳐다봤다. '커플 손님'에게 보내는 그런 외설스런 눈빛으로. 모텔 주인에게 커플은 모두 외설적으로 보이는 모양이었다. 그러나 우리에게 '쉬었다'는 그냥 쉬었다이고, '주무시고'는 그냥 주무시고이므로 택일은 무의미했다. 하지만 모텔 경험이 많은 우리로서는 이럴 때 어떤 대답을 하는 게 더 유리한지 잘 알고 있었다. 반드시 택일이 필요하다는 것도. 그래서 나는 당당히 말했다.

"자고 갈 거예요."

이상한 건 그 대답이 주인 여자에게 더욱더 외설적으로 들렸다는 사실이었다. 여자가 한층 수상한 시선으로 우리를 번갈아 쳐다봤다. 좀 의아해하는 것도 같았다. 그래서 나는 끝에 가서 곧 이렇게 말해야 했다. 그건 숙박비를 계산하기 전에 우리가 치러야 하는, 일종의 말에 대한 마지막 지불인 셈이었다.

"이놈은 수컷입니다."

때마침 영리한 와조는 여주인을 향해 크게 두 번 컹컹, 짖었다. 그러고는 두 다리를 허공으로 쳐들어 달랑거리는 자신의 큼지막한 성기를 보여줌으로써 여주인을 보기 좋게 놀래주었다. 그제야 여주인은 우리에게 방 키를 건네주었다. 방 하나를 얻기 위한 우리의 노동은 늘 남보다 갑절이다.

**2.** 그나마 '아이리스'의 여주인은 관대한 편이다. 대부분은 개와 숙박을 한다고 하면 마뜩잖은 표정부터 짓는다. 방에 개냄새 배면 곤란한데, 이불에 개털 묻으면 청소하기가 여간 어려운 게 아니라서, 똥오줌은 잘 가리죠? 이런 경우는 처음이라 사장님한테 여쭤봐야 할 것 같은데요 등등. 나는 몇 번의 경험으로 그들

의 주둥이를 닥치게 하는 방법을 알고 있다. 숙박비에 만원 한 장 더 얹어주는 것. 원래 모텔과 여관은 이인 일실이 기준인데도 우리는 간혹 만원을 더 지불해야 한다. 그들에게 와조는 개이고, 개는 사람이 아닌 추가되는 어떤 물건 같은 것이기 때문이다. 그리고 그들은 그 만원을 결코 사양하는 법이 없다. 어떤 주인은 먼저 노골적으로 요구하기도 한다. 물론 쫓겨나는 것보다야 낫다.

그럴 때마다 내 눈에는 그들이 개만도 못한 것처럼 보인다. 와조는 나보다 더 영리하고 그들보다 더 영리하다. 말귀도 다 알아먹어서 사람보다 나을 때가 많다. 아니, 사람 이상이다. 가끔은, 사람이다. 그러므로 그들의 요구로 인해 지불된 내 만원은 조금도 아깝지 않다. 요즘은 내가 알아서 미리 지불해버리는 경우가 더 많다. 나는 와조를 향한 그들의 시선과 말로써 그들의 인품을 점친다. '아이리스' 여주인의 인품 점수는 팔십 점이다. 이십 점은 우리를 이상한 관계로 봐서 깎았다.


3. 짐작하다시피 나는 모텔을 전전하는 여행자다. 이 여행을 위해 나는 많은 걸 버리거나 미뤄둬야 했다. 집도, 가족도, 친구도, 직업도, 사랑도. 애초에 이 여행은 무언가를 얻기 위한 게 아니었다. 버리기 위해 시작한 여행이었고, 버려야만 시작할 수 있는 여행이었다. 아무리 그래도 내가 이 여행의 끝에서 얻길

바라는 게 약간은 있을 것이다. 있다면 그건 고요한 안정 정도다. 내겐 소박한 욕망이다. 솔직히 긴 여행에서 한 가지 정도는 얻는 게 있어야 한다고도 생각한다. 없다면 억울할 것이고, 책까지 내가며 여행의 의미에 대해 떠들어대고 또 여행을 종용했던 사람들이 민망해할 것이다. 그렇다고 내가 그들이 쓴 조악한 여행 관련 책을 읽고 이 여행을 감행했다는 건 아니다.

나는 사진이 절반을 차지하는 여행책을 좋아하지 않는다. 그것은 종종 여행을 위한 책인지 책을 위한 여행인지 헷갈리게 한다. 그보다 나는 여행을 과시하는 사람들을 좋아하지 않는다. 그것은 종종 자신을 위한 여행인지 타인을 위한 여행인지 헷갈리게 한다. 여행을 과시하는 사람은 진짜 가진 게 없어서다. 그래서 나는 여행지에서 사진을 찍지 않는다. 기념품도 사지 않는다. 그건 여행에 방해만 될 뿐이다. 여행은 자유다.

하지만 여행지에서 글을 쓰는 건 좋아한다. 글은 사진이나 기념품보다 덜 사치스럽고 진지하고 사려깊다. 여행지에서 쓴 글은 거짓이 아니고, 그때의 글은 과시하기 위한 게 아니라 자기를 들여다보고 돌보기 위함이다. 우리의 삶 중 머리와 가슴이 가장 열려 있을 때는 여행을 하며 보내는 시간이라고 나는 감히 말하곤 한다. 인생 중 가장 생각이 많아지는 시간. 어쩌면 평생을 살아도 해보지 못할, 혹은 못했던 생각을 그때 하게 될 수도 있다. 그러므로 평생을 살아도 해보지 못할 생각을 글로 남기지 않는다는 건 생의 손해이자 실수다. 사진은 다시 가서 찍을 수 있다. 기념품도 얼마든지 다시 살 수 있다. 그러나 여행중에 스쳤던 생각은 다시 돌아오지 않는다. 다시 갔을 때의 감정과 느낌은 이미 그때의 그것이 아니기 때문이다.

**4.** 그래서 나는 하루를 마치고 모텔이나 여관에 여장을 풀면 가장 먼저 편지를 쓴다. 씻고 먹고 여독을 푸는 건 나중 일이다. 씻거나 먹게 되면 하룻동안 쌓아뒀던 하루치의 감정이 하수구와 식도로 뭉텅 사라지는 기분이 든다. 하수구와 식도는 내가 모르는 곳이다. 단지 어둡고 냄새나고 시커멓고 길다는 것만 알 뿐이다. 나의 여행을 그런 곳으로 부치기는 싫다.

그러나 편지라면 괜찮다. 적어도 나는 편지가 부쳐지는 경로만큼은 누구보다 훤히 꿰뚫고 있다. 주소지가 정확한 편지라면 더더욱 그 통로는 어둡지 않고 냄새도 나지 않는다. 이렇듯 도착하자마자 편지를 써야 하므로, 내가 다니는 모텔이나 여관은, 언제나 내게 편지의 방이다. 그리고 편지는 내게 생필품이다.

나는 배낭에서 편지지와 지우개 달린 연필을 꺼낸 뒤 바닥에 납작 엎드린다. 마치 문어가 된 것 같다. 와조는 피로에 지친 듯 저만치 침대 옆에 누워 있다. 와조는 편지를 쓸 수 없지만 편지 쓰는 나를 잘 알고 있다. 종이가 부스럭거리는 소리, 종이 위로 연필이 서걱서걱 지나가는 소리, 맘에 안 드는 문장과 틀린 단

어를 골라내 연필 끝에 달린 지우개로 문지르는 소리. 편지에서 소리가 흘러나올 때마다 와조의 넓적한 귀가 예민하게 들썩인다. 나는 그럴 때마다 저 녀석이 혹, 내가 어떤 문장을 쓰는지 알고 있는 게 아닐까, 라고 생각한다. 와조는 내가 쓰고 있는 내용이 맘에 안 들면 가만히 듣고 있다가 한 번 컹, 짖는다. 와조의 의견에 따라 그 내용을 다시 살펴보면 역시 뭔가가 이상하거나 부적절한 표현들이다. 나는 그런 식으로 와조의 의견을 편지에 조금 반영한다. 이 여행은 나와 와조의 여행이고, 이 여행을 굳이 어떤 명사로 명명한다면 '편지여행'이므로, 녀석도 편지에 동참할 권리가 충분히 있다고 생각한다.

나는 우리에게 있었던 오늘의 여행을 누구에게 편지로 부치면 좋을지 고민하며 주인공을 고른다. 왼쪽 가슴팍에 번호표를 달고 있는 사람들이 머릿속에서 빙글빙글 돌고돈다. 오늘 우리에게 있었던 여행의 성격과 가장 잘 맞을 것 같은 사람, 그러면서 우리의 이야기를 가장 잘 이해해줄 것 같은 사람, 그래서 받은 편지를 버리지 않고 잘 보관해줄 것 같은 사람. 239.


**5.** 239는 낯선 도시로 가는 버스를 기다리던 중 정류장에서 만난 여고생이었다. 239는 내가 여고생에게 부여한 일종의 번호표다. 말하고 나니 내가 마치 은행창구에 놓여 대기번호표를 토해내는 기계가 된 느낌이지만, 나는 여행중 만난 사람들을 번호

로 기억한다. 번호는 순서를 정하는 가장 간단한 방법일 뿐만 아니라 기억하기도 쉬워 좋다. 무엇보다 번호는 무한대로 확장 가능한 기호이므로 고갈의 염려가 전혀 없어서 매력적이다.

번호는 내가 사람을 인식하는 하나의 방식이다. 단순해 보이지만 번호 속에는 무수히 많은 정보가 내장되어 있다. 마치 그것은 상품에 찍혀 있는 바코드 같다. 나는 번호 239에 슬며시 바코드 판독기를 대본다. 삐─ 소리와 함께 239에 대한 정보가 내 머릿속 가상 모니터로 좌르르 흘러내린다. 나는 모니터에 나열된 239의 정보에 집중한다.

가장 친한 친구는 둘. 남자친구는 사귄 적 없음. 검은 고양이를 기르고 있음. 성적은 중위권. 수학 선생님을 아버지 다음으로 증오함. 장래 희망 학과는 연극영화과. 안타깝게도 배우가 될 만한 얼굴은 아님. 그러나 대역배우라도 되고 싶어함. 포르노배우도 상관없음. 아버지가 자꾸 때림. 어머니는 턱 깎아준 성형외과 의사와 이 년째 불륜관계. 239만 그 사실을 알고 있음. 어머니한테 쌍꺼풀 수술을 해달라고 조르는 중. 거절당하면 아버지한테 불륜 사실을 폭로할 예정임. 비틀스와 로버트 드니로가 우상임. 끝이 안 보이는 책이란 이유로 시집은 읽지 않음. 끝이 있어야 절망도 끝난다고 생각함. 자살을 고려해본 적 있음.

**6.** 그 나이에 누구나 그렇듯 239는 청춘과 절망 사이에서 괴로워하고 있었다. 청춘이란 그 자체만으로도 너무나 아름답기에 239의 입에서 절망이란 단어가 튀어나왔을 때 마치 절망의 끝을 맛본 기분이었다. 문득 내가 지나쳐온 239의 그 나이를 떠올려봤다. 그때 나의 절망은 오로지 한 가지뿐이었다. 말을 더듬는 것. 그러나 그 한 가지 절망이 무수히 많은 절망을 요란한 수레처럼 끌고 온다는 걸 그 나이에 알게 되었다.

말을 더듬어서 나는 가장 친한 친구가 둘 이상이었던 적이 없었음. 수업시간에 국어책 읽기를 자주 시켰던 국어 선생님을 죽이고 싶도록 미워함. 그래서 오기로 나의 장래 희망은 아나운서라고 자주 선언함. 그런 나를 가족과 아이들은 안타까운 눈으로 쳐다봄. 급기야 신음소리 전문 성우라도 될 수 있으면 좋겠다고 생각함. 말더듬이 동생을 창피해하는 형한테 수차례 얻어맞음. 수학 선생이란 직업에 충실한 나머지 임신중 미분 적분만 죽어라 풀어서 애가 저렇게 태어났다고 아버지는 어머니를 탓함. 그 말에 어머니는 물리학과를 나온 당신을 닮아서라고 말해 자주 싸움. 자연히 말수가 줄어든 나는 골방에 숨어 올리비아 핫세 브로마이드를 벽에 붙여놓고 소설책만 소리내어 읽어댐. 소설책은 두꺼워야 했음. 두꺼워야 끊기는 일 없이 계속 말하는 연습을 할 수 있었으므로. 그러다 확, 혀 깨물고 죽어버릴까도 생각했음.

**7.** 절망하는, 절망했던 청춘은 어딘지 서로 닮은 구석이 있는 것 같다. 어쩌면 우리가 생각하는 것만큼 인간 앞에 놓인 절망의 종류는 그리 다양하지 않을지도 모른다. "쉬었다 가실 거예요, 주무시고 가실 거예요?"처럼. 물론 양자택일을 요구하는 모텔 카운터 앞에서처럼 절망의 종류를 스스로 선택할 수는 없을 것이다. 그래도 다행인 건 그 절망을 이겨낼 수 있는 방법이 오로지 한 가지뿐이란 사실이다. 그래서 선택이라는 골치 아픈 과정을 겪지 않아도 된다는 것이다. 그 방법이란, 눈 딱 감고 죽지 않고 열심히 살아가는 것.

나는 연필을 꾹꾹 눌러 239에게 편지를 쓴다. 오늘 만난 750에 대한 이야기로 편지는 시작된다. 연필가루가 종이 위에 거뭇거뭇 흩어진다. 연필 심지는 조금씩 닳아간다. 심지가 닳아갈수록 문장은 생겨난다.

750은 폐교된 초등학교 운동장에서 만난 사람이었다. 운동장에는 아무도 없었다. 750은 가장 높은 철봉 위에 앉아 다리를 흔들며 어딘가를 뚫어지게 쳐다보고 있었다. 손에는 손바닥만한 책을 들고 있었다. 나는 그 옆, 낮은 철봉에 매달려 뭘 보고 있나고 물었다. 750이 말했다.

“오학년 삼반 교실이요.”

“공부했던 교실인가요?”

“공부도 했고, 친구도 밀었어요.”

“네? 어쩌다가…… 혹시, 죽었어요?”

“죽은 거나 마찬가지예요.”

“마찬가지라뇨?”

“식물인간이에요. 이십 년째.”

“친구가 무슨 잘못을 했는데요?”

“신발을 감췄어요.”

“집에 못 갔나요?”

“교실에서 밤을 샜어요. 겨울이라 발이 무척 시려웠어요.”

“친구가 밉기도 했겠네요.”

“지금은 제가 더 밉겠죠. 그래서 용서를 비는 마음으로 그 친구 머리맡에서 시를 읽어줬어요.”

“이십 년 동안이요?”

“네. 그 친구 꿈이 시인이었거든요.”

“굉장히 많은 시를 읽었겠네요.”

“세상 모든 시를 알아버린 기분이에요. 하지만 내일이 마지막이 될 것 같아요.”

“어디 가세요?”

“네, 친구가…… 산소호흡기를 떼기로 오늘 결정했어요.”

"그래도 고통은 끝나겠지요."

"며칠 전에는 친구가 떨어졌던 저 자리에 제 첫 고양이를 묻었어요."

"죽었나요?"

"수의사가 안락사를 권했어요."

"그럼, 당신의 시도 끝나는 건가요?"

"아니요. 여기 앉아서 친구와 고양이를 위해 시를 읽어줄 거예요."

"언제까지요?"

"땅에 묻힐 때까지요."

750은 시집을 펼쳤다. 끝나지 않는 시집처럼 750의 절망 또한 끝나지 않을 것만 같았다. 그래도 다행스러운 건 시와 시인은 계속 탄생할 것이고, 750이 읽어줄 시 또한 숫자처럼 고갈될 리는 없을 거란 것이다. 그때 내 눈에 시집은 삶을 응축하고 있는 어떤 하나의 구조물처럼 보였다.


**8.** 내가 편지를 쓰는 이유는 그들의 이야기를 누군가에게 전하고 싶어서이기도 하지만, 나에게도 하루가 존재했다는 걸 누군가에게 알리고 싶어서이다. 말하자면 내게 편지는 일기 같은 것이다. 다만 그 하루가 내게 머물지 않고 다른 사람에게 부쳐진다는 것뿐이다. 일기는 독점되는 것이지만 편지는 공유되는

것이다. 일기는 홀로 보관하는 것이지만 편지는 둘 이상이 보관하는 것이다. 편지에 유난히 집착하게 된 건 '둘'이란 개념에 민감해지면서부터였다. 여행을 하다보면 더욱 그렇게 된다. 그래서 여행을 시작하게 된 건지도 모르겠다.

나는 편지 말미에 이틀 안에 답장이 도착할 수 있게 해달라는 부탁 메시지와 함께 '모텔 아이리스 203호에서'라고 적고 편지를 봉한다. 나의 하루가 편지봉투 속으로 스륵, 사라진다. 세상의 모든 편지가 중요해 보이는 듯 네모난 틀 속에 갇힌 그것도 비로소 중요해진 느낌이다.

겉봉에 239의 주소와 우리집 주소를 적는다. 수신자 이름은 239로 한다. 239는 편지를 받으면 내가 부여해준 자신의 코드번호를 상기하게 될 것이다. 더불어 "당신은 제가 239번째로 만난 사람이에요. 당신의 번호 239, 잊지 마세요"라고 했던 나의 말도 간밤에 꾼 꿈처럼 불현듯 생각나게 될 것이다. 나는 마지막으로 떨어지지 않게 우표까지 야무지게 붙인다. 아마 나중에는 239에 대한 이야기를 750에게 부치게 될 날도 올 것이다.


이로써 고단했던 나의 하루가 끝난다. 나의 하루는 편지를 경계로 시작되고 끝난다. 편지쓰기를 마쳤으니 지금부터가 또다른 나의 하루가 시작되는 0시다. 어쩌면 나는 남들보다 일찍 어제를 마무리하고 내일을 맞는 사람일지도 모른다. 그러니 나는 남들보다 일찍 나이를 먹고 일찍 주름을 갖게 될지도 모른다. 남들보다 이른 주름을 갖는다고 해서 달라지는 게 있다면 빠른 체념과 현실인식일 것이다. 그러므로 주름을 갖는 건 나쁜 게 아니다.

편지를 봉하고 나니 여독이 저절로 풀리면서 잠이 솔솔 오려고 한다. 편지를 마치기 전까지는 아무리 피곤해도 잠이 오지 않는다. 그러나 잠들기 전에는 일단 먹어야 한다. 나야 한 끼 정도는 굶어도 상관없지만 와조를 굶겨서는 안 된다. 와조를 굶기지 않는 건 살아생전 조부의 가장 커다란 신념이었다. 조부의 마지막 유언이기도 했다.

**9.** 요 앞 편의점에 들러 간단한 먹을거리라도 사와야 할 것 같다. 와조의 사료도 거의 바닥난 상태다. 녀석의 위장을 채워주기에는 턱없이 부족한 양이다.

자리에서 일어나 신발을 신으려는데 와조가 자리에서 벌떡 일어나 코를 킁킁거리고 귀를 쫑긋거린다. 몰래 갔다오려는 내 배려가 녀석한테 통할 리 없다. 그새 녀석의 귀와 코는 서너 배로 발달되어버렸다. 녀석은 배려가 뭔지 모른다. 단지 자신이 사람을 배려해야 한다는 것만 알 뿐이다. 사람을 배려하도록 훈련받은 개라 어쩔 수 없다. 데려갈 수밖에.

녀석이 자신의 본질을 망각하려면 얼마나 더 많은 시간이 흘러야 할까. 인간과 달리 개는 망각을 모르는 종인 것 같다. 망각하지 말라고 개에게 훈련을 시킨 거라면, 반대로 이제 그 훈련이 쓸모없게 되었을 때 그것을 망각하게 하는 훈련 또한 있어야 하는 게 아닐까. 개의 인생도 인생이고, 인생에는 반드시 변화가 찾아오기 마련이므로, 그 변화에 맞게 재조정되어야 하는 게 아닐까.

나는 와조의 목에 개줄을 채우고 모텔을 나간다.


**10.** 편의점 간판 불빛이 밝게 빛난다. 가끔 그것은 도시에서 가장 환한 불빛을 내뿜고 있다고 생각된다. 그 불빛을 지나 편의점에 들어갈 때마다 나는 56이 생각난다. 56은 편의점 테이블에 앉아 컵라면을 먹다가 만난 사람이었다. 56이 말을 건 것은 내가 나무젓가락을 막 쪼개고 있을 때였다.

"편의점이 가장 편의점다울 때는 언제라고 생각하세요?"

56의 질문에 신경쓰다보니 나무젓가락은 선을 비껴서 쪼개지고 말았다. 나무젓가락이 균형 있게 갈라지지 않으면 젓가락질 또한 균형 잡히지 않아서 쪼갤 때마다 예민해지곤 하는 나였다. 그래서 살짝 인상을 구기며 말했다.

"편의점이니까 편의를 느낄 때겠죠."

56은 설마 자기 질문에 대답해줄지 몰랐다는 얼굴로 더 바짝 다가앉았다. 나는 56의 그런 반응이 더 이상했다. 나는 여행자고, 여행이란 원래가 낯선 사람의 접근을 쉽게 용인하기 위한 행동이고, 낯선 사람에게 쉽게 접근해야만 의미가 있다면 있는 양식이기 때문이다. 사실 여행이란 게 풍경이나 건축물을 감상하기 위한 건 아니지 않은가. 풍경과 건축물도 중요하지만 그것들은 사람 다음이어야 한다고 늘 생각하고 있었다. 56은 자기 질문에 대답해준 사람은 처음이라며 자기가 생각하는 '편의점다울 때'에 대해 얘기하기 시작했다.

"틀렸어요. 컵라면을 먹을 때예요. 편의점은 컵라면이 없으면 시체예요. 멋지지 않아요? 라면 값만 지불하면 뜨거운 물도 공짜로 주고, 자리도 주고, 다 먹고 나면 쓰레기까지 처리할 수 있게 해주잖아요. 컵라면을 집에서 먹는 사람은 이해할 수 없어요. 그건 컵라면의 존재 이유에도 반하는 행동이에요."

"편의점의 상징은 컵라면이란 말인가요?"

"멋진 표현인데요. 가끔은 편의점이 컵라면만 파는 데였으면 좋겠다는 생각을 해요."

"컵라면을 자주 먹나요?"

"거의 매일. 무엇보다 싸고 간편하고 뜨겁고, 또 맛있잖아."

"종류도 다양하죠."

"맞아요. 선택의 기회를 준다는 건 무시하지 않는다는 거예요."

"집에서 먹어본 적은 없어요?"

56은 대답하지 않았다. 우리는 컵라면을 다 비울 때까지 컵라면을 주제로 얘기를 나눴다. 그때 나는 컵라면 하나로 나눌 수 있는 이야기가 굉장히 많다는 걸 알았다. 국물까지 깨끗이 비우고 난 뒤 나는 뜬금없이 물었다.

"나중에 편지해도 될까요?"

"편지요? 좋아요. 왠지 컵라면처럼 뜨거운 느낌인데요."

"주소는 어떻게 돼요?"

"제 이메일 주소는……"

"아니, 집 주소요."

56은 다시 입을 다물어버렸다. 나는 그때서야 알았다. 56이 주소가 없는 사람이란 걸. 주소가 없는 한 56에게 편의점은 언제나 편의점다울 수밖에 없을 것 같았다. 이 여행에서 내가 세운 원칙 중 하나는 주소를 알려주는 사람에 한해서 번호를 부여하자는 것이었다. 그런데도 나는 그에게 56이란 번호를 부여해주었다. 56한테만은 그냥 원칙 같은 거 상관하지 않고 괜히 그러고 싶어졌다. 그러니까 56은 유일하게 주소 없이도 번호를 가진 사람이었다. 그리고 내 편지를 받을 수 없는 유일한 사람이기도 했다. 아마 지금도 56은 차가운 도시 어딘가의 편의점을 전전하며 뜨거운 컵라면을 먹고 있을 것이다.

나는 삼각김밥을 집어들려다 편의점에 왔으니 편의점의 상징을 먹는 게 좋을 것 같아 컵라면이 진열된 곳으로 간다. 56의 말대로 종류가 다양해 왠지 나를 무시하지 않는 것 같다. 그러나 새우맛도 당기고, 김치맛도 당기고, 걸음을 옆으로 옮기자 나중에는 자장맛까지 당기는 걸 보니 종류의 다양성이란 결국 무시하지 않음을 가장한 욕망의 부추김이 아닐까라는 생각이 든다. 주소 없는 사람에게도 욕망은 필요한 거니까. 그러나 어딜 가도 인간은 선택과 결정이라는 굴레에서 벗어날 수는 없나보다. 어느 한쪽을 고르지 않으면 삶은 결코 굴러가지 않으니 말이다.

나는 고심을 거듭해 결국 새우맛을 고르고 와조가 먹을 어묵과 햄 몇 가지도 산다. 56을 만난 뒤로 나는 컵라면을 절대 모텔이나 여관방에서 먹지 않는다. 컵라면은 편의점에서 먹을 때 가장 맛있다고 느껴지기 때문이다. 컵라면 국물이 지나간 자리가 뜨겁게 달아오른다. 국물이 너무 뜨거워서일까. 편의점을 편의점답게 느끼려면 편의점에 앉아 컵라면을 먹어보라고 누군가에게 편지하고 싶어지는 순간이다.


**11.** 식사를 마치고 캔맥주 한 개와 나초칩 한 봉지를 사들고 모텔로 돌아온다. 카운터의 여주인은 아직도 이상한 시선으로 우리를 쳐다본다. 인품 점수가 십 점 마이너스 된다.

나는 맥주와 나초칩을 침대 위에 올려놓고 욕실로 들어가 샤워를 한다. 머리를 감은 뒤에는 팬티를 빨아 널어둔다. 어제 구멍난 팬티 한 장을 버린 터라 팬티가 마를 때까지는 맨몸으로 지내야 한다. 여행자에게 가장 큰 짐은 옷이다. 팬티는 두 장, 겉옷은 한 벌이면 충분하다. 옷이 해지거나 찢어져서 못 입게 되면 그때야 새 옷을 하나 장만한다. 외양에 신경쓰는 사람은 절대 여행을 할 수 없다. 물론 여행을 하다보면 자연히 외양에 신경쓸 수 없게 되어버리는 경우도 있다.

옷이나 외모 때문에 여행을 못 하는 대표적인 케이스가 바로 내 여동생이다. 여동생은 여행 준비 공포증이 있어서 한 번도 여행을 가보지 못했다. 물론 가보려고 시도는 몇 번 해봤다. 문제는 이것도 챙기고 저것도 챙기다보니 짐이 너무 방대해져서, 결국에는 그 짐 때문에 발이 묶여 꼼짝달싹 못 하게 된다는 것이었다.

나는 가끔 말한다. 타인의 욕망이 궁금해지거든 여행가방을 싸보게 하라고. 아니면 타인의 여행가방을 훔쳐보라고. 가방 속에 이것저것 집어넣는 사람은, 자기가 집어넣은 물건의 양만큼 여행을 떠나서도 피곤과 스트레스에 시달리게 된다. 가방의 무게 때문에라도 그렇게 된다. 짐을 버리기 위한 여행은 졸지에 짐이 되는 여행이 되고 만다. 여동생처럼 타인의 시선을 의식하며 사는 사람은 결코 여행을 떠날 수 없다.

여동생은 대신 다른 여행을 계획했다. 뾰족구두 신고 핸드백 하나 달랑 들고 백화점으로 가는 여행. 그러고는 옆사람한테 쇼핑도 여행의 하나라고 우긴다. 쇼핑 다녀왔다는 걸 여행 다녀왔다, 라고 표현 안 하는 게 그나마 다행이다.

"그게 돈 쓰러 다, 다니는 거지 무, 무슨 여행이야?"

"발바닥도 아프고 얻는 것도 있으니까 똑같아. 굽 높은 신 신고 돌아다니는 게 얼마나 대단한 일인지 알아? 오빠가 말하는 여행보다 훨씬 더 고행이야."

여동생의 말투는 신경증 환자처럼 늘 예민하고 날카롭고 불안하게 들떠 있었다.

"그런 고, 고행을 왜 사, 사서 하는데?"

"사람들이 날 못생긴 원숭이 쳐다보듯 할 때보다는 그나마 덜 괴로우니까."

"……"

백화점 여행을 마치고 돌아오는 여동생의 양팔에는 쇼핑백이 사과처럼 주렁주렁 매달려 있었다. 여동생의 여행은 돌아올 때 더 힘들어 보였다. 여동생은 자기 팔에 열린 사과를 따먹으면서도 지혜를 얻지 못했다. 그 사과는 유혹만 할 뿐 정작 깨물어보면 아무 맛도 나지 않기 때문이다. 그럼에도 불구하고 세상에 존재하지 않는 달콤한 사과를 찾기 위한 여동생의 여행은 멈추지 않았다. 여동생은 번 돈의 거의 전부를 치장하는 데 쏟아부었다. 욕망의 법칙을 멈추게 할 수 있는 건 사실 죽음뿐이다. 여동생은 죽을 때까지 그 버릇을 바로잡지 못할 것이다.

**12.** 아무것도 걸치지 않고 침대에 앉아 맥주를 마신다. 옆방에서는 간혹 여자의 간드러지는 웃음소리와 신음소리가 들려온다. 저들이 진짜 '쉬었다'를 선택한 자들이란 사실을 깜빡 잊고 있던 나는, 잠시 깜짝 놀란다. 저들로 인해 모텔이란 곳은 다시 은밀하고 아주 거의 외설적인 곳이 된다. 나는 벌거벗은 내 몸뚱이를 내려다본다. 옆방 연인과 나의 상태가 별반 다르지 않을 거란 생각이 들자 나도 모르게 웃음이 나온다. 누드는 모텔에 가장 어울리는 복장이다.

옆방에서 저렇게 흥분된 소리가 들려올 때마다 궁금해지는 게 딱 하나 있다. 저들은 불을 끄고 할까, 켜고 할까? 확인할 수 있는 방법이야 당장 밖으로 나가 창문을 올려다보면 되지만 이 상태로는 나갈 수도 없다. 만약 그 질문이 나에게 돌아온다면, 나는 켜고 할 거라고 말하고 싶다. 불을 끄면 모든 공간이 떠나온 나의 집처럼 상상돼 나는 아무것도 할 수 없다. 가슴을 만질 수 있기는커녕 발기조차 되지 않아 여자는 싸늘한 등을 보인 채 돌아눕고 말 것이다.

집을 떠나올 때 나는 공포증에 시달렸다. 처음에는 파트리크 쥐스킨트의 『좀머 씨 이야기』에 나오는 이상한 좀머 씨처럼 밀폐공포증에 걸렸다고 생각했다. 그게 밀폐공포증이 아니라 단지 특정 공간에 대한 공포증이란 걸 친구 집에 놀러 갔다 우연히 알게 되었다. 계속되던 발작증세가 신기하게도 친구 집에서는 일어날 기미조차 보이지 않는 것이었다. 좁은데다 쓰레기장처럼 지저분하고 또 냄새도 나는 집이라 오히려 멀쩡한 사람도 발작을 일으킬 것 같은 공간이었는데 말이다. 이상해서 다음날에는 다른 친구 집에 머물렀고, 그 다음날에는 또다른 친구 집에서 며칠 신세를 졌다. 여전히 발작증세는 잠잠했고, 이제 좀 살 것 같다는 생각이 들어 다시 집으로 돌아왔다. 그런데 현관에 발을 들여놓자마자 공포의 발작은 기다렸다는 듯 다시금 시작되었다. 식은땀이 나고, 불안 초조하고, 소화도 되지 않고, 잠도 오지 않았다. 이러다 금방이라도 죽을 것만 같아 다시 친구 집으로 도망갔다. 어떤 작가는 집이 병을 치료해주고 행복을 준다고 했지만 내 경우는 그 반대였다.

그리하여 직장까지 그만두고 이 여행을 감행하기에 이르렀다. 우리집과 똑같이 생기지만 않으면 어디라도 편히 잠들 수 있었다. 우리집과 똑같이 생긴 집은 지구상 어디에도 없을 테니 어디든 좋았다. 우리집이 복제품 같은 아파트나 빌라가 아닌 게 얼마나 다행인지 몰랐다. 그러니까 내게 안전한 곳은 사십오 평짜리 우리집이 아니라 그 사십오 평을 제외한 지구의 모든 땅덩어리가 되는 것이었다. 다른 식으로 얘기하자면, 나는 번듯한 가구가 배치되어 있는 우리의, 혹은 나만의 공간 소유에 대한 욕망을 잃은 것이었다.

**13.** 대신, 그 즈음 내게는 말에 대한 욕망이 생겨나고 있었다. 그 욕망을 먼저 눈치챈 것은 지저분하고 냄새나는 집에 사는 친구였다. 그 집에서 머물던 밤, 친구는 내게 이렇게 말했다.

"너, 뭔가 좀 단정해졌어."

"뭐가?"

"바로 그거."

"그, 그거라니?"

"그거. 예전 같으면 '그, 그, 그거라니?'라고 했을 텐데, 지금은 '그, 그거라니?'라고 하잖아."

문득, 닫혀 있던 말문이 트이고 있다는 걸 깨달았다. 나는 친구한테 계속 말을 시켜보라고 주문했고, 친구는 정말로 밤새 말을 시켰다. 나중에는 "너, 유선이랑 자봤어?" "너 지금까지 총 몇 번이나 여자랑 자봤어?" 같은 이상한 말도 시켰다. 내가 들어도 내 말은 좀 단정해지고 확실히 덜 답답해져 있었다. 말이 단정해지니 그 나이에 여자랑 딱 세 번 자봤다는 게 전혀 바보처럼 들리지 않았다.

급기야는 욕심이 생겨 말을 더듬지 않고 제대로 하고 싶다는 생각이 들었다. 이번 기회에 확실히 고쳐보고도 싶었다. 앞으로는 말을 잘하고 또 자주 해야 살아남을 수 있을 거란 생각이 들자 더이상 방치해서는 안 될 것도 같았다. 말은 곧 소통이니, 누구보다 나는 소통해야만 살아갈 수 있는 처지에 놓여 있는 사람이었다.

　예전에는 먼저 말을 걸 줄도 몰랐고 질문에 제대로 답변조차 못 했는데, 다음날 밤 나는 반대로 친구에게 계속 말을 시켰다. "너 수, 수경이랑 자봤어?" "너 지금까지 총 며, 몇 번이나 여자랑 자, 자봤어?" 친구는 수경이랑은 사귄 지 첫날부터 잤다고 했고, 그런 걸 일일이 세어보는 멍청이가 어딨냐면서 여자랑 자본 건 대충 백 번은 된다고 대답했다. 말이 단정하니 확실히 친구가 남자답고 대단한 사람처럼 보였다. 근사하고 떳떳해 보이기까지 했다. 나는 친구처럼 대단해 보이고 싶어 말이 막 하고 싶어졌고, 해낼 수 있으리란 자신감도 생겼으며, "그, 그거라니?"를 "그거라니?"로 바꿔놓을 수 있게 피나는 노력도 할 수 있을 것 같았다.

　친구한테 말을 시키느라 진이 다 빠져버린 나는, 그날 밤 자기 전에 곰곰이 생각했다. 어차피 발작 때문에 집에 들어가지도 못하게 됐는데 돌아다니며 사람들에게 말을 걸어보는 건 어떨까. 그렇게 시작된 나의 여행은 이제 삼 년이 되어간다. 그리고 이제 나는 더이상 말을 더듬지 않는다. 게다가 제법 낯선 사람에게 먼저 다가가 말을 걸 줄도 알게 되었다. 이렇게 말이다. "저, 아가씨 스타킹에 구멍났어요." 문제는 가끔가다, 할 말 안 할 말 구분을 잘 못한다는 거다.

**14.** 그러니까 이 여행은 내가 죽지 않고 살아가는 한 방법이고, 말을 통해 점점 강해지기 위한 강구책 중의 하나이며, 세상과 부딪쳐보기 위한 하나의 실험이다. 내가 하는 말과 생각들을 누군가가 들어주지 않고 이해해주지 않는다면 아무런 의미가 없었다. 그래서 난 누구든 만나야 했고, 누군가와 반드시 이야기해야 했다. 그러기 위해서는 걸어야 했고, 어디로든 이동해야 했다. 그렇게 길바닥에서 지치다보면 강박증도 지쳐 나가떨어지지 않을까 싶었다.

나는 여행을 한 삼 년 동안 분명히 조금은 성장했다고 본다. 혼자라는 건 그런 것이다. 스스로를 지켜나가야 하는 것. 삼 년 전에 멈춰 있던 성장이 지금에서야 끝난 것 같다. 이제 나는 변화를 뒤에서 좇지 않는다. 그렇다고 앞서거나 나란히 걷겠다는 뜻은 아니다. 변화를 읽어낼 수 있다면 그걸로도 충분하다.


**15.** 맥주를 다 비운 나는 불을 켜둔 채로 눈을 감는다. 와조의 코고는 소리가 간간이 들리고, 옆방 연인이 문을 열고 나가는 소리가 들린다. 비틀스의 노래가 듣고 싶어지는 밤이다. 나는 배낭에서 이천삼백여 곡이 저장된 MP3를 꺼내 이어폰을 귀에 꽂는다.


**16.** 팬티는 바짝 말라 있다. 여름이 좋은 건 빨래가 금방 마른

다는 것이다. 마르지 않더라도 젖은 상태로 입어도 상관없는 계절이다. 겨울은 두꺼운 청바지가 마르기에도 여행을 하기에도 무리가 따르는 계절이다. 나는 방을 나가기 전, 욕실 세면대 아래쪽으로 몸을 구겨넣고 네임펜으로 짧은 문장 하나를 쓴다.

2009년 8월 3일, 나와 와조가 다녀감.

굳이 세면대 아래에 남기는 건, 모텔을 구성하고 있는 사물 중 그곳이 가장 눈여겨보기 힘든 곳이기 때문이다. 잘 볼 수 없어야 발견될 확률도, 지워질 확률도 적다. 확률이 적기에 발견한 사람은 신비한 기분에 휩싸이게 된다. 무엇보다 힘들게 고개를 처박아야만 찾을 수 있는 글에는 어딘지 비밀스러운 데가 있다.
방 키를 들고 카운터로 간다. 방을 나설 때마다 느껴지는, 뭔가가 허전한 기분은 이번에도 문신처럼 영원히 지워지지 않고 나를 찾아온다. 다시 이곳으로 돌아올 수 없을 거란 예감 때문이다. 먼 훗날 이 방에서 쓴 편지의 수신자라도 나 대신 이곳에 우연히 들러준다면 좋겠다. 그때 세면대 문장은 239와 나만 아는, 모텔처럼 은밀한 비밀이 되어줄 것이다. 편지를 주고받는 사이에는 비밀 한 가지 정도는 공유하고 있어야 한다고 생각한다. 일기가 단독범이라면 편지는 공동정범이거나 방조범이다.

키를 건네받은 주인 여자는 와조를 내려다보더니 잘생겼다며 몇 살이냐고 묻는다. 모든 개 주인의 마음이 그러하듯, 나는 사람들이 와조한테 관심을 보이는 게 참 좋다. 자기 개에게 관심을 보여주지 않으면 괜히 심통이 난다. 관심을 보였으므로 마이너스 됐던 주인 여자의 인품 점수는 다시 회복된다. 와조의 나이는 열세 살이다. 사람으로 치면 노인이나 마찬가지다.

"〈마음이〉인가 뭔가 하는 영화에 나왔던 그 종이죠?"

"네. 래브라도 레트리버."

"이름이 뭐예요?"

"와조요."

"그 개도 연기 참 잘하던데."

'도'라니? 벌써 눈치챘나. 나는 사실을 인정하듯 한마디 거든다.

"이놈도 연기를 곧잘 해요."

주인 여자가 와조에게 먹다 남은 빵 한 조각을 던져준다.


와조는 '아이리스'를 나오며 출입문에 한쪽 다리를 척, 올리고 오줌을 싼다. 와조만의 의식이다. 내가 세면대에 남긴 문장 같은.


**17.** 모텔을 나와 가까운 우체통을 찾는다. 요즘은 우체통 찾

기가 좀체 힘들다. 이백 미터를 걷자 경찰서 옆에 비둔한 몸매의 우체통이 멀뚱히 서 있는 게 보인다.

우체통 앞에 서서 편지를 한참 동안 만지작거린다. 꺼내보고 싶어서가 아니다. 나는 한번 봉인한 편지는 절대 열어보지 않는다. 밤새 쓴 편지를 아침에 확인하는 건 자기를 부정하는 행위다. 다시 읽어보면 과거의 잘못처럼 삭제하고 싶은 문장 한두 개쯤은 반드시 발견된다. 너무 감정에 충실해서 혹은 용기가 충만해서 생긴 증상이니 부끄러워할 필요는 없다고 생각한다. 밤에라도 용기를 가질 수 없다면 우리는 평생 비겁하게 살아야 할 것이다. 투입구로 편지를 집어넣는다. 편지가 텅 빈 바닥으로 텅, 안착하는 소리가 들린다. 이젠 익숙한 소리다.

편지를 부치고 난 다음에 내가 하는 일은 공중전화를 찾는 것이다. 공중전화를 찾는 일은 우체통을 찾는 것보다 더 어렵다. 우체통이 있는 자리에서 사백 미터쯤 더 걷자 겨우 공중전화 부스가 보인다. 동전을 넣고 친구에게 전화를 건다. 지저분하고 냄새나는 집에 사는 그 친구다. 신호가 스무 번쯤 울리고 나서야 동전 떨어지는 소리가 들린다. 해가 중천인데 친구의 목소리는 아직도 한밤중이다.

"이젠 내가 네 모닝콜이구나?"

"그래도 잠은 좀체 안 깨."

"삼 년이니 습관이 돼서 안 깰 만도 하지."

"말이 단정하니까 그래. 말을 더듬을 때는 숨 넘어갈 것처럼 답답해서 저절로 잠이 깼었어."

"일부러라도 더듬는 척해줄까?"

"차라리 신음소리를 내줘."

친구가 늘어지도록 하품을 한다. 나는 그 하품이 끝나기를 정중히 기다리다 묻는다.

"왔어?"

나는 긴장한다.

"아니."

친구의 대답은 오늘도 간단명료하다. 긴장은 사라지고 대신 아쉬움이 찾아든다.

"좀 귀찮다고 생각하지 않냐?"

"내가 귀찮아?"

"나야 네가 모닝콜 해주니까 좋다만, 휴대폰이 있으면 내가 바로 전화를 하거나 문자를 보내줄 수 있잖아. 나한테 연락이 오면 그게 바로 신호가 되는 거지."

"그랬다면 지금까지 너랑 나 통화 한번 못하고 지냈을 거야."

"하긴……"

"너한테 온 안부전화를 신호로 착각하면 나중에 실망도 엄청 클 거야."

"하긴……"

지저분하고 냄새나는 친구는 우리집과 이웃사촌이라 해도 될 정도로 가까운 거리에 살고 있다. 나는 이틀에 한 번꼴로 녀석한테 전화해 내 앞으로 온 편지가 있는지, 있으면 다른 사람 손에 들어가지 않게, 다른 사람 손을 타지 않게, 비에 젖지 않게 잘 좀 보관해달라고 부탁하고 있다. 백수라 다행히 시간이 남아도는 녀석이다. 녀석은 내가 불쌍하다고 느꼈는지 반년 동안은 그 부탁을 성실히 들어줬다. 오전과 오후에 꼬박꼬박 우리집에 들러 편지가 왔는지 확인해주었으니까.

그러나 그 반년 동안 내 앞으로 온 편지는 한 통도 없었다. 그러자 저도 좀 들락거리는 일에 지쳤는지 겸사겸사 고급 망원경 하나를 장만했다고 털어놓았다. 자기 원룸에서 망원경으로 내려다보면 직접 가지 않고도 편지 도착 여부를 훤히 알 수 있다는 것이었다. 나중에는 그 망원경 때문에 아주 재밌는 취미까지 생겼다며 자랑도 하고 내게 고마워도 했다. 녀석은 혼자 사는 아파트 여자들을 훔쳐보는 재미에 푹 빠져 있는 것 같았다. 죽이는 여자 하나를 찾았다면서 나중에 돌아오면 함께 관람하자고까지 했다.

나는 녀석이 왜 망원경을 샀는지 이유를 알고 있다. 오지도 않는 편지를 위해 엘리베이터 타고 왔다갔다 에너지 낭비하느니 망원경이 훨씬 실리적이라고 판단했을 것이다. 녀석에게 망원경은 헛걸음과 헛수고를 덜어주는 유용한 물건이다. 망원경 때문

에 나 또한 지금은 녀석에게 미안한 마음이 덜 드는 게 사실이
다. 이젠 내 부탁이 녀석한테 어려운 일도 아닌 게 되었고, 내가
먼저 그 방법을 제안했더라면 더 좋았을걸 하는 생각도 든다.

"포기해라 그만. 그 동안 한 번도 안 온 편지가 어느 날 갑자
기 올 것 같냐?"

말은 그렇게 해도 내 전화에 꼬박꼬박 도착 여부를 확인해주
는 걸 보면 녀석 또한 아직은 포기하지 않은 눈치다. 어쩌면 녀
석이야말로 나보다 더 간절히 편지를 기다리고 있는 사람인지도
모른다. 마치 자기 앞으로 오기로 되어 있는 편지처럼 말이다.
물론 자기 편지로 착각할 만큼 시간이 많이 흐르기도 했다.

"세상일이란 원래 갑자기 시작돼."

나는 다시 전화하겠다고 말하고는 전화를 끊는다.


**18.** 오늘, 아무도 나에게 편지하지 않았다.


**19.** 마치 미아가 된 것처럼 나는 어디로 가야 할지 몰라 우체
통 앞에 한참을 서 있다. 머릿속이 멍해진다. 와조가 짖는 소리
에 겨우 정신이 돌아온다. 나는 사방을 두리번거린다. 어디로 가
야 할까. 어느 쪽으로 가느냐에 따라 나의 운명도 달라진다. 오
늘은 쉽사리 결정을 내리지 못할 것 같다. 이럴 때는 와조한테
맡기는 게 가장 빠르다. 이 녀석의 방향 선택 감각은 너무도 탁

월해서 한 번도 날 실망시킨 적이 없다. 내 부탁에 와조는 고개를 약간 들어 코를 킁킁거리더니 제자리에서 한 바퀴 회전한다. 바람 냄새를 맡는 것이다. 그러고는 곧장 방향을 정해 걸어간다. 나는 와조의 목줄에 이끌려 무작정 걷는다. 이럴 때는 와조가 사람 같고, 내가 개 같다.

와조가 걸음을 멈춘 곳은 지하철역이다. 지하철은 개와 함께 이용하기에는 좀 골치 아픈 곳이다. 간혹 출입을 제한하는 일이 생기고, 사람 탈 자리도 없는데 개새끼까지 타냐며 발로 걷어차는 경우가 종종 있다. 그렇다고 방법이 아주 없는 건 아니다. 내가 자주 애용하는 방법을 이번에도 써먹어야겠다.


**20.** 나는 계단을 내려가 지하철역 화장실로 들어간다. 가방에서 노란색 형광 옷을 꺼내 와조의 몸에 두르고, 나는 안경집에서 시커먼 선글라스를 꺼내 쓴다. 준비는 간단하다. 이제 우리가 할 일은 멋진 커플 연기를 보여주는 것뿐이다.

나는 시선을 앞으로 고정한 채 와조의 목줄을 생명줄처럼 와락 잡고 걸어간다. 사람들의 시선이 일제히 와조의 형광 옷에 적혀 있는 '안내견'이란 문구로 쏠린다. 안내견 옷을 입은 와조와 그냥 평범한 개로서 와조를 바라보는 사람들의 시선은 사뭇 다르다. 안내견 옷을 입고 있으면 와조는 졸지에 대견하고, 신기하고, 의젓한 개가 된다. 인간을 물 리 없고 해 입힐 리 없는,

착하고 얌전하고 깨끗한 개가 된다. 반면 평범한 개 와조는 똥오줌도 못 가리는 싸구려 똥개가 된다. 나 또한 마찬가지다. 선글라스 하나 썼을 뿐인데 나를 바라보는 시선은 졸지에 안쓰럽고, 어쩌다가, 불쌍하다로 바뀐다. 당연하다. 그들에게 장애인은 자신들과 다르기 때문에 다르게 본다. 그 시선은 두 가지로 나타난다. 동정하거나 배제하거나. 그나마 동정이 배제보다는 좀 낫다.

우리를 다르게 보는 사람들의 시선 때문에 우리는 아무런 제재 없이 일차 관문인 개찰구를 가뿐히 통과한다. 연기는 나를 위한 게 아니라 와조를 위한 것이다. 이건 남을 속이기 위한 게 아니라 우리를 보호하기 위한 것이다.

지하철이 들어오는 소리가 들린다. 우리는 안전선 가까이 다가간다. 내가 목줄을 미세하게 살짝 아래로 잡아당기자 와조가 노란 안전선 밖으로 정확하고 안전하게 엉덩이를 내리고 앉는다. 나도 그 옆에 바짝 붙어서서 걸음을 멈춘다. 첫번째 임무를 멋지게 완수한 와조를 향해 사람들이 박수를 친다.

지하철이 멈춘다. 문이 열리고 피곤해 보이는 사람들이 짐짝처럼 내린다. 우리랑 같은 문을 이용하게 된 사람들은 와조보다 먼저 안으로 발을 들여놓지 않는다. 장애인을 만나면 그들은 일단 움츠러든다. 그들이 지금 나에게 보여주는 행동은 무의식적인 예의이거나 동정이다. 배려이거나 양보다. 나는 예의와 동정과 배려와 양보를 받으며 지하철 안으로 먼저 들어선다. MP3를 들으며 머리를 흔들고 있던 젊은 남자도 교육받은 대로 우리를 보자마자 벌떡 일어나 자리를 양보한다. 언뜻 '피한다'로 보이기도 한다. 그들이 자리를 양보하는 건 내가 사회적 약자이기 때문만은 아니다. 양보는 그들에게 수고가 아니다. 양보함으로써 자신의 정상正像을 한번 확인하기 위함이다. 그리고 곧바로 자신의 정상에 안도하기 위함이다. 지금 나는 그들이 안도하도록 자리에 앉아야만 한다. 진짜 맹인처럼. 그게 장애인의 유일한 역할인 것처럼. 그러지 않으면 그들이 불편해하고 불안해한다.

나는 맹인의 눈으로 정상인들을 관찰한다. 검은 선글라스 너머로 검은 그들의 행동과 마음을 훔쳐본다. 거짓 연기를 통해 상대방의 진실을 확인하는 일은 흥미롭다. 진실을 확인하는 가장 쉬운 방법은 거짓이라는 리트머스종이를 통과시키는 것이다. 그래서 사람들은 거짓말에 흥미를 갖고, 자주 하며, 또 열광한다. 거짓이 존재해야만 하는 이유다.


**21.** 와조도 나도 꾸벅꾸벅 존다. 둘 다 내려야 할 정해진 역이 없기에 안내방송에 귀 기울이지도 않는다. 시간이 꽤 많이 지난 느낌이다. 그때 어디선가 우렁찬 목소리가 들려온다. 나는 고개를 들어 소리가 나는 쪽을 쳐다본다. 그러나 지금 난 맹인이므로 대놓고 봐서는 안 된다. 고개를 살짝 튼 후 눈동자의 움직임

만을 이용해 상황을 관찰한다.

객실 중앙에 여자가 서 있다. 여자는 나처럼 배낭을 메고 있고 옆에는 바퀴 달린 운반용 소형 손수레가 있다. 수레 위에는 수레에 맞춤한 플라스틱 통이 끈으로 묶여 있다. 여자가 그 통에서 뭔가를 꺼내며 승객을 향해 말을 하기 시작한다.

"안녕하십니까? 여러분께 책 하나를 소개해드릴까 합니다."

여자는 지하철 안에서 책장사를 하려고 한다. 지하철이란 데가 원래 물건 팔기 좋은 곳이기는 하다. 온갖 사람들이 다 이용하는 곳이니 온갖 물건이 다 소개된다. 지하철에서 파는 물건 중에는 방향제도 있고, 구두약도 있고, 배수구 머리카락 제거기도 있고, 선풍기 커버도 있고, 우산도 있고, 지구본도 있다. 그러니 책이라고 못 팔 건 없다. 오히려 지하철에서 팔기에는 선풍기 커버나 우산보다 책이 더 적절하고 바람직한 물건처럼 보이기도 한다. 비가 내릴 리 없는 객실 안에서 우산을 펼치면 사람들의 원성을 사지만 책은 시선 따위에 상관하지 않고 얼마든지 펼쳐도 되는 물건이다. 요즘은 지하철에서라도 봐야 되는 거라고까지 하지 않나. 그런데도 그 광경이 퍽 낯설게 다가온다. 우산은 아무거나 집어들어도 그 우산이 그 우산이지만, 책이란 아무거나 사면 안 되는 물건이기 때문일까. 보아하니 여자가 들고 있는 책은 여러 종류가 아니고 딱 한 종류인 것 같다. 선택하고 결정해야만 삶이 굴러가는 시대에 여자는 마치 그 선택

과 결정권을 박탈하려고 온 사람 같다. 어떻게 보면 강요 같기
도 하다.

**22.** 여자는 자기 할 말을 다 끝내고 여느 장사꾼처럼 승객들
의 무릎에 책을 한 권씩 올려놓는다. 여자는 내 무릎 위에도 한
권을 올려놓고 간다. 여자의 눈에는 내가 정상인으로 보이는 걸
까. 아니면 장애인에게도 동등한 권리를 주겠다는, 차별을 두지
않겠다는 진보적인 의사표현인가. 여자는 다시 수레가 있는 곳
으로 가서 책을 들어 보이며 승객들에게 말한다.

"말만 잘하면 디씨도 가능합니다."

그러더니 주머니에서 하모니카를 꺼내 연주를 하기 시작한다.
보통 실력이 아닌 듯하다. 연주가 끝날 동안 제품을 감상해보라
는 뜻인 것 같다. 나는 책을 손으로 더듬는 척하며 눈을 내리뜬
다. 『치약과 비누』. 제목이 눈에 띈다. 책을 펼쳐 첫 문장만 잽싸
게 읽어본다.

'오늘 나는 치약을 먹었다. 내일은 비누를 먹을 것이다.'

책은 장편소설이다. 제목과 첫 문장이 흥미로워 사고 싶어지
기도 한다. 그러나 지금 난 맹인이므로 흥미롭다고 느껴서는 안
된다. 나는 아무것도 보지 못하므로 아무것도 모른다. 그러니 살
수도 없다. 그런데 모든 걸 다 알고 있는 정상인들마저도 책을
사지 않는다. 승객들 대부분은 아예 거들떠보지도 않고 자기 생

각에만 집중하고 있다. 책은 여자의 손으로 다시 돌려보내진다.

　차라리 우산이라면 여자는 한 개 정도는 팔았을지도 모른다. 정상인들은 책이란 서점에서 사는 게 정상이라고 생각했을지 모른다. 유명한 작가가 아닌 것 같아 신뢰가 안 갔는지도 모르고, 강요받는 듯한 느낌이 들어 기분이 나빠졌는지도 모른다. 천원이나 이천원이면 부담 없이 살 수 있던 다른 지하철 물건에 비해 지나치게 비싸다고 생각해서 지갑으로 선뜻 손이 안 갔는지도 모른다. 소설책이 아니라 '한 달에 십억 벌기'같은 책이라면 관심을 가졌을지도 모른다. 어쩌면 여자는 책을 파는 데 목적이 있는 게 아니라 출판사가 고안한 신종 마케팅에 투입된 직원으로 업무 수행중인지도 모른다. 그 전략이 맞다면 『치약과 비누』란 책이 세상에 존재한다는 사실을 몇몇 사람에게 알리는 성과는 얻은 것 같다.

**23.** 여자가 플라스틱 통에 책을 넣고 수레를 끌고 내 앞자리로 와서 앉는다. 여자와 내가 마주보고 앉아 있다. 여자는 책을 한 권도 팔지 못해 쓸쓸한 표정이다. 궁금하다. 지하철에서 왜 책을 파는지. 그것도 왜 한 종류의 책인지. 게다가 왜 하필 소설인지. 내 마음을 읽기라도 했는지 여자가 나를 뚫어져라 쳐다본다. 맹인이란 걸 알고 쳐다보는 것 같다. 그때 여자가 치아를 보이며 씩, 웃는다. 내가 맹인이 아니란 걸 알고 웃는 것 같다. 여

기서 들통나면 안 되므로 나 또한 모르는 척, 어떤 미동도 없이 여자를 뚫어져라 쳐다본다.

그때 여자가 배낭에서 뭔가를 꺼낸다. 디지털카메라다. 설마 날 찍으려는 건 아니겠지. 설마가 사람 잡는다더니 카메라로 날 찍는다. 지금 난 맹인이므로 저지할 수도 없다. 마침 그때 안내 방송이 나온다. 아무래도 내려야 될 것 같다.

나는 내가 내려야 할 역이 이제야 방송에서 나왔다는 듯, 와조의 목줄을 잡고 자리에서 엉거주춤 일어나 문 앞으로 다가선다. 문 유리창에 여자가 비친다. 여자는 그때까지도 계속 나를 쳐다보고 있다. 그러고는 한번 더 씩, 웃는다. 슬슬 공포스럽다. 지하철이 빨리 멈췄으면 좋겠다. 왜 갑자기 이 순간 751이란 숫자가 떠오르는 걸까. 내가 저 여자에게 751이란 숫자를 부여해줄 것 같은 불길한 예감이 드는 건 왜인가. 지하철이 멈춘다. 나는 맹인답지 않게 능숙하고 재빠르게 지하철에서 내린다.

**24.** 불길한 예감은 항상 맞는다. 여자가 수레를 끌고 미행하듯 우리를 계속 쫓아온다. 꼭 나를 알고 있는 사람 같다. 초등학교 동창쯤 되려나. 아니면 내가 알고 있는 사람인데 미처 못 알아본 걸까. 삼 년 동안 여행하면서 별별 사람들을 다 만났던 게 사실이다. 나쁜 사람도 있었고 좋은 사람은 물론 그보다 더 많았다. 사람의 기억이란 좋았던 것보다 나빴던 걸 먼저, 그리고

오래, 뚜렷하게 기억하는 법이다. 그 뚜렷하도록 나빴던 기억 속에 머물러 있는, 나에게 칼을 휘두른 사람에 비한다면 저 여자는 아직 선량하다. 가는 방향이 똑같아서 내가 착각한 것인지도 몰라 가까운 테이크아웃 가게 앞으로 불쑥 다가선다. 마침 저녁때라 허기지기도 한다. 밖에서는 먹고 돌아서기만 해도 늘 배가 고프다. 나는 샌드위치 세 개와 콜라 한 캔을 주문한다. 여자가 지나칠 것인가 말 것인가. 초조하게 흐르는 시간이다.

"주문하신 음식 나왔습니다. 팔천육백원입니다."

돈을 꺼내기 위해 청바지 뒷주머니로 손을 가져간다. 그런데 지갑이 없다. 나는 오른쪽을 쳐다본다. 여자는 보이지 않는다. 안심이다. 그나저나 지갑은 어떻게 된 걸까. 어디다 빠뜨렸을까. 나는 반대쪽으로 고개를 돌린다. 어느새 여자가 내 옆에 귀신처럼 서 있다. 나는 맹인의 본분을 잃고 비명을 지른다. 여자가 귀신처럼 서 있어서가 아니라, 여자가 내 지갑을 들고 있어서. 이 여자 혹시 내 지갑을 소매치기한 건가? 맹인의 지갑을 훔치다니, 여자는 선량하지 않다. 여자가 받으라는 뜻으로 지갑 쥔 손을 분명하게 두 번 까딱인다. 저 제스처는 내가 맹인이 아니란 걸 알고 있어야 나올 수 있는 게 아닌가. 그래서 아까 지하철에서 그 책도 일부러 줬던 것인가.

테이크아웃 점원이 재촉하듯 나를 쳐다본다. 일단 계산을 마쳐야겠기에 여자로부터 지갑을 냉큼 받아든다. 이제부터 나는 맹인이 아니므로 능숙하게 지갑을 연다. 그러나 지갑은 텅 비어 있다. 지폐도 현금카드도 심지어 동전도 없다. 나는 선글라스 너머로 여자를 째려본다. 역시 여자는 선량하지 않다. 그때 여자가 샌드위치 하나와 아이스커피를 추가로 주문하더니 자기 지갑에서 돈을 꺼내 내 몫까지 계산을 마친다. 여자는 선량한가?

**25.** "누, 누구세요?"

상황이 위급하다 싶으면 나도 모르게 말 더듬는 병이 도진다. 여자가 인심쓰듯 내게 샌드위치와 콜라를 내민다. 지갑이 텅 비어 있는 상태니 기회를 놓치면 쫄딱 굶어야 할 판이라 나는 염치 불구하고 머뭇머뭇 그걸 받는다. 여행을 하다보면 비굴해져야 하는 상황도 종종 일어난다. 여자는 와조를 위해 샌드위치 두 개를 먹기 좋게 반 토막으로 잘라 벼룩시장 위에 올려준다. 와조는 내 명령이 떨어지기를 기다린다. 나는 망설이다 먹어, 라는 명령을 내린다. 와조가 눈치 없게 허겁지겁 먹는다.

"소매치기가 당신 지갑을 훔치는 걸 봤어."

"지하철 안에서요?"

"개찰구 들어올 때."

"그때부터 절 지켜봤단 거예요?"

"지켜본 건 훨씬 전이야."

"언제요?"

"우체통에 편지 넣을 때부터."

그럼 다 알고 있었단 말인가. 다시 말을 더듬는다.

"소, 소매치기가 훔친 지갑을 다, 당신이 왜 가지고 있어요?"

"현금이랑 카드만 쏙 빼서 쓰레기통에 버리길래 주워왔어."

"당신이 그 소매치기 아니에요?"

"날 의심할 입장은 아닌 것 같은데? 답답한데 그 선글라스는 이제 좀 벗지?"

여자가 샌드위치를 한입 베어문다. 더이상 할 말이 없어서 나 또한 샌드위치를 베어문다.

"그럼, 지갑 전해주려고 따라온 거예요?"

"몽땅 털려 밥 사먹을 돈도 없을 것 같아서."

이유 없는 호의는 조심해야 한다. 나는 한층 경계하는 목소리로 묻는다.

"그전에는 왜 따라온 건데요?"

"우체통에 편지 넣는 사람이 있다는 게 신기해서. 근데 더 신기하게도 맹인 흉내까지 내더군. 이유가 뭐야? 궁금해."

당돌한 여자의 눈이 전구알처럼 빛난다.

"궁금한 건 못 참는 성격인가보죠?"

"그래. 배고픈 건 참아도."

"이유가 듣고 싶어서 샌드위치를 산 거예요? 그러니까 이게 대가라는 건가요?"

"샌드위치가 벌써 절반이나 사라졌네? 저 개는 바닥까지 다 핥었고."

"근데 아까부터 왜 반말이에요?"

"반말을 해야 금방 친해지니까. 존댓말과 반말 사이에 강 하나가 놓여 있다는 거 몰라?"

"전 친해지기 싫은데요."

"손해볼 건 없을 텐데."

"왜 친해지고 싶은데요?"

"같은 처지 같아서."

그 말에 나는 여자와 나를 비교해본다. 배낭을 메고 있는 것도 비슷하고 한 손에 늘 무언가를 끌고 다녀야 하는 처지도 비슷하다. 우리 같은 여행자들은 같은 처지의 사람을 단번에 알아보기 마련이다. 여자가 자기 샌드위치의 절반을 와조에게 준다. 이유를 듣겠다는 의지가 한결 더 강해 보인다. 먹은 걸 도로 토해낼 수도 없고, 지갑에는 땡전 한 푼도 없으니 여자한테 딱 걸려든 셈이다. 나는 기어들어가는 목소리로 말한다.

"맹인 흉내를 내야 그나마 출입이 자유로우니까요."

"주인 닮아 개도 흉내를 아주 잘 내네."

여자가 대견하다는 듯 와조의 머리를 쓰다듬어준다.

"와조는 흉내내는 거 아니에요."

"이름이 와조야? 흉내가 아니면?"

"안내견 맞아요."

"뭐?"

"한때요."

"한때라면 지금은 아니라는?"

"이제는 내가 안내인이고, 저 녀석이 맹견이에요."

"어쩌다?"


**26.** 조부는 살아생전 반평생을 당뇨에 시달렸다. 그리고 그 반평생의 삼분의 일을 시각장애인으로 살았다. 당뇨 합병증이 몰고 온 무서운 병이었다. 시력을 잃은 후 조부는 어쩔 수 없이 초등학교 교사직을 그만두어야 했다. 조부의 꿈은 좋은 아버지가 되는 것과 초등학교에서 평교사로 은퇴하는 것이었다. 그 평범한 꿈조차 이룰 수 없게 된 조부는 자신의 방에서 한 발짝도 움직이지 못한 채 아기처럼 지내야 했다. 다른 사람의 도움 없이는 밥숟가락조차 자유롭게 놀릴 수 없다는 사실이 기막혀 밥숟가락을 들 때마다 죽어버릴 거야, 라고 외쳤다. 조모는 혹여 조부가 정말 그 외침대로 나쁜 행동이라도 할까봐 한시도 감시의 눈초리를 거두지 못했다. 혹여 아파트에서 뛰어내리기라도 할까봐 베란다 창문에는 방범창을 달았고, 자꾸 넘어져 멍 자국이 가실 날 없는 조부를 위해 가구 모서리마다 스펀지를 덧대었다.

조모 또한 불안하고 힘든 나날을 살아가기는 마찬가지였다.

집에서 한 발짝도 움직이지 못하는 것 또한 조부와 별반 다를 게 없었다. 조모는 자신도 맹인이 된 듯했다. 나중에는 조모가 무슨 년의 팔자가 평생 이 모양이냐며 밥숟가락을 놓을 때마다 죽어버릴 거야, 라고 외쳤다. 조부는 혹여 조모가 정말 그 외침대로 나쁜 행동이라도 할까봐 십 분마다 한 번씩 한 많은 한말년 거기 있는가, 하면서 조모의 이름을 불렀다. 조부에게 침묵은 어둠보다 더 무서운 것이었다. 조부는 자기보다 먼저 조모가 죽어버릴까봐 불안해졌다. 그때부터 조부의 꿈이 생겼다. 조모의 도움 없이 밖으로 한 발짝이라도 나가는 것. 그건 조부 자신은 물론이고 조모까지 살리는 일이었다.

오랜 기다림 끝에 조부가 와조를 분양받게 된 건 시력을 잃은 지 이 년이 지나서였다. 둘은 더없이 완벽한 커플이 되어 매일 밖으로만 나돌아다녔다. 조부는 그때부터 어린이 미사 반주를 맡아 매일 성당에 나가 오르간 연습을 했고, 연습이 끝나면 산책을 했다. 자연히 그게 운동이 되어 혈당조절에도 도움을 주었다. 지금 생각해보면 조부는 자신에게 이렇게 멋진 개가 있다는 걸 아무한테라도 자랑하고 싶어 매일 산책을 나갔던 것 같다. 그 때문인지 조부는 생각 없는 기계처럼 와조가 가는 데는 무조건 졸졸 따라다녔다. 조부는 그 '졸졸'을 신뢰라는 말로 표현했지만 내 눈에는 지배받는 걸로 보였다. 신뢰가 깊어지면 지배가 되기도 한다.

나는 사람이 동물의 지배를 받으며 살 수도 있다는 걸 그때 처음 알았다. 지배라는 말이 좀 거슬리긴 하지만, 그 말은 조부가 최초로 썼던 말이기도 했다. 내 심정을 니들이 좁쌀만큼이나 알아? 몸이 자유로워진다면야 지배받는 게 뭐 대수야? 난 영혼이라도 팔고 싶은 심정이야. 이놈의 집구석에는 와조만도 못한 것들이 아주 쌔고 쌨어! 그러니 와조를 지배해야 할 사람은 조부라는 가족들의 충고가 조부의 귀에 들어갈 리 없었다. 그러다 결국 그 말대로 와조는 모든 걸 지배해버렸다. 이젠 누구도 죽어버릴 일은 없겠다고 안심했던 나의 마음마저도.

27. "목격자에 따르면 귀신에 홀리기라도 했는지 본분을 잃고 엉뚱한 방향으로 할아버지를 끌고 가더래요."

"교통사고가 났군."

"할아버지는 석 달 동안 병원에 입원해 있다 돌아가셨고, 저 녀석도 그때 사고로 시력을 잃었어요."

"정말 지배해버렸네. 아이러니야."

조부는 조금도 와조를 원망하거나 미워하지 않았다. 오히려 남은 생을 자신처럼 답답하게 살아야 할 와조 때문에 가슴이 아팠는지 어느 날 조용히 날 불러 말했다. 이젠 네가 저 녀석 눈이 되어줘라. 그러고는 안심한 듯 며칠 뒤 고요히 눈을 감았다. 그렇게 조부의 인생은 끝났고 와조의 인생은 한순간에 바뀌어버렸다. 조부와 와조가 함께한 세월은 장장 팔 년이었다.

"샌드위치 값했으니 이제 일어나겠습니다."

나는 와조의 목줄을 잡고 관공서 앞 벤치에서 일어난다. 샌드위치 포장지와 콜라 빈 캔을 쓰레기통에 넣는다. 마치 샌드위치 하나에 내 인생 한 조각을 판 기분이다. 그냥 들려줘도 되는 일이고, 다른 사람들한테는 늘 그렇게 해왔던 일인데 왜 저 여자에게만은 팔았다는 느낌이 드는 걸까. 이 여행을 하게 된 계기 중 하나가 미치도록 말이 하고 싶어서였고, 또 누군가가 내게 말을 걸어주길 바라서였는데 말이다.

수없이 많은 사람을 만났지만 여자는 좀 이상하고, 사람을 귀찮게 하는 구석도 있는 것 같다. 여자처럼 나한테 적극적으로 질문을 던졌던 사람이 드물어 적응이 안 돼서 그런 것인지도 모르겠다. 그래도 뭔가가 퍽이나 이상하다. 역전된 것 같다. 대개는 내가 먼저 말을 거는 편이었는데, 말을 피해 달아나고 있으니. 동냥을 해서라도 여자에게 샌드위치 값을 갚아버릴까. 빚, 그렇다. 내가 여자를 피하고 있는 건 그 때문이다. 저쪽에서 뭔가를 줬으니 이쪽에서도 그에 상응하는 뭔가를 줘야 한다는 의무에서 시작된 이야기. 나의 이야기가 돈으로 환불된 느낌.

"아직 콜라 값 남았어."

아직 더 남은 나의 의무와 환불. 콜라 값을 뽑아내기 위해 여자가 수레를 시끄럽게 끌고 계속 따라오며 이것저것 묻는다. 여자는 수레보다 더 시끄럽다. 혹시 나도 누군가에게 수레처럼 시끄러운 사람인 적이 있었을까. 그러고 보니 201이 나에게 그런 말을 했던 게 생각난다. 당신 목소리는 빈 깡통 같애. 시끄럽고 요란하지만 안에 든 건 하나도 없어. 영양가 없는 말 같다고! 마치 말 연습하러 나온 유치원생 같애. 그러니까 나한테 더이상 말 걸지 마! 그래서 그런지 가장 어렵게 주소를 알아냈던 사람도 201이었다.

201이 신경질을 냈던 건 오고가는 대화가 공평하지 않았기 때문이다. 질문이란 핑퐁처럼 왔다갔다 주고받는 재미가 있어야 하는데 한쪽에서만 궁금해하니 대화가 제대로 이루어지지 않고, 다른 한쪽에서는 대답할 의사가 없으니 신경질만 나는 것이다. 그러니까 반대로 내가 여자한테 대답하기 곤란한 질문만 해대면 여자는 더이상 날 따라오지 않을 것이다. 나는 돌아서서 여자에게 말이 안 되거나, 아주 어렵거나, 좀 야하다 싶은 질문을 던진다. 효과가 좀 있는지 여자는 아무 말도 못 한다. 나는 다시 돌아선다. 여자가 뒤통수에 대고 창피할 정도로 큰 소리로 말한다.

"난 당신한테 빚진 게 없으니까 대답할 의무도 없어. 그치만 정 대답을 듣고 싶다면 차차 하도록 하지."

차차라니? 계속 따라오겠다는 말인가. 나는 서둘러 걷기 시작한다. 여자의 수레바퀴도 서두르는 기색이다.

"잘 데는 있어?"

그 질문에 저절로 발걸음이 뚝, 멈춰진다. 돈이 없으니 방을 구할 수도 없다. 그러나 다행히 지금은 한여름이다. 우리는 여름이면 터미널이나 지하철역에서 노숙한 적도 있고, 공원 벤치나 다리 밑에서 잠을 청한 적도 있다.

나는 와조를 내려다본다. 나 혼자라면 괜찮은데 와조를 생각하면 이럴 때 한 발 물러서게 된다. 사람으로 치면 팔십대 노인이나 마찬가지인 와조를 밖에서 자게 할 수는 없는 노릇이다. 더구나 지금은 삼 년 전의 와조가 아니다.

"내가 아는 모텔이 하나 있어. 여기서 좀 멀긴 하지만."

"나한테 왜 그래요?"

"관찰중이야."

"왜요?"

"재밌잖아."

"난 재미없어요."

"나만 재밌으면 됐지, 당신 재미까지 상관하고 싶진 않아."

"나랑 자고 싶어요?"

"그건 더 재미없어."

다행이다. 나는 이왕 빚진 거 여자한테 숙박비만 더 빚지기로 한다. 카드 분실신고는 이미 했으니 내일 아침 일찍 은행으로 달려가 재발급해 갚으면 모든 게, 끝난다.

**28.** 모텔까지는 좀 먼 게 아니라, 아주 멀다. 횡단보도를 몇 개나 지나쳤는지 모르겠다. 그사이에 지루했는지 여자의 질문이 다시 시작된다.

"이름이 왜 와조야?"

나에게 아직 갚아야 할 콜라 값이 남아 있다는 걸 염두에 두고 건넨 질문 같다. 나도 빚진 기분이 싫어 퉁명하게 입을 연다.

"할아버지가 따로 지어 부른 이름이에요."

"특별한 의미라도 있어?"

"녀석한테 이리 와조, 도와조란 말을 주로 하게 되다보니 와조가 됐어요."

"이리 와줘, 도와줘, 면 와줘 아니야?"

"이해력 정말 딸리시네. 그냥 소리나는 대로 부른 거죠. 국어 점수 어땠을지 짐작이 가네요."

난 좀 답답하다는 듯이 말한다.

"직업은 뭐야?"

"그쪽은요?"

"아까 봤다시피 장사꾼."

"지금 전 편지여행자예요."

"이름 한번 근사하게도 지었네. 국어 점수 어땠을지 짐작이 가. 그래서 우체통 앞에 서 있었군. 그럼 전에는 무슨 일을 했는데?"

"혹시, 저 모텔이에요?"

내가 손가락으로 가리킨 네온사인을 쳐다보며 여자가 지하철에서처럼 씩, 웃는다.

"응. 달과 6펜스."

나는 순간 기분이 묘해진다.


**29.** 모텔로 들어서자 나이 지긋한 남자 주인이 여자를 보고 반갑게 알은체한다. 수시로 모텔을 들락거리며 사는 여잔가? 둘 사이에 사뭇 친근하면서도 진지한 대화가 오간다. 모텔 주인과 진지한 대화라, 자못 낯설고 어색한 광경이다. 나는 모텔을 여기저기 기웃거리며 그들의 대화를 엿듣는다. 짐작과 달리 여자가 이 모텔을 다시 찾은 건 딱 일 년 만인 모양이다. 오랜 안부 인사가 끝나자 여자가 방 두 개를 잡은 뒤 숙박비를 계산한다.

"사장님 이쪽은 에드워드 호퍼로."

"그 방은 자네가 처음 묵었던 방이었지?"

"하여튼 사장님 기억력 좋은 건."

"그나저나 책은 많이 팔았어?"

"아니요. 오늘은 한 권도……"

그 말에 남자 주인이 고개를 사려깊게 끄덕인다.

여자가 이층으로 올라가라며 내게 방 키를 건네준다. 키에는 호수 대신 어디서 들어본 것도 같은, 에드워드 호퍼라는 이름이 적혀 있다.

**30.** 모텔 '달과 6펜스'는 좀 독특하다. 아니 좀 이상하다. 특별하다고 표현해도 좋을 것 같다. 달과 6펜스는 은밀하고 외설적인 모텔이 아닌, 기숙사에 가까운 이미지다. 정숙靜肅하고 정숙貞淑해야 하는 곳. 여자의 설명에 따르면 남녀 커플은 절대 사절이고 여행객과 비즈니스 손님만 받는 특수 모텔이란다. 콘돔도 팔지 않는다는 말에 나를 감싸고 있는 탁한 도시의 공기가 왠지 엄숙하고 정결하게 느껴진다. 세상에 그런 모텔이 있나 싶지만 내 눈으로 확인했으니 분명 있다. 남자 주인의 본업은 화가라고 했다. 그래선지 모텔의 모든 방문에는 딱딱한 숫자 대신 화가의 이름을 딴 명패가 걸려 있다. 르누아르의 방, 고흐의 방, 피카소의 방, 클림트의 방⋯⋯

남자 주인의 오랜 꿈이 이런 모텔을 갖는 거였단다. 피로에 지친 길 위의 나그네를 위한 모텔 운영자. 어쩌면 변질된 모텔의 본래 의미를 되찾고 싶어서인지도 모르겠다. 그러고 보니 손님을 대하는 자세가 확실히 여느 모텔과 달랐던 것 같다. 와조를 바라보는 시선은 조금도 거북하지 않았고, 물론 "쉬었다 가실 거예요, 주무시고 가실 거예요?"란 식상한 멘트 또한 들을 수 없었다. 나 같은 여행자를 주눅들게 하지 않고 눈치보게 하지 않는, 더없이 편하고 세련된 모텔. 어쩌다 그렇게 됐는지 모르지만 모텔이란 곳은 죄지은 사람처럼 사람을 떳떳하지 못하게 만드는, 괜한 구석이 있다.

이 모텔의 진가는 방에 들어가면 더욱 확실해진다. 화가의 명패가 달린 방문을 열면 벽은 그 화가의 그림으로 가득 메워져 있다. 마치 유럽의 미술관에 온 듯하다. 행여 욕정에 불타는 커플이라도 위대한 명화 앞에서 서로의 단추를 탐하기는 어려울 것 같다. 침대 사이드테이블에는 화집과 화가 관련 서적이 놓여 있고, 포르노비디오 대신 화가의 일생을 다룬 다큐멘터리 DVD가 텔레비전 옆구리를 차지하고 있다. 진지한 자세로 이 방에 며칠 묵으면 해당 화가에 대한 모든 정보를 섭렵하고 다시 길을 떠날 수 있을 것 같다. 한마디로 지루할 정도로 너무 건전한 모텔이다. 욕실에는 월풀 욕조 대신 샤워부스가 설치되어 있다.

덧붙여 여자는 일 년이 지나도 남자 주인이 손님 얼굴을 다 기억해준다고 했다. 그래서 자기도 기억하게 된다고, 그래서 다시 오게 된다고. 말만 잘하면 숙박비 할인이 가능한 건 물론이요, 외상도 가능하다고 했다. 대부분의 모텔을 먹여살리는 주요 고객이 '쉬었다' 가는 커플임을 감안한다면 유지가 잘 될까 싶지만, 대신 이상야릇한 모텔에 묵기를 망설이는 단골 여행객들이 많이 찾아와서 손해보지는 않는 모양이었다. 바로 옆에 기차역이 있어 위치도 좋아 보였다.

**31.** 나는 여자가 추천한 '에드워드 호퍼 방' 한가운데 서 있다. 마치 미술관에 온 듯 경건하고 숙연해진다. 나는 벽에 걸려 있는 그림들을 조용히 감상한다. 한여름인데도 어디선가 차가운 바람이 불어오는 듯한 느낌이 드는 그림이다. 춥다. 액자 밑에는 그림 제목과 제작 연도, 작품 기법이 상세하게 적혀 있다. 그림의 배경이 되고 있는 장소는 대도시라면 어디서나 흔히 볼 수 있고, 또 누구나 가봤을 법한 곳들이다. 호텔방, 카페, 술집, 극장, 주유소, 기차 안……

그러나 그림 속 도시는 내가 알고 있는 도시의 모습과는 사뭇 다르다. 호퍼의 도시는 시끌벅적하고 화려한 도시가 아닌 한없이 공허하고, 끝없이 스산하고, 기약 없이 적막하다. 사람들은 무표정한 얼굴로 호텔방이나 카페에 홀로 앉아 책을 읽고 있거나 창밖을 내다보고 있다. 둘 이상인 경우에도 그들의 시선은 결코 서로를 바라보지 않는다. 모든 시선은 일정하게 거리를 둔 채 딴 곳을 향해 있다. 안락한 집이 아닌 공허한 외부 공간에 잠시 정착해 있어서인지 사람들의 표정은 안락해 보이지도 않는다. 말도 없고, 소리도 없고, 소음도 없는, 청각을 잃은 도시. 아무도 없는 거리와 언덕 위의 집은 목적 없이 그냥 그려진 것처럼 보이기도 한다. 고요한 빈 방으로 비쳐드는 햇빛은 그래서 따뜻하지 않다. 몸에 닿아도 차가울 것 같은 햇빛. 확장된 공간에서 느껴지는 황량함과 고개 숙인 자들의 얼굴에 스치는 쓸쓸함은, 고독을 보여주기 위해 화가가 선택할 수 있는 최소이자 최대의 요소처럼 보인다.

나는 사이드테이블에 놓여 있는 호퍼 관련 서적들을 뒤적거려본다. 1882년에 태어나 1967년에 사망한 미국 사실주의 대표 화가라고 적혀 있다. 나처럼 여행을 하며 길 위에서 스케치를 하고 그림을 그렸던 화가. 호퍼는 이렇게 말한다. '아마도 나는 무의식적으로 대도시에서의 고독을 그리고 싶었던 것 같다.' 외로움을 아는 화가, 그래서 외로웠던 화가, 그래서 외로움을 그릴 수밖에 없었던 화가.

나는 다시 그림을 본다. 호퍼는 진짜 도시가 뭔지 알고 있는 사람이었다. 그래서 진짜 도시를 그려냈다. 아무리 많은 사람들이 도시로 몰려와도, 그리고 그 속에서 아무리 많은 사람들과 웃고 떠들고 이야기를 나눠도, 그의 눈에는 오로지 한 사람만 보였다. 그 한 사람은 늘 똑같은 표정과 자세로 다른 곳을 보고 있었다. 창밖이거나 책이거나 커피잔이거나 자기 내면이거나. 아마 그건 화가 자신의 모습이었을 것이다. 진정한 외로움은 혼자 있어서 외로운 게 아니라 둘이 있어서 외로운 것이다. 모텔 방 한가운데 서 있는 지금의 내 모습과 벽에 걸린 호퍼의 그림들이 크게 달라 보이지 않는다. 지금의 나를 가장 잘 알고 있는 그림들. 나를 닮은 익숙한 그림들. 외로워서 떠나온 여행이지만, 떠나와도 외로운 건 마찬가지다. 그때 벼락처럼, 머릿속으로 누군가가 떠오른다.

**32.** 어머니! 어디서 들어본 화가 이름 같다 했더니 어머니 서재에서 본 그림들이었다.

어머니에게는 수집벽이 있었다. 어느 날부턴가 내가 우표를 수집하게 된 것처럼 어머니도 갑자기 무언가를 열심히 모으기 시작했다. 나의 수집벽은 어머니로부터 온 것이다. 어머니의 수집은 특이하게도 사물을 벗어난, 어떤 정서적인 것에 머물러 있었다. 쉽게 말하자면 나처럼 우표나 모형자동차 같은 것을 모으는 게 아니라 책 속의 문장이나 영화 속 대사, 혹은 뉴스 속 사건처럼 손으로 만져지지 않는 무형의 것들을 모으는 것이었다.

어머니는 학교에서 아이들을 가르치고 돌아오면 서재에 들어가 신문을 읽었다. 종종 밥 짓는 걸 잊어버리기도 했다. 신문을 다 읽으면 어머니는 가위로 기사를 잘라냈다. 잘라낸 신문 조각들은 두 권의 스크랩북으로 나뉘어 들어갔다. 어머니가 신문을 분류하는 기준은 두 가지였다. 행복과 불행. 어머니는 자기 방에서 매일 그걸 두 종류로 나누었는데 이유가 무엇인지 묻지는 못했지만 세상에 행복이 많은지 불행이 많은지 알고 싶었던 것 같다. 서재를 나오는 어머니의 표정이 밝으면 그날은 불행을 좀더 많이 찾은 날이었고, 반대로 어두우면 행복이 더 많던 날이라는 걸 나는 알고 있었다. 그래서 나는 행복이 더 많은 날은 반찬투

정을 자제했고, 식사가 끝난 후에는 설거지라도 거들려고 노력
했다. 어머니가 신문을 선택한 건 신문이란 원래 행복한 사건보
다 불행한 사건에 더 열광하는 매체여서가 아닐까, 라고 나는
생각했다.

그러던 어머니가 그림 사진을 모으게 된 것은 학교에서 사건
이 있고부터였다. 어머니가 재직중인 고등학교는 남녀공학이었
고, 어머니는 수학 과목을 담당했다. 학생들 사이에서 어머니는
'벼락 맞을 마귀할멈'으로 불릴 만큼 악명 높은 교사였다. 어머
니는 수업시간의 절반을 학생들이 이끌어가도록 했다. 무작위로
아무나 불러내 칠판에 문제를 풀게 하는 건 수학 선생이라면 누
구나 좋아하는 수업 방식이었지만, 어머니는 좀 무지막지한 데
가 있었다. 그 무지막지함은 문제를 제대로 풀지 못한 학생에게
던져졌다. 어머니는 종종 수학에 소질이 없는 학생에게 잔인한
방법으로 창피를 주곤 했다. 교실 뒤로 나가 의자를 들고 서 있
게 하는 건 기본이고, 심할 경우에는 점심시간에 다른 반을 돌아
다니며 칠판에 유사한 문제를 풀게 한 뒤 풀이과정을 설명해보
라고 했다. 또한 '나는 오늘 수학 문제를 못 풀었습니다'라는 문
장이 적힌 스케치북을 들고 학년 전체를 돌게 하기도 했다.

그러던 어느 날 가여운 여학생 하나가 어머니에게 걸려들었
다. 그 여학생이 풀어야 할 문제는, 문제랄 것도 없을 만큼 아주
쉬운 것이었다. 그러나 여학생은 칠흑 같은 칠판 앞에서 문제를

그대로 베끼는 것 말고는 할 줄 아는 게 아무것도 없었다. 어머니는 화가 났다. 어머니는 여학생을 다른 반으로 보내 낯선 아이들 앞에서 같은 문제를 풀게 했다. 다른 반 학생들은 저마다 숟가락을 입에 문 채 여학생을 쳐다봤다. 그 반에는 여학생이 좋아하는 남학생도 있었다. 여학생은 교실 창밖으로 뛰어내리고 싶을 만큼 창피했을 것이다. 남학생은 자기가 좋아하는 여자애가 저렇게 쉬운 문제도 못 푸는 멍청한 애였다는 사실을 뒤늦게 알고 실망했을 것이고, 둘의 관계를 반 친구들도 알고 있던 터라 남학생 역시 창피해서 창밖으로 뛰어내리고 싶었을 것이다. 여학생은 울며 교실을 뛰쳐나갔다. 눈물이 시야를 가로막았는지 여학생은 계단에서 굴러 머리를 다쳤다. 평소 밝고 쾌활했던 여학생은 그후 다른 사람이 되어버렸다. 화를 잘 냈고, 웃지도 않았으며, 말도 잘 하지 않았다. 미술을 전공하고 싶어했던 여학생은 미술에 대한 흥미마저 잃어버렸다. 여학생은 결국 전학을 가기로 했다.

학교를 떠나기 하루 전, 여학생이 어머니를 찾아왔다. 여학생은 교무실에 앉아 있는 어머니에게 그림을 한 장 한 장 보여주며 물었다. 선생님, 이 그림을 그린 화가가 누군지 아세요? 이 그림 기법이 뭔지 아세요? 이 그림이 어떤 사조인지 아세요? 이런 그림을 본 적은 있으세요? 어머니는 여학생의 말에 아무런 대답도 할 수 없었다. 어머니는 그림에 대해 아는 게 하나도 없었다. 여학생은 들고 온 화집을 어머니에게 몽땅 건네주며 마지막으로 말했다. 선생님, 전 비록 수학은 몰랐지만 그림은 잘 알았어요. 근데 몰라도 되는 수학 때문에 이젠 그림마저 그릴 수 없게 돼버렸어요. 어머니는 여학생이 학교를 떠난 후 불행 대신 그림을 모으기 시작했다. 그림을 알게 된 어머니는 조금은 행복해졌을까.


**33.** 배낭에서 편지지를 꺼낸다. 오늘은 편지를 쓰고 싶은 사람이 쉽게 떠오른다. 누구에게 쓰는지 알고 있는 듯 와조는 내내 한 번도 짖지 않는다.


어머니께.


어머니를 생각하면 짝꿍처럼 항상 떠오르는 게 있어요. 분필이요. 어머니한테서는 늘 분필 냄새가 났어요. 어머니가 만들어준 음식에서도 그 냄새가 났어요. 처음에는 얼굴에 바르는 화장품의 일종이라고 생각했지만 초등학교에 들어가서야 알았어요. 그게 분필 냄새라는 걸요. 주번을 맡아 칠판지우개를 터는데 어머니 냄새가 연기처럼 막 솟아나는 거예요. 그때부터 분필이 좋아져서 학교에서 색깔별로 훔쳐다 어머니한테 갖다드리곤 했어요. 손재주가 생기고 나서는 갖가지 동물을 조각해 선물도 했고요. 문제는 쉽게 깨지고 젖고 부러져서 오랫동안 보관할 수 없다는 거였어요. 나중에는 연필 갖고 장난친다고 야단을 치셨지요. 어머니한테 분필은 연필이었으니까요.

아직도 생각나요. 어머니 서재 한쪽 벽면에 걸려 있던 커다란 녹색 칠판이요. 어머니는 칠판 앞에 서서 분필과 지우개를 들고 늘 수학 문제를 푸셨어요. 머리로 하얀 분필가루가 내려앉는 것도 모른 채로요. 문제가 잘 풀리지 않을 때는 분필처럼 생긴 담배를 손가락 사이에 끼우고 한참을 골똘히 생각하셨죠. 그때의 어머니 얼굴을 아직도 생생하게 기억해요. 마치 대답해도 대답할 게 남아 있는, 어려운 질문 같은 표정을 하고 있었어요. 왠지 그 모습이 고독하고 멋져 보여서 형보다 먼저 담배를 배우게도 됐어요. 담배가 생의 어려운 질문에 대한 명쾌한 해답을 갖고 있다고 생각했거든요. 어머니 또한 담배를 피우고 나면 막혔던 문제를 거침없이 풀어나가셨어요. 분필이 빠른 속도로 칠판을 긁고 지나가는 소리가 들릴 때면 왠지 마음이 편안해졌어요. 마치 자장가를 듣고 있는 것처럼요. 물론 어머니 얼굴도 편하게 풀어졌지요.

어머니는 매일 출근하시기 전에 그 칠판에 수학 문제 세 개를 내놓고 가셨어요. 형과 나, 그리고 지윤이는 학교에서 돌아오면 밥 먹는 것보다 먼저 그걸 풀어야 했어요. 어머니는 수학 선생의 자식들이 수학을 못 한다는 건 창피한 일이라고 생각했어요.

그보다 어머니는 세상 이치는 수학 속에 다 들어 있다고 믿고 계셨어요. 만물은 수. 이게 어머니의 인생철학이셨죠. 어머니의 노력 덕분에 우리는 수학만큼은 늘 좋은 점수를 받으며 학교를 다닐 수 있었어요. 그래도 제가 어머니 맘에는 제일 안 드셨지요? 형과 지윤이보다는 못 푸는 문제가 많았잖아요.

혹시 알고 계셨어요? 그때 일부러 문제를 못 푼 척했다는 걸요. 왜냐고요? 어머니한테 관심받고 싶어서요. 원래 어머니들은 못나고 좀 처지는 자식한테 신경이 간다고 하잖아요. 그건 확실히 효과가 있었어요. 문제를 틀릴 때마다 어머니한테 많이 맞았지만, 또 그만큼 관심과 지도를 받았으니까요. 나머지공부하는 학생처럼 어머니 서재에 남아 따로 공부도 했었고, 그 핑계로 어머니랑 밤늦게까지 도란도란 얘기도 나눌 수 있었고, 또 몰래 사탕도 주셨잖아요. 그때는 정말 특별대우를 받는 느낌이었어요. 그러나 속으로는 말까지 더듬는 자식이 수학도 제대로 못한다는 게 너무 서글퍼서 그러셨다는 거 다 알아요.

지금 생각해보면 수학 문제를 풀 때가 가장 행복했던 것 같아요. 수학 앞에서는 말할 때처럼 더듬지 않아도 되고, 확실한 답이 있어서 답답하지 않고, 또 쉬웠으니까요. 수학은 입으로 소리 내지 않고도 뭔가를 해낼 수 있다는 자신감을 줬어요. 그보다 저한테는 어머니란 존재가 가장 풀기 어려운 문제가 아니었나 싶어요. 제가 어머니한테 어머니란 말도 잘 못했잖아요. 아버지란 말은 그렇게 자연스럽게 내뱉으면서 어머니란 말은 왜 그토록 어렵기만 했던 걸까요. 사춘기 때는 제가 어머니 아들이 아닐지 모른다는 생각까지 했어요. 어머니 성격이 따뜻하지 않은 편인데다 고집스러운 면이 있어 무서워서 그랬을 수도 있지만, 나중에는 어머니가 저만 미워하신다고 느꼈던 게 사실이에요. 솔직히 욕심쟁이 어머니한테는 성이 안 차는 아들이긴 했지요. 형이나 지윤이에 비하면 더욱. 말까지 더듬었으니 바보 같았을 거예요.

지금은 어머니를 이해해요. 장래 직업마저 정해주어야 했으니 오죽 답답하셨겠어요. 그때는 정말 싫었지만 지금은 어머니가 정해준 그 직업이 잘 맞았다는 생각이 들어요. 여행하는 데도 많은 도움이 되고 있거든요.

제가 어머니의 틀림없는 아들이고, 절 미워하지도 않았다는 걸 집을 떠나기 전에 알았어요. 서재에서 어머니 스크랩북을 봤어요. 책상 서랍에는 행복과 불행을 수집해둔 파일 말고 하나가 더 있었어요. 어머니는 그 파일에 자식들의 행복을 수집하고 있었어요. 자식들이 잘되어 어머니를 행복하게 해주었던 자잘한 사건들에 대한 기록들. 물론 가장 많은 페이지를 차지하고 있는 건 형이었고, 다음이 지윤이었죠. 아쉽게도 제 건 하나도 없었어요. 어머니한테 미안한 생각이 든 순간, 맨 밑에 파일 하나가 더 있는 걸 봤어요. 파일 하나를 나눠 쓰고 있던 형과 지윤이와 달리 그 파일은 온전히 저만을 위한 거였어요. 물론 안에는 아무것도 들어 있지 않았지만요. 그러나 알아요. 어머니는 제가 드리는 행복을 누구보다 많이 그 파일에 넣어두고 싶어하셨다는 걸요. 늦었지만 지금이라도 약속할게요. 그 파일 언젠가 다 채워드리겠다고요.

제가 묵고 있는 모텔은 참 독특한 곳이에요. 방 가득 호퍼 그림이 걸려 있어요. 호퍼 아시죠? 저를 닮은 그림이라고 생각했는데 이 편지를 쓰다보니 어머니를 닮은 그림이란 생각이 들어요. 그림을 좋아하는 어머니가 한번쯤 묵어도 좋을 그런 모텔이에요.

문득 어머니가 자주 했던 말이 떠올라요. '자신에게나 타인에게나 삶의 시작은 기쁨이지만 삶의 결말은 결국 슬픈 것이다.' 이 여행을 마치고 돌아가는 날, 어머니 삶의 결말이 슬프지 않도록 열심히 살게요. 말을 더듬지 않고 바보스럽지도 않은 아들이 되어드릴게요.

오늘도 어머니는 칠판 앞에서 어려운 수학 문제를 풀고 계시겠지요. 분필 냄새가 맡고 싶어지는 저녁이에요.


모텔 '달과 6펜스'에서 아들 지훈이가.


**34.** 나는 편지지를 봉투에 넣고 오른쪽에 우표를 붙인다. 우표는 편지를 보내기 위해 우리가 미리 지불해야 하는 비용이자,

배달부에게 지불되는 노동의 대가이지만 지금 나에게는 좀 특별
한 상징처럼 느껴진다. 봉투 오른쪽에 붙이게 되어 있는 그것은
마치 심장 같다. 심장이 뛰지 않으면 죽듯, 우표가 붙어 있지 않
은 편지는 전해지지 않는다. 전해지지 않는 편지는 죽은 거나
마찬가지다. 그러나 이 편지는 신생아마냥 심장이 뜨겁게 뛰고
있으니 어머니께 잘 도착할 것이다. 나는 편지를 사이드테이블
위에 올려놓고 욕실로 들어간다.


**35.** 팬티를 산다는 걸 깜빡해 오늘도 맨몸으로 욕실에서 나
온다. 그림이 너무 많아 누군가가 방에 있는 것 같은 느낌이
들어 나도 모르게 수건으로 아랫도리를 가린다. 젖은 팬티를
옷걸이에 걸어 말리고 침대 베개를 바닥으로 끌어다놓는다. 바
닥에 누워 MP3 이어폰을 귀에 꽂으려는데 누군가 방문을 두
드린다.

"누구세요?"

방문 옆에 바짝 붙어 서서 묻는다.

"나야."

여자다.

"왜요?"

"맥주 한잔 할래?"

"너무 늦었어요."

"딱 한잔만 하지?"

여자는 포기할 기미가 아니다. 모텔비를 댔으니 자기가 하자는 대로 해야 한다는 뉘앙스다. 저 술을 받아마시게 되면 다음에는 또 어떤 대가를 나에게 요구할까. 내 고민 따위는 상관없다는 듯 여자는 계속 문을 두드린다. 안 열어주면 열쇠로 따고 들어올 기세다. 나는 문을 열려다 말고 황급히 돌아선다. 옷을 홀랑 벗고 있다는 걸 깜빡 잊고 있었다. 하마터면 큰일날 뻔했다. 나는 모텔에 비치되어 있는 가운보다는 내 옷을 입고 있는 게 나을 것 같아 옷걸이에 걸어둔 젖은 팬티를 다시 입고, 그 위에 청바지와 티셔츠도 입는다. 축축하고 찜찜하다.

**36.** 여자는 맥주를 홀짝이며 감회에 젖은 눈빛으로 방 안을 돌아다닌다. 그림을 보다가 사이드테이블 위에 올려둔 내 편지를 훔쳐보듯 슬쩍 쳐다본다. 여자가 편지를 만지려고 하자 나는 강하게 저지한다.

"이봐요!"

"이참에 통성명이나 할까? 내 이름은……"

"알고 싶지 않아요."

서로의 이름을 부르게 되면 진짜 친해져야만 할 것 같아 나는 싫다고 말한다.

"그럼 앞으로 뭐라고 부를 건데?"

"앞으로라뇨?"

"내일도 앞으로잖아."

나는 잠시 고민하다 말한다.

"751로 하죠."

"751…… 기발한 명명이군. 좋은데, 창의적이야. 그럼 나는……"

"그냥 0이라고 해요."

나는 톡 쏘듯 말한다.

"왜 그 많은 숫자 중에 0이야? 0을 좋아해?"

"아무것도 없는 상태잖아요."

"그 말은 곧, 나한테 당신은 아무것도 아닌 제로 같은 존재였으면 좋겠다는 뜻이야?"

"잘 아시네요."

"0과 751이라. 너무 멀리 떨어져 있는 숫잔데. 사이가 너무 멀어. 그래도 뭐 752보다는 가까우니까 좋아."

여자가 재밌다는 듯 입을 크게 벌려 명랑하게 웃는다. 나는 처음으로 여자의 얼굴을 자세히 쳐다본다. 잇몸이 보이지 않는 입을 가졌다. 유일하게 맘에 드는 부분이다. 웃을 때 잇몸이 보이는 여자는 비환상적인 데가 있다. 너무 많이 드러난 잇몸은 키스의 환상마저 없애버린다. 진화가 덜 된 동물 같은 느낌이다. 그렇다고 여자와 키스를 하고 싶다거나 여자가 맘에 든다는 건 결코 아니다. 한군데가 맘에 든다고 해서 그 사람 전체를 좋아하는 건 지극히 위험한 발상이다.

여자가 방 가운데 앉아 맥주 하나를 따서 내게 내민다. 나도 모르게 침이 넘어간다. 어차피 진 빚이니 내일 한꺼번에 갚자는 생각에 덥석 맥주를 받아들고 자리에 앉는다. 축축한 팬티 때문에 엉덩이가 불편하다. 나는 맥주 한 캔을 싹 비운다. 피로가 풀리고 엉덩이의 불편함도 금세 잊힌다. 술기운 때문인지 여자에 대한 경계도 조금 풀리고 얼굴은 벌겋게 달아오른다. 그러자 질문이 하고 싶어진다.

"왜 나한테 이 방을 추천했어요?"

"여행자니까."

나는 그림을 한 번 더 올려다본다. 그림 속 사람들은 모두 이방인의 얼굴을 하고 있다.

"여행자의 마음을 잘 아는 화가야."

"이 모텔은 어떻게 알게 된 건데요?"

"떠돌이 인생은 도시마다 모텔을 하나씩 심어둬야 편해. 0은 그런 데 없어?"

"아직 없어요. 있다면 와조를 순순히 받아주는 데가 되겠죠. 그래서 이런 모텔이 존재한다는 게 아주 비현실적이에요."

"대신 나 같은 사람한테는 현실적이야. 곧 두 층을 더 올릴 계획이래."

"장사가 잘되나보죠?"

"칸트의 방, 헤겔의 방, 스피노자의 방. 철학자의 방을 만들 건가봐."

그 말을 듣는 순간 갑자기 어려워진다. 철학책으로 가득 찬 방이라니. 그러나 어찌 보면 철학이야말로 여행자와 가장 어울리는 학문이 아닐까, 라는 생각도 든다. 여행을 하다보면 자기도 모르게 철학적인 사람이 되어버린다. 철학자라서 생각이 많은 게 아니라 생각이 많아지면 누구나 철학자가 되는 것이다. 굳이 철학자의 방을 만들지 않더라도 여행자가 묵는 방은 모두 철학자의 방이 되고 만다.

"나 같으면 소설가의 방을 만들 텐데…… 한 작가의 소설을 읽기 위해 찾아오는 모텔 말이야. 생각만으로도 근사해. 0은 만들고 싶은 방 있어?"

나는 곰곰이 생각해본다. 나라면 누군가에게 편지를 쓰게 하는 모텔을 만들고 싶다. 편지 쓰는 데 필요한 편지봉투나 우표 등을 팔고, 로비에 빨간색 우체통이 세워져 있는 모텔. 예전에 어떤 기사를 읽은 적이 있다. 누군가에게 편지를 쓰면 건강이 좋아진다는 실험결과에 대한 기사였다. 기사에서 박사는 편지 쓰기는 학생들의 성적 향상에 도움을 줄 뿐만 아니라 우울증 감소와 면역력 향상에도 긍정적인 영향을 끼친다고 했다. 편지쓰기야말로 삶의 질을 높이고, 사람을 행복하게 할 수 있는 가장 간단한 방법이라고도 했다. 나야말로 그 실험결과의 표본이니 믿어도 될 것이다. 그러나 대답을 원하는 여자의 눈빛을 무시하고 나는 좀 엉뚱한 대답을 한다.

"목욕탕처럼 남자 여자 따로 들어가는 모텔이요."

"아직도 못마땅한 거야? 나랑 술 한잔 마시는 게?"

"쉬고 싶어요."

"힘들게 와조는 왜 데리고 다녀? 나이도 꽤 들어 보이는데?"

피곤한 건 자기랑 상관없다는 듯 여자가 새우깡을 집어먹으며 계속 묻는다. 피곤해하면서도 그 질문에 대답하는 나는 또 뭔가 싶다. 다 술 때문이리라.


**37.** 처음부터 와조를 데리고 다닐 생각은 조금도 없었다. 조부의 부탁으로 와조를 떠맡게 되긴 했지만 여행지까지 데리고 다니며 그 부탁을 이행할 수는 없는 노릇이었다. 서로가 힘들어질 게 불 보듯 뻔했다. 무엇보다 이 여행이 언제 끝나게 될지 모르는 상황이라 더욱 그랬다. 할 수 없이 나는 여행을 떠나는 날 와조를 조모에게 맡기기로 했다. 그런데 녀석은 이미 눈치를 챘는지 조모의 집 대문 앞에 멈춰 서서 한 발짝도 움직이려고 하지 않았다. 조모의 도움으로 간신히 마당까지 끌고 들어갈 수 있었지만 허사였다. 자꾸 떼어놓으려고 하자 녀석은 급기야 내 바짓가랑이를 물고 늘어졌다. 조모까지 옆에서 뜯어 말려봤지만

역부족이었다. 청바지가 찢어지는 일까지 벌어지자, 나도 조모도 더이상 어쩌지 못했다. 본능이라 어쩔 수 없나보다. 데려가거라. 조모의 말대로 와조는 돌아다니는 걸 본능으로 생각하고 있는 것 같았다. 십 년 가까이 몸에 밴 습관을 하루아침에 내다버릴 수는 없을 것이다. 사람보다 더 본능에 충실한 동물이니 더욱 그럴 것이다. 조모는 필요할 때가 있을지 모른다며 안내견 글자가 새겨진 와조의 노란색 옷을 내 배낭에 넣어줬다. 와조는 누군가를 목숨처럼 지켜내야만 살아갈 수 있는 개였다. 어쩌면 그 본능이 보이지 않는다는 사실조차 망각하게 했는지도 모른다.


**38.** "나이는?"

"열셋이요."

"0은?"

여자의 질문에 나는 배낭에서 책을 하나 꺼내 풀린 눈으로 한 구절을 읽는다.

"나는 남자가 망신을 당하지 않고 연애할 수 있는 나이의 한계를 이 나이라고 여기고 있었다."

"서른다섯?"

"아직 삼 년 남았어요. 망신 안 당하고 연애할 수 있는 시간이."

"서른둘이군."

"근데 서른다섯이란 건 어떻게 알았어요?"

"어렸을 때 좋아했던 고전 중 하나야."

그 말에 여자에 대한 경계가 좀더 풀린다.

"그래서 어제 모텔 네온사인 보고 놀란 표정이었군."

"사실 좀 놀라긴 했어요. 집 나올 때 가지고 나온 소설이거든요."

"왜 『달과 6펜스』였어?"

"안락을 버리고 달을 찾아 떠나는 주인공이 좋아서요."

"0은 안락한 집을 떠나 뭘 얻으려는 건데?"

"안락이요."

"그래서 지금 안락해?"

"조금은요. 집보다는."

"희한하네. 원래 집이 더 안락한 거 아니야? 집 나온 지는 얼마나 됐어?"

"삼 년이요."

"오래됐네."

나도 이 여행이 이렇게까지 길어지게 될 줄은 몰랐다. 길어봐야 한두 달 정도면 끝날 거라 예상했다. 여행이 길어진 건 다 편지 때문이었다. 나한테 온 답장을 읽기 위해서라도, 답장에 또다시 답장을 하기 위해서라도 여행을 일찍 끝내고 집으로 돌아갈 생각이었다. 그런데 불행하게도 아직까지 집으로 도착한 답장은 한 통도 없었다. 그러니 집으로 돌아갈 이유 또한 아직은 생기지 않은 것이다. 나중에는 어디 누가 이기나 보자, 라는 오기가 발동해 지금까지 오게 된 것도 있었다.

"751은요?"

"내 여행은 달처럼 변화무쌍해서 언제 시작되고 끝날지 나도 몰라."

"중요한 건 달 아니에요?"

"달? 알다시피 난 장사꾼이야. 장사꾼의 본질은 6펜스야."

"장사만이 목적이라면 그렇겠죠."

"다른 목적이 있을 거란 얘기야?"

"저한테 말 걸었잖아요."

"그것도 결국 장사를 위한 거라면?"

"그럼 책 팔려고 따라온 거였어요?"

"아니라고는 말 못해."

"그럼 벌써 손해보셨네요. 저한테 투자한 돈이 책 값을 넘어버렸으니."

"책이란 건 다섯 권도 살 수 있고, 열 권도 살 수 있는 거야."

"저보고 열 권을 사달란 얘기예요, 지금? 똑같은 책을요? 아무리 훌륭한 책이라도 소장은 한 권이면 충분해요. 똑같은 책을 여러 권 갖는 건 낭비예요."

"열 권은 소장하기에는 좀 많지만 다른 사람한테 선물하기에는 충분하지 않아."

"선물할 가치가 있는 책인지가 중요하죠."

"말하자면 『달과 6펜스』 같은 소설이라면?"

"열 권이 아니라 백 권도 사죠."

책을 안 산다니까 화가 났는지 여자는 맥주를 벌컥벌컥 들이
켠다. 어떻게 보면 시무룩해 보이기도 한다. 그사이에 내 청바지
속 팬티는 다 말라 있다.


**39.** 모텔 '달과 6펜스'를 나온 나는 통과의례처럼 우체통을
찾아 이동한다. 여자가 내 손에 꼭 쥐여진 편지봉투를 보고 묻
는다.

"누구한테 보내는 무슨 편지야?"

"아는 사람한테 보내는 안부편지요."

"매일 그렇게 편지를 써?"

"편지여행이니까 써야죠."

오늘은 제법 쉽게 우체통을 찾는다. 편지를 집어넣고 곧바로
공중전화 부스를 찾아 주변을 두리번거린다. 역시나 보이지 않
는다. 좀더 걸어야 할 것 같다. 여자가 나처럼 주변을 두리번거
리며 뭘 찾는 거냐고 묻는다. 공중전화라고 했더니 주머니에서
휴대폰을 꺼내 내게 건넨다. 편리하게 받고 싶지만 그 또한 나
중에 빚이 될까봐 사양한다. 다행히 저 멀리 공중전화가 보여

잽싸게 달려간다.

동전이 떨어짐과 동시에 들려온 친구의 목소리는 여전히 잠에서 덜 깬 상태고, 전화를 받을 때의 그 귀찮은 태도 또한 여전하다. 그러다 곧 정신을 차리더니, 얼마 전에 찾았다고 좋아했던 '죽이는 여자'한테 훔쳐보는 걸 들켜버려서 '죽는 남자'가 될 뻔했다며 혼자 신나게 떠들어댄다. 그런데도 아직 훔쳐보기에 대한 환상을 포기하지 않은 눈치다. 더 죽이는 여자를 찾아내서 꼭 나한테 보여주겠다며 큰소리까지 땅땅 친다. 나는 친구의 얘기를 다 들어주고 전화를 끊는다.

**40.** 아무도 나에게 편지하지 않았다.

**41.** 공중전화 부스를 나오는데 멀리 기차역이 보인다. 오늘은 기차를 타고 좀 멀리 가보는 것도 좋을 것 같다. 그곳이 어디든 상관없다. 여행하면서 터득한 건, 목적지란 없으면 없을수록 좋다는 것이다. 목적이 없으면 기대도 없고, 기대가 없으면 실망도 없다. 마음 내키는 대로 떠날 수 있다는 것이야말로 자유다. 나는 기차역을 향해 걸어간다. 여자가 수레를 끌고 나를 또 졸졸 따라온다. 나는 뒤돌아 여자에게 말한다.

"제가 어디로 가는지도 모르면서, 계속 따라오실 거예요?"

"뭐 어때, 나도 뚜렷한 목적지가 있는 게 아닌데. 0이 가는 곳이 어디든, 내가 가도 되는 곳이겠지 뭐. 책은 어디서든 팔 수 있고, 또 어디서든 읽는 거니까."

그제야 여자에게 갚아야 할 빚이 있다는 게 생각난다. 여자는 지금 자기한테 빚을 갚으란 말을 에둘러 하고 있는 것이다. 나는 현금카드를 재발급 받기 위해 서둘러 은행으로 방향을 돌린다. 여자가 은행까지 또 따라온다. 재발급 받은 카드로 현금을 인출해 여자에게 모텔비를 건넨다. 그런데 여자는 꼭 돈을 바랐던 게 아니었다며 내 손을 거둔다. 그러면서 이렇게 말한다.

"잘 모르나본데, 여행이란 게 원래 빚지는 거야. 빚도 져봐야 남을 도울 줄도 알지. 굳이 갚고 싶으면 다음에 내 숙박비 계산해줘. 숙박비는 숙박비로 갚는 게 깔끔하겠지? 오늘도 책을 팔지 못하면 숙박비가 좀 모자랄 것 같긴 해."

꼭 책을 사달란 말 같다.

"또 같은 모텔에 묵자는 거예요?"

"갚을 생각이라면 그래야겠지?"

진절머리가 난다. 나는 은행 문을 박차고 나와 여자에게서 도망치듯 기차역을 향해 빠르게 걷는다. 갑자기 굵은 빗줄기가 폭포처럼 퍼붓기 시작한다. 소나기다. 눈앞이 안 보일 정도로 비는 하얗고 거칠게 부서져내린다. 나는 뛴다. 와조도 뛴다. 여자도 뛴다. 수레도 뛴다. 역에 도착했을 때는 모두 다 물에 빠진 쥐새끼마냥 홀딱 젖어 처량해 보였다. 우리는 역사 유리문을 통해

하늘을 올려다본다. 언제 비가 내렸냐고, 시치미 떼듯 해는 쨍쨍하다.

　나는 매표소 아가씨한테 가장 먼저 도착하게 될 무궁화호 기차표를 달라고 한다. 도착역은 종점으로 한다. 내 뒤에 서 있던 여자가 나와 똑같은 기차표를 구한다. 그것도 내 옆자리로.


　**42.** 내 옆 좌석표를 사서 손해보는 건 내가 아니고 여자다. 내 옆에는 다른 승객이 타기 전까지는 항상 와조 차지이기 때문이다. 보란 듯, 그리고 당연한 듯 와조가 여자의 좌석으로 들어가 앉자 여자는 그제야 망연자실한 표정이다. 여자는 와조이기 때문에 양보하겠다는 듯 군소리 없이 내 옆 칸으로 가서 앉는다. 평일이라 승객이 적어서 한동안은 편히 앉아서 갈 수는 있을 것이다. 나는 여자가 말을 걸까봐 MP3를 꺼내 음악을 듣는다. 여자도 그제야 단념한 듯 눈을 감고 잠을 청한다.


　**43.** MP3에서 뜻 모를 팝송이 흘러나온다. 지하철과 달리 기차를 타면 생각은 깊어지고 생각나는 사람은 많아진다. 대개 그 생각들은 추억이란 방식으로 지나간다. 마치 창밖으로 풍경이 지나가듯. 그건 아마, 지하철이 생활전선을 위한 교통수단에 가까워 복잡하고 각박해 보이는 반면 기차는 낭만전선을 위한 교통수단에 가까워 편하게 느껴지기 때문일 것이다. 기차를 타면

항상 생각나는 사람이 두 사람 있다.

109는 호남선을 타고 기차여행을 할 때면 자주 만나게 되는 사람이었다. 그는 이동 판매원이었다. 기차 안에서 카트를 밀며 과자나 김밥, 특산물 같은 것을 파는. 기차 첫번째 칸 앞 좌석이나 마지막 칸 마지막 좌석을 선호하다보니 나는 자연스럽게 그 판매원과 이야기를 나누게 되었다. 물건도 자주 갈아주다보니 기차여행 몇 번으로 우리는 금세 아는 사이가 되었다. 무수히 많은 사람들이 탔다가 사라지는 기차란 공간에서 아는 사이가 되기는 어려운 일이었다. 109와 내가 아는 사이라고 당당하게 말할 수 있을 정도로 관계가 발전하게 된 건 우리 사이에 '자주'라는 기제가 놓여 있었기 때문이다. 나는 자주 호남선 기차를 탔고, 109는 자주 카트를 밀며 물건을 팔았다. 그는 물건을 팔고 약간의 짬이 주어지면 자주 내가 있는 곳으로 와서 말을 걸었다. 109와 내가 자주 하는 대화도 어떤 범주를 벗어나지는 못했다.

"전공은 의상학이야. 한때 직업도 의상 디자이너였어."

"디자이너와 이동 판매원, 너무 간극이 먼데요?"

"사람을 찾고 있어."

"누구요?"

"한때 좋아했던 여자가 있었는데, 약간의 오해 때문에 헤어졌어. 기차에서."

"다시 사랑을 시작하고 싶으세요?"

"그건 불가능해."

"왜요? 찾는 이유가 그거 아니에요?"

"난 이미 결혼도 했고, 예쁜 두 딸도 있어."

"그럼 약간의 오해를 풀려고 판매원이 됐단 말이에요?"

"남은 생을 자유롭게 살고 싶어서."

"도대체 그건 누구의 자유인데요?"

"둘 다. 어쩌면 두 사람 주변의 자유까지도 포함되겠지."

"여자 분을 찾으면 그 다음은요?"

"자유롭게 이 일도 끝날 거고, 원래 자리로 돌아가야지."

그뒤로 내게는 기차를 탈 때마다 내가 앉을 좌석보다 109를 먼저 찾는 버릇이 생겼다. 그러나 그를 만나는 일이 점차 즐겁지가 않았다. 그를 본다는 건 그가 아직도 자유롭지 못한 상태임을 의미하기 때문이었다. 그런데 나는 지난번부터 그를 보지 못하고 있다. 그날 그에게 짧은 편지를 보냈던 것도 기억난다. 오늘도 안 보이는 걸 보니 그가 정말 오해를 풀고 자유를 찾은 건 아닐까 짐작해본다. 그 짐작은 편지를 통해 확인할 수 있을 것이다. 답장이 온다면 그의 인생을 지배해버린 '약간의 오해'에 대해 들을 수 있을지도 모르겠다.


**44.** 다른 한 사람은 바로 내 형이다. 형은 내게 기차를 처음 타게 해준 사람이었다. 형도 기차를 타본 건 아마 그때가 처음

이었을 것이다. 머리도 식힐 겸 침대에 엎드려 책을 읽고 있던 형이 갑자기 벌떡 일어나 주섬주섬 옷을 챙겨입기 시작했다. 나는 형이 그렇게 갑작스런 행동을 할 때마다 불안해지곤 했다. 평소 신중한 타입인 형이 한 번씩 갑작스런 행동을 보이는 건 뭔가 큰 사고를 칠 거라는 예고편이나 다름없기 때문이었다. 형은 모자를 쓰고 읽다 만 책을 안쪽 주머니에 넣고는 나를 쳐다보며 물었다.

"너도 동참할래?"

"어, 엄마한테 맞아 주, 죽을 일 있어?"

"이러다간 내가 날 죽이게 생겼어."

형은 아주 무시무시한 말을 하고 있었다. 나는 형이 죽을까봐 후다닥, 옷을 챙겨입고 따라나섰다. 말하자면 우리는 가출을 한 것이었다. 형과 나는 무작정 기차에 올라탔다. 형은 기차를 많이 타본 사람처럼 여유로운 표정으로 읽다 만 책을 마저 읽었고, 나는 기차를 처음 탄 사람답게 바깥 구경에만 열중했다. 기차가 어둔 터널을 지나자 어디선가 박수가 터져나왔다. 형은 정말 기차를 많이 타본 사람처럼 터널이 나오면 저렇게 박수를 쳐야 하는 거라고 말했다. 내가 왜? 라고 묻자, 형은 다수가 만든 원칙이니까, 라고 대답했다. 그런데 정작 형은 박수를 치지 않았다. 가만히 생각해보니 형은 대한민국 1퍼센트도 아닌, 0.1퍼센트에 속하는 인간이니 박수를 치지 않는 게 당연했다. 그 터널이 끝나기 전, 형이 마지막 페이지를 덮은 책을 내 무릎으로 던져주며 말했다.

"꼭 읽어봐라."

그 책은 『달과 6펜스』였다. 나는 막연히 그게 형을 기차로 이끌었을 거라고 생각했다. 내가 그 책을 읽은 건 한참 뒤의 일이다.

기차여행은 사흘 동안 계속됐다. 나는 슬슬 불안해지기 시작했다. 형이 평소 일탈을 꿈꾸고 있다는 건 알고 있었지만 생각보다 심각한 상황으로 치닫고 있다는 생각에 소화불량까지 생겼다. 기차에서 먹은 어떤 음식도 맛있지 않았다. 며칠 후면 형의 모의고사였다.

"형 곧 시, 시험인데 집에 안, 안 갈 거야?"

내 말에 형은 엉뚱한 말을 했다.

"넌, 너 하고 싶은 대로 하고 살아. 알았지?"

"뭐?"

"나처럼 우등생으로 살지 말라고 새끼야!"

"우, 우등생이 어, 어때서?"

나는 우등생인 형이 늘 부러웠고 자랑스러웠다. 형처럼 되게 해달라고 하느님께 눈물로 기도하다 잠든 적도 많았다. 형은 보통의 그런 우등생이 아니었다. 모의고사만 봤다 하면 전국 일등이었다.

"그런 기이하고 징그러운 생물체는 한 집에 하나면 족해."

형은 굉장히 피곤하고, 불행하고, 불량한 얼굴을 하며 말했다. 나는 그때 알았다. 형이 있으니까 나는 이대로 사는 것도 좋겠구나. 좀 모자란 듯이. 좀더 바닥으로 내려가도 나쁘지 않겠구나. 일등을 하지 않아도 되는 삶. 그렇게 다짐하자 답답하고 어두운 긴 터널을 빠져나온 기분이었다. 그러니까 형은 목적지가 어딘지도 모르고, 불안하게 흔들리는 기차 안에서 나를 구원한 셈이었다.

아무 일도 일어나지 않은 듯, 형과 나는 모의고사가 있기 전날 밤 집으로 돌아왔다. 어머니와 아버지는 아무 일도 없었다는 듯 우리를 눈감아주었다. 형의 처음이자 마지막 일탈은 생각보다 조금 싱겁게 끝났다. 물론 형은 당연하다는 듯, 아무것도 아니라는 듯 그 모의고사에서 전국 일등을 했다. 형은 달리는 기차 안에서, 세상 사람 대부분이 그러하듯 세속적 영달을 꿈꾸며 살기로 다짐한 듯했다. 대신 형은 그후로 소설을 읽지 않았다. 『달과 6펜스』는 형이 읽은 마지막 소설이 되었다.


**45.** 대도시가 대도시가 된 건 사람과 건물이 많아서다. 사람과 건물이 많은 도시에 도착하니 기차도 대도시가 된다. 여자가 앉아 있는 좌석의 주인도 대도시에 거주하는 도시인이거나 대도시를 잠시 방문하러 온 이방인인 모양이다. 주인에게 자리를 내

준 여자는 수레를 끌고 화장실 칸으로 간다. 정당한 여자의 권리를 뺏은 것 같아 괜히 미안해진다. 나는 와조를 데리고 여자를 따라나선다. 솔직히 와조와 함께 기차여행을 하기에는 화장실 칸이 편하다. 화장실 칸이라면 승객들과 승무원의 눈치도 어느 정도는 견딜 만하다.

기차가 대도시를 지난다. 여자는 팔짱을 끼고 출입문 계단을 한 칸 밟고 서서 시무룩한 표정으로 창밖을 내다본다. 내게 화가 난 건지, 풍경 보는 재미에 빠진 건지 알 수 없다. 기차가 터널로 들어서자 여자가 늘어지게 하품을 한다. 지하철에서 책을 팔던 여자의 모습이 문득 떠오른다. 그때 품고 있던 궁금증도 함께 되살아난다.

"왜 하필 책을 팔아요? 다른 것도 많은데?"

"책이니까."

여자는 창밖으로 향해 있는 시선을 돌리지 않은 채 말한다. 여전히 시무룩하다.

"기왕 팔 거 여러 종류의 책을 떼어다 팔지 왜 한 종류예요? 그것도 소설을?"

"내 책이니까."

"물론 751의 책이겠죠."

"내가 쓴 소설이라고."

“네?”

깜짝 놀란 나는 여자의 수레에서 책을 꺼내 프로필 사진과 여자의 얼굴을 대조해본다. 닮은 것도 같고 아닌 것도 같다. 사진 속에서 여자는 안경을 안 쓰고 있는 데다, ‘포샵’ 처리를 너무 심하게 해서 마치 딴 사람처럼 보인다. 그러니까 소설 쓰는 여자라서 날 따라왔던 것인가. 작가란 자들은 워낙 관찰하는 걸 좋아하고, 파고들려고 하고, 상관하는 걸 좋아하니까. 그러고는 나중에 자기 글에 써먹길 즐기니까.

“사진으로 봐서는 전혀 모르겠는데요?”

“사진은 원래 사기야. 사진이라고 사실을 완벽하게 반영하진 않아.”

“그때는 왜 장사꾼이라고 했어요?”

“난 틀린 말 안 했어. 소설가도 결국 자기 소설을 팔아야 하는 장사꾼이야. 잘 팔리게 하기 위해서 좋은 품질의 소설을 써내야 하고, 브랜드 가치를 올려야 하지. 예술을 가장했다는 차이밖에는 없어.”

“그런 의미가 아니잖아요. 왜 직접 자기 소설을 파는데요? 서점에 맡기면 알아서 다 팔아주잖아요.”

자기가 자기 소설을 파는 일은 자기가 자기 몸을 파는 것만큼 힘든 일 같다. 내가 그 말을 꺼낸다면 여자는 분명 이렇게 말할 것이다. 자기가 만든 빵이나 김밥을 자기가 파는 거랑 뭐가 달라? 그러나 누구도 김밥을 사면서 그 김밥을 누가 만들었는지 궁금해하지 않는다. 김밥이란 원래 자기가 만들어서 자기가 파는 거라고 생각하기 때문이다. 그러나 소설은 그렇지 않다. 자기가 만들었지만 남의 손에 의해 팔려나가야 품위가 손상되지 않는다고 생각한다. 예술은 상업적인 이미지와 결합할수록 천박하다는 누명을 쓴다. 자기 소설을 자기가 팔아야 한다면 과연 누가 소설을 쓰려고 할까?

한편으로는 여자의 생각대로 소설이란 게 저잣거리에서 파는 고사리나 고등어랑 다를 게 뭐가 있나 싶기도 하다. 예술이 천박한 대접을 받던 시대도 있었다. 지금이 그런 시대가 아니라면, 그건 예술이 어느 순간 도도해져 고상한 대접을 받으면서부터 자연히 획득하게 된 자기 거만일 것이다. 따지고 보면 여자의 행위는 대형서점에서 사인회를 갖는 유명 작가와 크게 다르지도 않다. 서점도 결국은 좀 고상한 시장바닥일 뿐이다. 자기 작품을 자기가 파는 건 자신에 대한 열정 없이는 불가능한 일이다. 여자는 자신의 작품을 쓰레기로 방치하는 자보다는 용감하고 위선적이지 않다. 나는 묻는 대신 프로필을 다시 본다. 『치약과 비누』는 여자의 세번째 장편소설이다.

"첫 장편소설이 나오고 한참 만에 설레는 마음으로 서점에 가본 적이 있어. 서점에 진열된 내 책을 확인하는 건 아주 짜릿한 경험이니까. 그런데 아무리 둘러봐도 내 책이 안 보이는 거야.

직원한테 문의해봤어. 직원이 컴퓨터를 두드려보더니 창고에 재고가 몇 권 있다며 가지러 가는 거야. 그러니까 출간된 지 두 달도 안 돼서 내 책이 어둔 창고로 치워진 거였어. 눈에 보이는 곳에라도 진열되어 있으면, 설사 내 존재를 모르는 독자라도 내 책을 발견할 수 있겠지만, 창고에 그렇게 처박혀 있으면 내 존재를 알고 있는 사람만이 직원에게 물어 책을 사갈 수 있다는 결론이잖아. 그게 바로 서점의 시스템이야."

"서점을 믿을 수 없게 된 건가요?"

"그런 셈이지. 물론 저자가 직접 자기 책을 파는 것도 새로운 시도가 될 것 같아서이기도 하지만."

여자가 베스트셀러 작가가 된다면, 소설은 작품을 넘어 상품이 되기 때문에 조그마한 동네 서점은 물론이고 마트에서도 여자의 책을 손쉽게 구할 수 있을 것이다. 그렇다면 저런 생고생을 사서 할 필요도 없을 것이다. 왜 소설가의 방으로 된 모텔을 만들고 싶다고 했는지 이제야 알 것 같다. 여자는 유명한 작가가 되어 그런 방을 갖고 싶었던 것이다. 자기 책 하나 진열해주지 않는 서점과 자기 책만 있는 소설가의 방.

"베스트셀러 작가가 되면 그후에는요?"

"설사 그렇게 되더라도 계속 팔러 다닐 거야."

의외의 대답이다.

"왜요? 그때는 서점을 믿어도 되잖아요."

"처음에는 서점에 대한 불신 때문에 시작한 일이었지만, 지금은 그 이유 때문만은 아니야."

"아니면요?"

"그냥 돌아다니면서 사람들을 만나는 게 좋아. 내 책을 사는 사람을 만나는 건 더 좋고, 책에 직접 사인해주는 것도 좋아."

문득 여자의 소설이 궁금해진다.

"왜 치약을 먹고 비누를 먹어요?"

"궁금하면 사서 읽어."

여자는 끝까지 시무룩한 표정을 거두지 않는다.


**46.** 우리가 내린 곳은 바다와 가까운 소도시다. 소도시인데도 역 광장으로 나오자 제법 사람들로 북적인다. 바람이 불 때마다 짠 바다 냄새와 해산물 냄새가 몰려온다. 여자는 광장 한가운데서 걸음을 멈추더니 주변을 둘러본다. 책을 팔 만한 장소를 물색중인 것 같다. 여자는 가로등 옆에 있는 나무벤치로 다가간다. 그러고는 신발을 신은 채 벤치 위로 훌쩍 올라가 하모니카를 불기 시작한다. 심장을 흔드는 연주다. 하모니카 연주에 이끌린 사람들이 하나둘 벤치 주위로 몰려든다. 한여름 가로등 불빛을 향해 맹목적으로 달려드는 모기떼 같다. 그들은 모두 타야 할 기차가 도착하지 않았거나, 마땅히 갈 데가 없거나, 기차에서 막 내린 사람들로 보인다.

사람들이 어느 정도 모이자 여자는 지하철에서처럼 책을 보여주며 책 선전을 한다. 그러자 사람들의 표정이 하모니카 연주를 들을 때와 다르게 살짝 굳어진다. 맹목적으로 달려든 사람들은 이쪽의 목적을 알고 나면 가차없이 돌아서는 법이다. 사람들은 결국 물건 팔려는 거였잖아, 하면서 차갑게 역사 안으로 들어가 버린다. 마치 믿었던 누군가로부터 배신당한 얼굴을 하고서. 어떤 사람은 연주 잘 들었다며 동전 몇 개를 던져주고 가기도 한다. 모였던 사람들이 하나둘 빠져나간다. 나중에는 오롯이 우리만 남는다.

그러므로 문제는 사람들이 맹목적으로 모이지 않도록 하는 데 있을 것이다. 여자의 판매 방식에는 다소 문제가 있어 보인다. 맛보기로 음악을 들려줘놓고 책을 꺼내놓으니, 시쳇말로 사람들은 낚였다는 생각이 든 것이다.

"어떻게 하면 사람들이 책에 관심을 가질까요?"

"……"

"내가 아까 물었죠? 왜 비누를 먹고 치약을 먹냐고. 그때 나한테 했던 말 기억나요?"

"궁금하면 사서 읽어."

"딩동댕! 바로 그거예요. 궁금하게 만들어야죠."

"어떻게?"

"책에 표시 좀 해서 줘봐요. 가장 자신 있게 써낸 문장이라든 가 애착이 가는 문장, 그리고 궁금증을 유발할 수 있는 대사라 든가 단락들을 대충 뽑아봐요."

여자는 열심히 책을 뒤적거린다. 그러고는 문장에 밑줄을 긋고 귀퉁이를 접어 내게 건넨다. 여자는 다시 하모니카 연주로 사람을 불러모으기 시작한다. 아까보다는 적지만 사람들이 다시금 스멀스멀 모여든다.

**47.** 나는 품위 있고 고상하게 다리를 꼬고 벤치에 앉는다. 그러고는 무릎에 책을 올려놓고 청중을 향해 낭독을 한다. 여자는 옆에서 아주 잔잔하게 하모니카 연주를 계속 이어간다. 연주는 낭독을 하기에도 그것을 경청하기에도 방해되지 않을 정도의 볼륨이다. 나의 낭독은 '오늘 나는 치약을 먹었다. 내일은 비누를 먹을 것이다'라는 도발적이고 의문 가득한 첫 문장으로 시작된다. 그 첫 문장 하나에 청중의 반응이 솔깃해진다. 그걸 왜 먹나, 하는 표정들이다. 그러면서 계속 집중한다.

나는 여자가 심혈을 기울여 뽑아준 문장들을 심혈을 기울여 읽어나간다. 더듬거리지도 않고 단어 하나 실수하지 않는다. 발음은 더없이 정확하고 명징하다. 강조할 부분은 확실하게 강조하고, 감정을 살릴 부분은 확실하게 살려 읽는다. 분위기는 사뭇 진지해지고 사람들은 점점 더 깊게 여자의 문장으로 빠져든다.

여자의 문장은 청중에게 궁금증을 선사하고, 나의 또랑또랑한 낭독은 청중의 귀에 가시처럼 쏙쏙 들어가 박힌다.

낭독이 끝나자 사람들의 박수가 여기저기서 쏟아진다. 나는 청중을 향해 책의 저자라며 여자를 소개한다. 청중의 관심은 더욱 높아지고 박수가 한차례 더 쏟아진다. 누군가 손을 번쩍 들어 여자에게 몇 가지 질문을 하고, 여자는 조금은 수줍은 얼굴을 한 채 질문에 대답한다. 질문 시간이 끝나자, 치약과 비누를 왜 먹는지 궁금해진 사람들이 책을 몇 권 사간다. 여자는 책에 멋진 사인도 해준다. 그렇게 여자의 이름과 여자의 문장을 기억하는 사람들이 기차를 타고 다른 도시로 간다. 그들은 그 도시에서도 여자를 잊지 않을 것이다.

**48.** "어쩜 낭독을 그렇게 감칠맛 나게 잘해?"

소도시에 도착하기 전까지 내내 시무룩하던 여자는 이제야 좀 감동한 얼굴이다. 나는 어렸을 때부터 해오던 거라 낭독에는 조금 자신 있다고 대답한다.

"내 글인데도 내 글 같지가 않고 그럴듯해 보였어. 무슨 비법이라도 있어?"

말을 할 줄 모르는 사람에게는 글쓰기가 유혹이 된다고 했던 어떤 작가의 말처럼, 말에 서툰 자는 글에 관심을 갖기 마련이다. 아니 가질 수밖에 없다. 나는 사람들과 자유롭게 대화하는 걸 포기한 대신 글을 선택했다. 글은 편했고, 자연히 글을 읽거나 쓰면서 지내는 시간이 많아졌다. 주로 시와 소설을 읽었고, 누군가에게 하고 싶은 말이 있을 때는 전화 대신 꼭 편지를 남겼다. 글을 읽을 때는 되도록 큰 소리로 소리내어 읽으려고 노력했다. 소리내어 읽다보면 누군가가 하는 말을 듣는 것 같았고, 내가 누군가에게 말하는 것도 같았다. 그나마 책을 소리내어 읽을 때는 말할 때보다 더듬는 게 좀 덜했다. 나중에는 훈련이 되어 책을 읽을 때만큼은 조금도 더듬지 않게 되었다. 글이란 이미 예정되어 있는 것이라서 심리적인 압박을 주지 않았다. 어떤 글이든, 글이라는 형식을 빌리면 생각은 술술 나고, 그 생각을 받아 쓰기만 해도 글이 술술 써내려가졌다. 그러다 언젠가는 말도 그렇게 술술 나오게 될 날이 올 거라 믿었다. 그리고 그 믿음대로 지금은 말도 술술 하게 되었다. 갓 태어난 아기의 울음처럼, 뭔가가 내 엉덩이를 툭 건드리자 한꺼번에 말문이 터져버린 것이었다. 말문이 터져버린 나는 답답해서 더이상 집에 머물 수 없었다.

"말더듬이었다고? 거짓말. 방금 그 낭독 실력을 보고 그걸 누가 믿어?"

가끔은 나도 그 모든 게 거짓말이었으면 좋겠다고 생각한다. 가끔은 말문이 터져버리기 전으로 돌아가고 싶다고 느낄 때면 말이다. 솔직히 고백하자면 대중 앞에서 낭독을 해본 건 처음이

다. 전에는 골방에 숨어 나 혼자 낭독을 해봤을 뿐이었다. 말더
듬이를 치료할 수 있는 특효약은 대중이다.

**49.** 여자가 밥을 사겠다고 한다. 이번에는 얻어먹어도 될 만
한 충분한 이유를 갖춘 것 같아 나는 군말 없이 따라나선다. 여
자가 앞장서 들어간 곳은 역 앞에 위치한 제법 큰 패밀리 레스
토랑이다. 왠지 우리가 패밀리가 된 것 같다. 그러나 우린 패밀
리로 인정받기에는 아직 이른 모양이다. 우리는 입구에서부터
직원의 저지를 받는다. 와조 때문이다.

여자가 직원에게 통사정을 해보지만 소용없다. 손님들이 개를
보면 불쾌해한다며 그쪽에서 오히려 통사정을 한다. 돈이라도
쥐여 보낼 분위기다. 보시다시피 얌전하고 깨끗한 개라는 여자
의 설명도 먹혀들지 않는다. 나중에는 하다하다 안 되니까 여자
가 열을 올려 직원을 나무란다. 지금 보니 여자의 성격은 좀 급
하고 거침없을 정도로 괄괄한 데가 있다. 여자의 거센 항의에
직원이 타협안이라고 내놓은 건 와조를 밖에 묶어두고 나와 여
자만 들어가 식사를 하라는 것이다.

나는 그들의 실랑이가 어떻게 끝날 것인지 옆에 조용히 서서
지켜만 본다. 예상 못 한 바가 아니어서 지금 나는 무감각한 상
태다. 아직 우리나라는 식당에 개의 출입을 허용할 정도로 개에
게 우호적이지 않다. 아마 보신탕집에도 개는 들어가지 못할 것

이다. 그러한 이유로 자연스럽게 우리가 선호하는 음식점은 포장해갈 수 있는 테이크아웃이나 맥도날드, 길거리 포장마차가 되었다. 그래도 한번쯤은 패스트푸드가 아닌 어머니가 차려주는 밥상 같은, 식당 밥이 먹고 싶을 때가 있다. 특히 날씨가 춥거나 비가 올 때는. 물론 방법은 있다.

**50.** 나는 여자를 억지로 끌고 나와 사람이 없는 골목으로 들어간다. 나는 여자가 보는 앞에서 선글라스를 쓰고 와조에게 입힐 형광색 옷을 꺼낸다. 신이 나는지 여자가 옷을 잽싸게 낚아채 와조에게 입힌다. 여자는 이제야 좀 나를 깊이 이해하게 된 얼굴을 하고 새까만 선글라스 너머에 있을 내 눈을 찾는다. 잠시 검은 막 사이로 우리의 두 눈이 마주친다.

우리는 다시 '식당에서 밥 먹고 나오기'에 도전한다. 이번에 선택한 식당은 삼겹살집이다. 역시나 쉽지가 않다. 주인의 표정이 그리 좋아 보이지 않는다. 이번에는 안내견 복장을 한 와조보다 맹인인 나를 더 못마땅해하는 것 같다. 복장 하나로 사람과 개에 대한 편견이 생겨나고, 그 편견 또한 순식간에 뒤바뀔 수 있다는 걸 보여주는 대목이다. 밥 한번 먹는데 식당 주인의 허락이 필요하다는 사실이 씁쓸하지만 비정상인이 정상인처럼 살아가기 위해서는 어쩔 수 없이 정상인의 협조가 필요하다. 거부, 배제, 거절, 차단을 받지 않기 위해서는. 주인이 우물쭈물하는 사이에 여자가 나서서 앙칼지게 말한다. 이 또한 정상인의 협조라고 할 수 있다.

"보조견 표지를 부착한 장애인보조견을 거부할 시 삼백만원 과태료가 부과된다는, 장애인복지법 45조 2항에 대해서 알고 장사하시는 거죠?"

사람이란 법 조항 앞에 서면 한없이 약해지는 동물이다. 그것은 복종도 가능하게 만들 수 있다. 꼬리 내린 개처럼 주인 남자가 깨갱, 아무 말도 못 한다. 여자가 똑부러지게 읊은 법 조항 때문에 우리는 무사히 통과된다. 버젓이, 그리고 차별 없이 한자리를 차지하고 앉은 나는 여자에게 묻는다.

"아까 그 조항 정말이에요?"

소설을 쓰려면 아무래도 아는 게 많아야 할 테니, 알고 한 말일 것이다.

"실은 전혀 모르고 한 말이야. 소설을 쓰려면 거짓말에도 능숙해야 하거든."

여자는 뻔뻔하게 말한다. 그러나 소설가의 능숙한 거짓말 덕에 우리는 지글거리는 삼겹살을 양껏 먹는다. 와조도 오랜만에 고기로 포식한다. 외워뒀다 다음에 나도 그 조항을 써먹어야겠다는 생각까지 든다.

"그 조항 다시 한번 말해봐요."

"내가 뭐랬더라……"

여자는 고기를 뒤집다 말고 생각해내려고 애쓴다. 세상은 진실보다 거짓말이 통할 때가 더 많다. 거짓말은 마음을 불편하게 하지만 몸은 편하게 한다. 그래서 우리는 모처럼 편하게 식사를 마친다.


**51.** 든든하게 배를 채웠으니 다음은 모텔이다. 몸이 으슬으슬한 게 감기가 오려나보다. 소나기는 피해가는 게 좋은데, 괜히 서둘러 뛴 모양이다.

"아는 모텔 있어요?"

이가 저절로 맞부딪쳐서 소리가 난다.

"여긴 나도 처음이야. 그 말은 같은 모텔에 묵자는 거지? 아까는 펄쩍 뛰더니만."

나는 아무 말도 못 한다. 아무래도 오늘은 대충 골라 들어가야 할 것 같다. 모텔이란 게 다 거기서 거기라 골라봤자 그게 그것인데도, 선택하고 결정해야 한다는 강박은 쉽게 뿌리치지 못하는 것 같다.


모텔 '아라비안' 접객원은 우리가 들어가자 방 키 하나를 미리 꺼내든다. 그러고는 키홀더를 요술램프나 되는 것처럼 엄지손가락으로 쓱쓱 비비며, 쉬었다 가실 거예요, 주무시고 가실 거예요, 라고 묻는다. 우리가 커플로 보이는 모양이다. 내가 방을 두 개 달라고 하자 급기야는 싸워서 각방을 쓰려는 걸로 오해한다. 나는 여자의 숙박비까지 같이 계산한다. 이로써 빚을 깨끗하게 청산한다.

**52.** 간판에는 모텔이라고 버젓이 적혀 있었지만 안은 허름한 여관 수준이다. 여행한 지 한 달쯤 됐을 때 묵었던 모텔과 분위기며 가구 배치가 비슷해서 꼭 그때로 돌아간 것 같다. 그날도 지금처럼 몸 상태가 좋지 않았었다. 생각했던 것보다 여행은 훨씬 힘든 것이어서, 여행 후 처음으로 찾아온 고비였다. 고비를 이겨보려고 나는 편의점에서 사온 소주 두 병을 안주도 없이 다 비웠다. 술기운이 혈관을 타고 독처럼 빠르게 퍼져나갔다. 한순간에 온몸의 기력은 사라지고, 정신력은 사막의 모래알처럼 흐지부지 흩어져갔다. 제정신이 아니었고, 기분은 극도로 우울해졌다.

극심한 취기와 우울 속에서 나는 앞으로 여행을 계속 할 것인지 말 것인지 결정을 내렸다. 여행에 대한 결정이 끝나자 곧바로 생에 대한 갖가지 다른 결정들이 순서를 기다렸다 내게 달려들었다. 급기야 그 결정은 극한까지, 앞으로 살 것인지 말 것인지로까지 옮겨갔다. 짧은 순간 산다는 건 참기 힘든 고통이구나, 라는 생각이 절실하게 다가왔고 모든 게 부질없다고 느껴졌다. 문득, 정말 죽고 싶어졌다. 나중에는 충동적으로 '죽자'고 마음

속 다른 내가 혼자 결정을 내려버렸다.

나는 머릿속 명령을 따라 비틀거리며 자리에서 일어났다. 옷을 걸게 되어 있는, 벽에 부착된 봉에 먼지 잔뜩 묻은 운동화 끈을 단단히 묶었다. 봉이 단단한지 확인하기 위해 그걸 잡아당겨 보기까지 했다. 봉은 튼튼했다. 중간에 봉이 부서지거나 떨어질 리는 없을 것 같았다. 실패한 죽음은 더 짙은 모멸감만 가져다줄 뿐이었다. 이제 준비는 다 됐으니 못에 모자 걸 듯 가볍고도 간단히, 목만 잘 갖다대면 모든 게 깔끔하게 끝나는 순간이었다.

나는 심호흡을 한 번 하고 고리로 목을 집어넣었다. 기다렸다는 듯 지구가 온 힘을 다해 날 바닥으로 끌어내렸다. 운동화 끈이 목을 가르고 들어오는 듯한 압박감이 느껴졌다. 목이 조인다는 게 이런 느낌이구나, 라고 잠시 생각했다. 품위 있게 죽고 싶었지만, 조금은 고통스러웠는지 나는 발을 심하게 버둥거리며 숨을 캑캑댔다. 와조가 소리를 듣고 짖기 시작했다. 조금씩 정신이 혼미해져가고 있었다. 황홀한 것 같기도 했고, 꿈을 꾸고 있는 것 같기도 했다. 수만 가지의 생각들과 사건들이 그 짧고 혼미한 순간 속으로 조각난 필름처럼 파고들어왔다.

그때 반대편 화장대 거울로 곧 죽을 것 같은 시뻘건 내 얼굴이 보였다. 그 아래서 꼬리를 내리고 짖고 있는 와조도 보였다. 내가 여기서 죽으면 눈도 안 보이는 저 녀석은 어떻게 되는 걸까. 어딘지도 모르는 곳으로 팔려가거나, 못된 사람들한테 구타

당하며 살거나, 이상한 곳을 떠돌다 길바닥에서 굶어 죽는 건 아닐까. 불현듯 그 생각이 머릿속으로 날카롭게 파고들어왔다. 그러자 술이 조금 깨는 것도 같았다. 그 틈을 비집고 녀석을 부탁하고 떠났던 조부의 얼굴이 보이기 시작했다. 가족들의 얼굴도 하나씩 피어올랐다가 구름처럼 희미하게 사라졌다. 그사이에 거울 속 내 얼굴은 점점 더 흉측하게 변해가고 있었다.

상황의 심각성을 감지했는지 와조가 버둥거리는 내 발 한쪽을 물고 놓아주지 않았다. 마치 날 끌어내리려는 것 같았다. 나의 버둥거림이 심해질수록 와조는 더욱 심하게 날 물어뜯었다. 살이 찢기고 피가 바닥으로 뚝뚝 떨어졌다. 정신을 차리고 보니 나는 바닥에 누워 있었다. 지구가 날 끌어내린 것이었다. 여전히 봉에는 더러운 운동화 끈이 내 목처럼 대롱대롱 매달려 있었다. 어쩌면 와조가 끌어내린 것인지도 모르겠다.


**53.** 누군가는 누군가의 자살을 막고, 그 누군가는 또다른 누군가의 자살을 막는다. 내가 그때 죽었다면, 지구와 와조가 합심해 날 막지 않았다면, 나 또한 누군가를 구하지 못했을 것이다. 나는 내 목을 조였던 운동화 끈을 다시 운동화에 끼우고 이튿날 모텔을 떠났다. 내가 신고 있는 것은 운동화가 아니라 한 켤레의 죽음이었다. 두 개의 죽음이 발등을 짓누르고 있다는 생각이 들 때마다 자꾸 더 많이 걷고 싶어졌고, 그렇게 한 걸음 한 걸음

발을 뗄 때마다 죽음에서 멀어져가는 것 같았다.

죽음에서 많이 멀어졌다고 생각한 어느 날 다리 위에서 한 사내를 만났다. 32는 운동화를 가지런히 벗어놓고 난간 위로 올라가려고 하고 있었다. 나는 전력을 다해 32를 향해 뛰었다. 한 켤레의 죽음이 다른 한 켤레의 죽음을 살리기 위해 달려가는 것이었다. 나는 가까스로 32의 팔을 와락 잡아당겼다. 내가 일 초만 늦게 도착했어도 32의 몸은 물고기밥이 되었을 것이다. 죽음에서 간신히 벗어난 그는 가쁜 숨을 몰아쉬고 있었다. 나 또한 죽음을 막 모면한 32의 얼굴을 가쁜 숨을 내쉬며 쳐다봤다. 그는, 실패한 죽음은 모멸감을 가져다주는 게 아니라 세상을 보는 달라진 눈을 가져다준다는 얼굴을 하고 있었다.

우리는 다리 위에 한참을 나란히 앉아 있었다. 나는 32에게 모텔에서 있었던 나의 자살기도에 대한 얘기를 들려주었다. 운동화를 내려다볼 때마다 죽음에서 멀리 달아나고 싶은 생각이 든다는 말도. 그 말이 끝나자 32가 내 운동화 끈을 뚫어져라 쳐다봤다. 그러더니 이렇게 말했다.

"저랑 운동화 끈 바꾸실래요?"

"운동화가 아니라 끈을요?"

낯선 제안이라 처음에는 주춤했지만 나중에는 좋다고 고개를 끄덕였다. 우리는 곧바로 운동화 끈을 바꿔 끼웠다. 32의 운동화 끈은 형광색이었다. 하얀 내 운동화에는 다소 어색한 색깔이었지만 나쁘지는 않다고 생각했다. 더러운 내 운동화 끈은 32의 깨끗한 운동화를 단번에 더럽게 만들었지만 그 또한 나쁘게 생각하지 않는 것 같았다. 우리는 다리 위에서 헤어졌다. 살짝 뒤돌아보니 32는 내 운동화 끈을 한번씩 내려다보며 열심히 걷고 있었다. 진심으로 그때, 내가 죽지 않고 살아 있어서 다행이란 생각을 했다. 지구와 와조는 한 사람의 목숨이 아니라 두 목숨, 아니 결국에는 수십 명의 목숨을 구한 셈이었다.

**54.** 몸에 열꽃이 핀다. 마음 같아서는 그냥 침대로 기어들어가 자고 싶다. 그러나 막상 그렇게 해봤자 잠들지 못할 거란 걸 너무나 잘 알고 있기에 그러지도 못한다. 천 일 동안 몸에 밴 생활습관을 어쩌다 한번 찾아온 감기가 막아낼 수는 없는 일이다. 편지를 쓰고 나면 열꽃이 가라앉을지도 모른다.

나는 침대에 엎드린 채 이불로 몸을 꽁꽁 휘감고 간신히 연필을 집어든다. 근데 하필 연필심이 부러져 있다. 배낭에서 연필깎이를 꺼내 연필을 돌린다. 깎인 나무가 레이스처럼 말려올라온다. 이럴 때는 솔직히 연필이 좀 귀찮다. 그래도 편지는 꼭 연필로 쓴다. 볼펜은 잘못을 지울 수 없다는 이유로 나를 불안하게 한다. 연필은 실수를 해도 늘 용서한다. 그것도 아주 깨끗하게. 그러므로 편지는 꼭 연필로 써야 한다. 그게 나의 오래된 신념이다.

아버지께.

　오늘 소나기를 좀 맞았더니 감기에 된통 걸려버렸어요. 그래서인지 아버지한테 편지를 쓰고 싶어졌어요. 이런 제 모습을 보면 아버지가 무슨 말씀을 하실지 대충 짐작이 가요. 바보 같은 녀석! 한여름에 와조도 안 걸리는 감기에나 걸리고. 쯧쯧쯧. 그러고는 빛도 들어오지 않는 지하 연구실로 내려가서 도깨비방망이처럼 뚝딱, 뭘 만들어내시겠지요. 마치 그렇게 하나를 만들어내야 문제 하나가 해결될 것처럼요.

　아버지는 늘 그랬어요. 아버지가 만들어낸 발명품 중 가장 뛰어난 것들은 공교롭게도 죄다 집안에 심각하거나 불미스러운 문제가 발생했을 때 탄생한 것들이었어요. 그것들은 마치 우리 가족의 불행한 기운을 먹고 자라는 곰팡이 같았어요. 우연의 일치라 하기엔 그 가짓수가 징그러울 정도로 너무 많았어요. 어느 날부터는 아버지 발명품이 불온하게 느껴져서 만지는 것조차 꺼림칙해지기 시작했어요. 곰팡이 씨가 번식할수록 전 아버지가 미워서 견딜 수 없었어요. 아버지가 무능하다고도 생각했어요. 가장으로서 집안 문제 하나 나서서 해결 못 하는 아버지가 정말 원망스러웠어요.

　전 아버지가 발명할 물건 목록을 미리 작성해뒀다가 집에 문제가 생길 때마다 하나씩 꺼내 만들어낸다고 생각했어요. 골치 아픈 문제에서 빠져나가기 위한 핑곗거리 같은 거요. 아버지는 그 물건을 만들어낼 때까지 연구실에 처박혀 수십 장의 도안과 씨름을 했지요. 아버지가 "유레카"를 외치며 발명품을 들고 연구실을 뛰쳐나왔을 때는 이미 어머니와 저희 삼남매가 그 문제를 깨끗하게 해결한 뒤였어요. 나중에는 무슨 생각까지 하게 됐는지 아세요? 아버지가 굉장한 걸 발명해내기 위해 집안에 안 좋은 일이 생기기를 바란다고 생각했어요. 아버지의 연구 집중력은 항상 거기서 비롯됐으니까요. 그래서 아버지에게 국제적인 명성을 가져다준 발명품들은 저마다 사연 하나씩을 갖고 있었지요.

지금에서야 실토하는데, 아버지가 제네바 국제 발명품 전시회에 출품하려고 야심차게 준비했던 환풍기를 망가뜨린 사람은 저였어요. 착한 형은 알고도 저 대신 죄를 뒤집어썼어요. 그때 아버지가 형을 죽도록 두들겨 팼던 게 생각나요. 앞니가 두 개나 부러져서 졸지에 형은 바보 맹구가 돼버렸지요. 저는 아버지가 형이라면 깜빡 죽는 사람이니까 형이 망가뜨렸다고 하면 아무 일도 일어나지 않을 거라 생각했어요. 그날 새벽, 전 아버지가 우는 걸 처음 봤어요. 제가 연구실로 들어가자 아버지가 그러셨지요? 그 환풍기는 그냥 환풍기가 아니라, 형의 심장이라고.

그 환풍기 설계도가 완성된 건 형이 심장수술을 받고 있을 때였어요. 형이 수술을 성공리에 마칠 수 있었던 건 그 설계도를 완성했기 때문이라고 아버지는 믿고 있었어요. 아버지는 그러면서 지금까지 만들었던 발명품들을 하나하나 설명해주셨어요. 어머니가 학교에서 파면당할 위기에 놓였을 때, 지윤이가 코 성형 수술을 받고 있을 때, 할아버지가 시력을 잃었을 때, 내가 대학 시험을 보고 있을 때 만들어진 것들…… 발명품마다 부제가 붙어 있다는 걸 그제야 알았어요. 아버지는 집안의 모든 문제를 혼자 다 해결해온 사람처럼, 다른 가족들은 잊고 있던 사소한 일까지 모조리 기억하고 있었어요. 가만히 생각해보니 결국 아버지가 발명품을 성공리에 만들어냈을 때 발생했던 문제들은 모두 성공적으로 마무리되어 있었어요. 형의 심장 또한 환풍기 때문에 문제없이 잘 뛰고 있었고요. 그건 아버지만의 주술이었어요.

아버지에게 발명이란 요리 같은 거였어요. 어머니가 부엌에서 음식을 만드는 것처럼 아버지는 지하실에서 요리하듯 기상천외한 물건들을 만들어내셨죠. 아버지에게 발명은 계란프라이처럼 간단한 일로 보였어요. 가족들이 주문하면 못 만드는 게 없었고, 못 고치는 것도 없었어요. 아버지 덕에 우리 가족은 편리한 생활을 할 수 있었어요. 물리 교사를 그만두고 본격적으로 발명가가 되겠다고 했을 때는 청소하는 로봇을 만들어주겠다는 달콤한 말로 어머니를 설득했지요. 물론 그런 로봇을 만들어낼 때까지 아버지가 청소로봇 역할을 대신 해야만 했지만요. 요리하듯 발명하는 분이라 그런지 아버지는 요리도 곧잘 하셨어요.

이건 비밀인데요, 사실 음식 솜씨는 어머니보다 아버지가 더 훌륭했어요.

아버지표 장난감들은 또 얼마나 멋졌던가요. 다른 아이들이 갖고 노는 플라스틱 장난감하고는 차원이 다른 특별한 것들이었지요. 비행기는 하늘을 날았고, 자동차는 고속도로를 주행했고, 로켓은 까마득한 우주로 발사되었으니까요. 모두 다 세상에 하나뿐인 장난감이라서 저 또한 세상에 하나뿐인 존재가 될 수 있었어요. 그 덕에 친구 없이도 유년 시절을 큰 탈 없이 지나올 수 있었고요. 물론 알고 있어요. 말 더듬는 저를 위해 아버지는 늘 형 것보다 더 좋고 더 많은 장난감을 만들어주셨다는 걸요.

어떤 과학잡지 인터뷰에서 아버지가 했던 말이 생각나요. 생애 최고의 발명품은 뭐냐는 질문에 아버지는 망설임 없이 저희 삼남매라고 하셨지요. 철없는 지윤이는 하나뿐인 막내딸이나 제대로 발명해주지 그랬냐고 투덜댔지만 그 녀석도 나이가 들면 속이 좀 찰 거예요. 그 글을 읽고 제가 아버지 아들이라는 게 얼마나 자랑스러웠는지 몰라요. 형과 지윤이도 마찬가지일 거예요.

아버지, 제가 이 여행을 무사히 마치고 돌아갈 수 있게 근사한 발명품 하나 만들어주실래요? 어쩌면 아버지 성격에 이미 만들어놓고 기다리고 계실지도 모르지만요. 그게 뭔지 빨리 가서 보고 싶어요. 아버지의 주술은 이번에도 분명 통하리라 믿어요. 벌써 효과가 있는지 기운이 나는 것도 같아요. 아버지도 감기

조심하세요. 우리집 지하실은 한여름에도 유독 춥잖아요. 또 편지할게요.

모텔 '아라비안'에서 아들 지훈이가.

**55.** 발명가 아버지가 늘 했던 말이 있다. '과거는 현재를 위해 항상 봉헌되고, 현재는 미래를 위해 항상 희생된다.' 그 말대로 희생된 나의 오늘은 나의 내일을 눈부시게 빛나게 해줄 것이다. 나는 그렇게 믿으며 편지를 봉투에 넣고 봉한다.

**56.** 문을 두드리는 소리에 꿈결처럼 눈이 조금 떠진다. 꿈인지 현실인지 분간이 안 될 정도로 머릿속은 혼몽한 상태다. 온몸은 땀으로 범벅이고, 가위에 눌린 것처럼 일어나려 해도 좀체 몸이 움직여지지 않는다. 말을 하고 싶은데도 목소리가 나오지 않는다. 문 두드리는 소리가 희미하게, 다시 들려온다. 오밤중에 누가 남의 신성한 잠을 방해하는가. 아무래도 방을 잘못 찾아온 다른 방 투숙객인 것 같다. 나는 곧 돌아가겠지 싶어, 천근같은 손으로 이불을 당겨 머리 위로 뒤집어쓰고 잠을 청한다. 그런데 이번에는 밖에서 열쇠로 문 따는 소리가 들린다. 급기야 벼락치듯 문을 열고 들어오더니 날 흔들어 깨우기까지 한다. 무단침입에 놀란 나는 몸의 족쇄가 풀린 듯 침대에서 벌떡 일어난다. 불

빛 때문에 눈이 부셔서 침입자를 확인할 수 없다. 한참 만에야 그들이 눈에 들어온다. 접객원과 여자다.

"손님, 놀랐잖아요. 괜찮으세요?"

놀란 건 오히려 나고, 안 괜찮다. 나는 눈을 비비며 말한다.

"오밤중에 무슨 일이에요?"

"퇴실 시간이 다됐는데 인기척이 없어, 혹시나 해서……"

"퇴실 시간이요?"

나는 눈을 가늘게 떠 손목시계를 본다. 정오가 훌쩍 넘은 시간이다. 해가 중천에 뜬 것도 모르고 자고 있었던 모양이다. 여자도 많이 놀란 눈치고, 접객원은 십년 감수했다는 얼굴로 나를 쳐다본다. 그러면서 접객원은 두 분이 방을 따로 잡을 때부터 심상찮은 기운이 느껴져 신경을 쓰고 있었다고 말한다. 이 모텔에서 사건사고가 몇 건 있었던 모양이다. 접객원은 체크아웃 해달라는 말을 남기고 돌아간다. 놀랐더니 기운이 다 빠져서 앉아 있을 수조차 없다. 나는 다시 침대로 쓰러지듯 드러눕고 만다.

"체크아웃 안 할 거야?"

"아무래도 오늘은 안 되겠어요. 감기가 왔거든요. 어제보다는 좀 나은데, 무리하면 오래갈 것 같아요."

"상태가 어떤데?"

"약이라도 사오게요?"

"응."

112

"고맙지만 됐어요. 하루 쉬면 괜찮을 거예요. 대신 이거나 부쳐주세요."

나는 머리맡에 놔둔 편지를 건넨다.

"아, 전화도 해야 되는데. 아니, 그건 나중에 제가 할게요. 어차피…… 올 때 와조 먹을 거나 좀 사다주세요. 여기 지갑이요."

여자가 지갑을 받아들며 자기 주머니에서 휴대폰을 꺼내 내게 건넨다. 순간 휴대폰이 세상에서 가장 훌륭하고 편리한 물건처럼 느껴진다. 뱀의 유혹 같다. 받을까, 말까. 여행은 빚지는 거라던 여자의 말에 용기를 얻어 나는 결국 덥석, 그것을 받아들고 만다. 여자가 방을 나간다.

나는 숨을 거칠게 몰아쉬며 친구에게 전화를 건다. 친구는 잠이 확 깬 목소리로 말한다.

"그런다고 진짜 신음소리를 내냐? 설마 지금 생방송 중계중인 건 아니지?"

"농담할 기분 아니야."

"근데 못 보던 번호다? 휴대폰 장만한 거야?"

나는 말할 기운도 없어 대충 본론만 얘기하고 끊는다.


**57.** 역시나 아무도 편지하지 않았다. 오늘도.


**58.** 여자가 문을 열고 들어오는 소리에 저절로 눈이 떠진다.

우체통 찾기가 어려워 한참을 걸었다는 여자는 방으로 들어오자마자 좀 어떠냐고 물으며 약봉지를 건넨다. 마치 어머니 같다. 지금 보니 괜찮은 구석이 있는 사람 같기도 하다. 이럴 때는 둘도 괜찮구나, 라는 생각도 든다. 여자는 아플수록 든든하게 먹어야 한다며 봉투에 든 음식들을 바닥으로 펼쳐놓는다. 와조 건물론이고 따뜻한 공기밥과 식당에서 포장해온 국과 찌개도 보인다. 잔칫집에 놀러온 기분이다. 급한 마음에 약을 털어넣으려고 하자 여자가 약봉지를 뺏어든다.

"약은 식후에 먹는 거 몰라?"

여자가 이불을 들춰 억지로 나를 끌어 앉히고는 방을 나간다. 갖가지 음식 냄새가 달려들어 식욕을 자극한다. 군침이 돌고 생기가 돈다. 나는 며칠 굶은 사람처럼 허겁지겁 젓가락을 놀린다. 하긴 몇 끼 굶긴 했다. 와조도 게눈 감추듯 제 몫을 해치운다. 정신 없이 먹고 나서야 여자한테 고맙다는 말 한마디 하지 않았다는 게 생각난다. 여자 몫으로 좀 남겨둘걸 그랬나. 마치 혀로 설거지를 마친 것처럼 스티로폼 그릇들은 말끔하다.


**59.** 약까지 챙겨먹고 빈 그릇들을 치우고 있을 때 여자가 다시 들어온다. 그런데 여자는 그냥 들어오는 게 아니다. 아예 자기 짐을 챙겨들고 내 방으로 이사 오고 있다. 뒤따라 접객원이 방문으로 얼굴을 빼꼼히 디밀며 말한다.

"진작 그러실 것이지. 내일 정오까지만 묵으실 거죠?"

나는 일단 그럴 거라고 대답한다. 접객원은 자기 짐작대로 커플이 맞았다는 듯이, 싸워서 각방을 썼던 거라고 확신하며 입을 삐죽인다. 여자도 접객원의 표정에서 그걸 읽었는지 내가 불쾌해하지 않도록 변명 비슷한 말을 늘어놓는다.

"모텔비가 좀 모자라서 한 방 쓰는 게 합리적일 것 같아서. 어차피 우린 연인 사이도 아니니까 뭐, 괜찮지?"

여자가 아까까지 보여준 호의가 잠시 의심된다. 괜히 밥을 사다주고 약을 사다준 게 아니었다. 그렇다고 야박하게 당장 나가라고 할 수도 없는 노릇이다. 호의를 모른 척할 만큼 나는 파렴치한이 아니고, 같은 여행자로서 여자의 처지를 충분히 이해하고 있기 때문이다. 어차피 우린 연인 사이도 아니니 별일이 있을 리 만무하고, 만무하리라는 전제하에 한 방을 쓰는 것은 문제될 것도 없긴 하다. 한 푼이 아쉬운 여행자 처지에 각 방을 쓰는 건 누가 봐도 비합리적인 낭비로 보인다. 게다가 이 방은 둘이 나눠 쓰기에도 충분히 크고 넓어서, 좁다는 핑계를 댈 수도 없게 만든다.

정작 문제는, 뒤집어서 생각해봐야 나온다는 것이다. 연인 사이가 아니기 때문에 안 괜찮을 수 있다는 것이다. 아니, 연인 사이고 아니고를 떠나서, 어쩌다 여자와 방을 같이 쓰는 사이까지 돼버렸는지 모르겠다. 아마 번갈아가며 서로에게 빚을 지고, 그

빚을 갚는 일이 반복되다보니 여기까지 와버린 것이리라. 여자
가 눈치가 보였는지 작은 목소리로 말한다.

"와조 옆에서 조용히 지낼게."


**60.** 와조 옆에 조용히 앉아 있던 여자가 배낭에서 12인치 노
트북을 꺼낸다. 부팅이 되기를 기다리던 여자는 배낭에서 충전
기를 꺼내 전원을 연결한 뒤 휴대폰을 꽂는다. 충전기에 빨간
불이 들어온 걸 확인한 여자가 내 상태를 살피며 묻는다.

"아프면 집 생각이 간절해지지 않아? 정 못 견디겠으면 돌아
가지 그래."

"못 가요."

"혹시, 집이 없어?"

"집으로 돌아갈 이유로는 부족해요. 아프다는 건."

나는 누에고치처럼 이불로 몸을 돌돌 만다.

"어떤 이유여야 집으로 돌아갈 건데?"

"편지가 와야 해요."

"답장?"

나는 가만히 고개를 끄덕인다.

"그럼 지금까지 답장이 한 통도 안 왔단 말이야?"

나는 또 가만히 고개를 끄덕인다. 여자는 조금 놀란 표정이다.

"편지는 매일 써?"

"못 쓸 때도 있지만, 매일 쓰려고 노력해요. 일기처럼."

"편지 보낼 사람이 많은 걸 보니 꼴에 인간관계는 좋은가봐?"

"뭐요?"

"알았어, 미안. 매일 같은 사람한테 쓸 리는 없을 테고, 주로 누구한테 보내는데? 친구? 애인?"

나는 대답을 안 하려다 한다.

"2한테도 보내고, 가족한테도 보내고, 149한테도 보내고, 친구한테도 보내고, 327한테도 보내고, 동료한테도 보내고, 502한테도 보내요. 매일 달라요."

부팅이 다 되자 여자는 터치패드에 손가락을 올려놓고 포인터를 움직인다. 노란 폴더 속 파일을 클릭하자 조용하고 잔잔한 뉴에이지 음악이 흘러나온다. 마음이 안정되는 기분이다. 다음에는 디지털카메라와 노트북을 케이블로 연결해 오늘 찍은 사진들을 하드디스크로 옮긴다. 그리고는 인터넷에 접속한다. 여자는 조그마한 모니터를 들여다보며 내게 계속 묻는다.

"방금 나열한 번호들, 751이란 숫자와 연장선상에 있는 것들이지?"

"네."

"궁금했어. 번호에 의미는 없더라도 어떤 법칙이나 원칙은 있을 거라 생각했거든. 0과는 무슨 관계야? 혹시 여행중에 만난 사람들?"

“네.”

“그럼 난 751번째로 만난 사람이란 뜻이야?”

나는 고개를 끄덕인다.

“아직까지는 내가 마지막이겠네?”

“전 빨리 다음 번호를 만나고 싶어요. 아리따운 아가씨일지도 몰라요. 나와는 운명적인.”

“희대의 살인마일지도 모르지.”

여자가 소름 돋는다는 듯 어깨를 살짝 추어올리며 말한다.

“말을 꼭 그렇게 해야겠어요?”

“내가 하고 싶은 말이야.”

“참 나.”

“왜 사람한테 번호를 붙이고, 번호로 불러? 사람이 무슨 차도 아니고.”

“기억하기도 쉽고, 편하고, 끝이 없으니 겹치지도 않고, 자동으로 순서까지 매겨지잖아요. 똑같은 이름은 있어도 똑같은 번호는 없어요.”

“나한테는 그게 더 어려워 보이는데. 이름이 더 기억하기 쉽지 않아?”

어머니와 아버지를 닮아서인지 난 어렸을 때부터 숫자에 강했고 숫자를 좋아했다. 또 기억력이 뛰어나서 한 번 본 건 완벽하게 기억하고 있었다. 특히 숫자가 들어간 건 무조건 잘 외우고 기억해내는 놀라운 재주가 있었다. 천재라고 불렸던 형도 나의 기억력만큼은 능가하지 못했다. 그때 처음으로 신이 공평하다는 생각을 하게 되었다. 나는 말을 술술 하지 못하는 대신 기억을 술술 하는 능력을 갖고 태어났다. 그러나 술술 하고 있는 기억을 입 밖으로 술술 꺼내놓으려고 하면 머릿속은 어느새 뒤죽박죽되어, 아무 말도 못 하게 되었다. 기억하고 있는 것과 기억한 그것을 말로 풀어놓는 건 엄연히 다른 차원에 속하는 세계였다.

내가 숫자를 좋아하는 건, 숫자는 적어도 거짓말을 하지 않기 때문이다. 명확하고 분명하고 확실한 대답을 갖고 있기 때문이다. 다른 의심을 품게 하지 않기 때문이다. 그래서 나는 모든 사물을 숫자로 환원해서 부르는 버릇이 있다. 숫자로 환원된 것들은 결코 머릿속에서 잊히지 않는다. 잊히지 않는 것들은, 잊히지 않는 동안만큼은 배반도 하지 않고 거짓말도 하지 않을 거라 믿는다. 아마 나처럼 세상의 모든 사물을 숫자로 부르거나 설명할 수 있다면 오해하거나 잘못 보는 일은 생기지 않을 것이다. 누구에게나 아버지가 1이고 어머니가 2라면, 형이 3이고 동생이 4라면, 그들에게 그 숫자 이상의 어떤 것을 기대하거나 요구하지 않게 될 것이다. 그러나 그들은 애초에 1이 아니고 2가 아니었기 때문에 명확한 답을 갖고 있지 않았다. 그래서 평생을 살아도 알 수 없는 존재들이었고 어떠한 대답도 주지 않았다. 아마 앞으로도 마찬가지일 것이다. 그들은 숫자로 명명될 수 없을 것이고, 또 되어서도 안 되기 때문이다.

"듣고 보니 어느 물리학자가 했던 말이 생각나는군. 어떤 책이 모두 숫자로 씌어졌다면, 그것은 진리일 거라는. 0의 말대로 책상을 12로 부르고 고양이를 45로 부르면 언어는 필요 없겠네?"

"필요 없는 게 아니라 그게 바로 언어가 되는 거죠. 세계 공용어."

"삼 년 동안 만난 사람들이 고작 751명밖에 안 돼?"

"고작이라뇨? 저한테는 별처럼 많은 사람들이에요. 아무한테나 번호를 부여하진 않아요."

"어떤 사람이어야 하는데?"

"주소를 말해주는 사람."

아마 지금까지 내가 만난 사람들을 다 세어보면 751이란 숫자의 서너 배는 좋이 넘을 것이다. 그 어마어마한 사람 중에, 내가 마지막 순간 주소를 물었을 때 대답을 해준 사람은 칠백오십 명이었다. 사람들은 주소를 물으면 일단 의심부터 했다. 그러고는 슬슬 경계태세에 들어가기 시작했다. 많은 대화로 서로를 잘 알게 됐다고 생각했던 사람들도 주소를 물으면 갑자기 딴 사람으로 변해버렸다. 혹시 내가 어느 날 갑자기 그 주소로 찾아가 귀찮게 군다거나, 해를 입힌다든가, 몰래 침입해 물건이라도 훔쳐갈까봐 그러는 것 같았다. 가르쳐준 경우라도 그 주소가 거짓 정보가 아니라고 단정할 수도 없었다. 다만 지금의 나는, 거짓이 아닐 거라고 믿을 수밖에 없는 것이다.

"칠백오십 명을 다 숫자로 기억하고 있단 말이야? 대단한데."

좀 으쓱한 기분이 들자 나도 모르게 어깨가 쫙 펴진다. 아무 뜻도 없는 숫자에 문화적 역사적 의미를 부가하면 의외의 드라마가 생겨난다는 어떤 노학자의 말처럼 내가 알고 있는 숫자들은 모두 저마다의 드라마를 갖고 있었다. 주소는 물론이고, 그 드라마까지 숫자 하나로 기억한다는 내 말에 여자의 눈이 커진다.

"놀라워. 근데 왜 나한테는 주소도 안 묻고 번호부터 덥석 부여해준 거야?"

"계속 따라다니니까 이름은 불러야겠고, 귀찮아서 그랬어요. 별뜻 없어요."

"주소는 언제 물을 건데?"

"봐서 안 물을 수도 있어요. 751은 아직 임시넘버일 뿐이에요."

말은 그렇게 했지만 숫자 751에서 어떤 드라마가 더 생겨날지 궁금한 것도 사실이다.

"참, 성격 가슬가슬해. 다른 사람들도 그런 식으로 대해? 그래서 주소 말해주는 사람이 그것밖에 안 됐는지도 몰라."

"뭐요! 그것밖에라뇨!"

버럭 화는 냈지만 나도 그 이유를 잘 모르겠다. 유독 여자한테
는 말이 곱게 나오지 않는다. 만남부터가 곱지 않아서일 것이다.


**61.** 여자의 노트북에서 계속 음악이 흘러나온다. 유목민처럼
떠돌아다니면서도 인터넷을 할 수 있다는 게 신기하다. '디지털
노마드'가 괜히 나온 말은 아닌 것 같다. 그때 여자가 갑자기 자
판을 두드리며 혼잣말을 하기 시작한다.

"0은 숫자들이 배반도 하지 않고 거짓말도 하지 않을 거라 믿
고 있는데, 왜 그들은 편지를 하지 않는 걸까?"

나는 여자를 쳐다본다. 여자는 잠시 자판 두드리는 걸 멈추더
니 한참 뭔가를 골똘히 생각하는 표정을 짓는다. 그러더니 또
누군가와 대화하듯 고개를 이리저리 갸웃거리며 혼잣말을 한다.

"여러 가정이 있을 수 있어. 그 주소들이 전부 다 거짓이었을
수도 있고, 단순히 편지쓰기가 귀찮아서일 수도 있고, 글을 모르
는 숫자일 수도 있고, 무관심해서일 수도 있고, 그사이에 숫자가
죽었을 수도 있고, 이사를 갔을 수도 있고, 모르는 사람한테 편
지가 왔다고 생각했을 수도 있고, 중간에 편지가 분실됐을 수도
있고, 아직 안 읽었을 수도 있고, 편지 내용이 맘에 안 들었을
수도 있고, 인성이 덜된 사람일 수도 있고, 중간 전달자가 거짓
말을 했을 수도 있고……"

가만히 듣고 있자니 여자의 가정들이 모두 그럴듯해서 더럭 겁이 난다. 난 한 번도 그런 가정을 생각해본 적이 없다. 소설을 쓰는 사람이라 상상력이 남달라서 그런가. 그러나 나의 희망을 무 자르듯 단번에 잘라버린 것 같아 화도 난다. 여자가 다시 혼잣말을 한다.

"편지를 쓰는 이유는 뭘까? 받고 싶어서 쓰는 걸까? 아니면 받았으니까 쓰는 걸까? 꼭 닭이 먼저냐 달걀이 먼저냐 같네. 그렇지 않아?"

여자가 내내 혼잣말을 하다 내게 묻는다. 나는 대답하지 않는다. 그러자 다시 혼잣말을 한다.

"0은 받고 싶어서 편지를 쓰는 것 같아. 그러니 답장이 올 때까지 집으로 돌아가지 않는다는 거겠지? 보내지 않은 편지나 도착하지 못한 편지는 씌어지지 않은 편지나 마찬가지겠지? 그처럼 답장이 없는 편지도 씌어지지 않은 편지라고 봐도 되겠지?"

"위로는 못 해줄망정 너무 잔인한 거 아니에요?"

"난 단지 상상력을 발휘해본 것 뿐이야."

"내가 지금까지 쓴 모든 편지가 결국 헛것이란 말이잖아요?"

"화났어?"

"말을 그렇게 하는데 화가 안 나요?"

"감기도 싹 가셨지?"

"……?"

다른 데 신경을 썼더니 정말 감기 기운이 한순간에 몽땅 증발해버렸다. 몸이 솜처럼 가뿐하다. 그러나 아무리 여자가 날 위해 말장난을 한 거라 해도 화는 좀체 누그러지지 않는다. 나는 이불을 둘러쓰고 누우며 생각한다. 내일은 무조건 저 여자와 반대 방향으로 가야지.

**62.** 조그마한 모텔 창으로 달빛이 비쳐 들어온다. 불을 끄면 달빛이 훨씬 더 근사하게 느껴질 것 같은 밤이다. 불을 끄면 잠을 못 잔다는 내 말에 여자는 불을 끄려다 말았다. 여자는 불을 안 끈 걸 나에 대한 배려라고 생각하는 것 같다. 그러나 나는 모텔비를 내가 냈으니 내 생활습관에 따르는 게 우선이라고 생각한다. 나는 침대를 차지하고 누워 있고, 여자는 바닥에서 와조와 자고 있다. 몸을 뒤척이는 걸 보니 불빛 때문에 잠이 안 오는 모양이다. 여자도 내가 잠을 못 이루고 있다는 걸 알고 있는지 먼저 말을 걸어온다.

"자?"

"어떻게 잠이 오겠어요. 그런 말을 듣고. 장장 삼 년이라고요."

"아직도 삐친 거야?"

"……"

"조만간 0의 마음을 알아주는 숫자가 있을 거야. 숫자는 무한한 거니까."

“……”

나는 달을 본다. 달빛을 받으니 마음이 누그러진다. 마음이 누그러지자 괜히 질문이 하고 싶어진다.

“편지 써본 적, 있어요?”

“이메일로 늘 쓰지.”

“업무상 주고받는 이메일 말고 종이에 쓰는 편지요.”

“없어.”

“한 번도요? 그럼 받아본 적은요?”

“없어.”

“어떻게 그렇게 살 수가 있어요? 독자 편지 같은 것도 없어요?”

“없어.”

“받고 싶지 않아요?”

“독자 편지?”

“꼭 독자 편지가 아니더라도.”

“받고야 싶지.”

“받으면 답장 쓸 거예요?”

“당근 써야지.”

“받을 생각만 하니까 편지가 안 오는 거예요. 받고 싶으면 먼저 보내봐요. 분명 답장이 올 테니까.”

“0을 보면 꼭 그런 것만도 아닌 것 같은데. 그리고 요즘 시대

에 종이편지를 누가 써? 귀찮게시리. 우체통 찾는 것도 보통 일
이 아니던데. 우체통이 괜히 사라지겠어. 아마 이메일로 보내면
답장이 금방 올지도 몰라. 그러니까 다음에는 집 주소 대신 이
메일 주소를 물어봐."

귀찮다…… 아무리 그렇다 해도 그 많은 사람들이 모두 다 종
이편지를 귀찮아하지는 않을 것이다. 나는 반박을 하고 싶어진다.

"종이편지보다 이메일로 소식을 전할 때 거짓말을 더 많이 한
대요. 난 디지털로 편지 주고받는 거 싫어요. 아날로그가 좋아
요. 언제 어디서든 옆에 두고 꺼내 읽을 수 있잖아요. 부팅을 해
야만 읽을 수 있는 편지는 불편하고, 편지를 쓰고 읽기 위해 전
기라는 비용을 따로 지불해야 한다는 게 어딘지 정도 없어 보이
고 낭비 같아요. 인간의 기본 행위인 글쓰기조차 돈을 필요로
한다는 게 어째 좀…… 알게 모르게 글씨에서도 인격이나 품격
이 드러나요. 상대방에 대해 알 수 있는 중요한 정보가 되기도
한다고요. 디지털이 좋고 편한 건 알지만 전기가 없으면 그 위
용을 결코 드러내지 못해요. 기약할 수가 없는 거죠. 나 같은 여
행자에게는 특히 아날로그가 어울려요."

"대신 편지지와 편지봉투, 우표, 필기도구에 들이는 비용은
없잖아. 게다가 속도도 빠르고 수신확인도 가능하고, 맘이 바뀌
면 발송을 취소할 수도 있어. 결국 둘 다 나름의 비용을 지불해
야 하는 건 마찬가지야. 디지털만으로도 안 되고, 그렇다고 아날

로그만으로도 안 되는 디지로그 시대니까 두 개를 섞어서 이용
해봐. 종이편지를 선호하는 사람이 있는 반면 이메일에 익숙한
사람도 있을 테니까."

"중요한 건 손으로 만져지는 감촉과 정성과 마음이죠."

"이메일에도 그런 건 있어."

"관두죠. 밤새 얘기해도 안 끝날 것 같으니까."

나는 창을 향해 돌아눕는다. 달빛이 교교해 지그시 눈을 감는
다. 감은 채로 여자에게 묻는다.

"집에는 안 가요? 나야 답장이 오는 날이 여행을 그만두는 날
이라지만 751은 언제 여행이 끝나요?"

등뒤에서 여자의 목소리가 들려온다.

"소설을 다 쓰는 날."

감았던 눈을 지그시 다시 뜬다.

"여행하며 소설을 써요?"

"소설이 출간되면 팔러 다니면서 세상 구경도 하고 구상도
해. 구상이 끝나면 쓰기 시작하고, 완성하면 여행도 끝나."

"그러니까 여행의 목적이 책을 팔러 다니는 것보다 새 소설을
쓰자는 데 있다는 거예요? 소재도 돌아다니면서 얻고요?"

"그렇지."

"일테면 방랑 소설가인가요?"

"글을 쓰기 위해서는 다른 사람 얘기를 들어보고 관찰하는 것

도 중요하니까."

"관찰하려고 날 따라왔던 거예요?"

"아니, 얘기를 듣고 싶어서."

"아직 더 들을 게 남았어요?"

"0이 할 얘기가 더 남았다면."

"소설은 얼마나 썼는데요?"

"거의 다 써가."

"집으로 돌아갈 날도 얼마 안 남았겠군요."

"빨리 썼으면 좋겠지?"

"물론이죠."

냉정한 내 말에 여자는 입을 다물어버린다. 혹시 섭섭했을까?

"서머싯 몸이 이런 말을 했어요. 알지도 보지도 못한 사람이 자기 작품을 읽고 감동을 느끼고, 사람의 혼을 움직여 연민이나 공포의 감정을 일으키게 한다면 그보다 더 멋진 힘의 행사는 없다고."

"맞아. 글은 권력보다 세. 그러니까 0의 편지도 언젠가는 위력을 발휘해서 답장으로 돌아올 거야."

"일부러 위로해줄 필요 없어요."

"길 위에서 글을 쓰는 같은 처지라 해준 말이야."

나는 다시 눈을 감는다. 감기가 다 나았는지 몸은 가볍다.

**63.** 나는 모텔을 나와 제일 먼저 공중전화부터 찾는다. 여자는 얼마든지 자기 휴대폰을 써도 된다고 하지만 난 정중히 사양한다. 디지털에 의지하지 말아야 여행은 편해진다. 여자는 민망해진 손을 주머니에 도로 집어넣는다. 동전이 떨어지자 친구가 전화를 받는다. 나는 좀 화난 목소리로 다짜고짜 친구에게 퍼붓는다. 친구도 조금 당황한 눈치다.

"갑자기 왜 그래?"

"너 혹시 지금까지 나한테 거짓말한 거 아니야?"

"무슨?"

"나 골탕먹이려고 편지 왔는데 안 왔다고 거짓말한 거 아니냐고."

"내가 너 길바닥에서 고생하는 거 뻔히 아는데 뻥을 치겠냐? 그렇다면 벼락 맞아 죽을 놈이지."

솔직히 속으로는 친구가 거짓말한 거였으면 좋겠다고 생각했다. 그 정도의 골탕쯤은 감수할 수 있다고. 그만큼 내가 이 여행에 점점 지쳐가고 있다는 뜻일 것이다.

"정 못 믿겠으면 돌아와서 네 눈으로 직접 확인하든가."

내 의심이 심히 불쾌했는지 오늘은 친구가 먼저 전화를 끊어버린다.


**64.** 아무도 편지하지 않았다. 오늘도 의심할 것 없이.

**65.** 버스가 고속도로를 달린다. 여자는 의자에 앉자마자 노트북을 켜놓고 계속 자판을 두드린다. 소설을 쓰는 중이다. 여자의 모습이 평상시와 사뭇 달라 보인다. 어딘지 모르게 안정감 있으면서 섹시해 보이기까지 한다. 흘러내리는 머리카락을 귀 뒤로 넘길 때나 고개를 갸웃거리며 입술을 살짝 깨물 때는 특히 더. 인간이 가장 섹시할 때는 옷을 벗고 있을 때가 아니라 자기 일에 집중하고 있을 때라던 옛 여자친구의 말도 떠오른다. 그러나 자판 두드리는 소리가 귀에 거슬린다는 듯 다른 승객들은 여자를 못마땅한 눈초리로 쳐다본다.

여자는 장소에 상관없이 어디서든 집중력을 발휘해 글을 술술 잘 써내려가는 사람이다. 나는 자기 방, 자기 책상, 자기 노트북이 아니면 글을 쓰지 못하는 불행한 사람을 알고 있다. 소설가는 아니지만 소설가가 되고 싶어하는 사람이었다. 그 사람은 여행을 가서도 글을 쓰지 못했고, 몇 자 쓰더라도 맘에 들지 않아 지우다 쓰기를 반복했다. 그랬는데도 글은 그 사람 맘에 들지 않았다. 자기 맘에 들지 않는 글은 쓸모없는 글이 되고 만다고 그 사람은 말했었다. 아마 그 사람은 자기 글이 맘에 들지 않은 게 아니라 자기가 머물고 있는 장소가 맘에 들지 않았을 것이다. 나는 그 사람의 부탁으로 그 사람이 쓴 글을 읽어본 적이 있었다. 자기 방에서 썼다는 글과 다른 곳에서 썼다는 글을 모두 읽어봤지만 어떤 차이도 발견할 수 없었다. 오히려 내 눈에는 다른 곳에서 쓴 글이 더 매끄럽고 자유로워 보였다. 그 사람의 불행은 쓰는 장소에 따라 글에 차이가 난다고 생각하는 데서부터 생겨나고 있었고, 그 사람은 그 생각을 바로잡으려는 시도조차 하지 않았다.

그 사람은 이내 여행 다니는 걸 그만두었다. 아무리 좋은 곳을 다녀도 그 사람의 마음에는 항상 자기 방밖에 떠오르는 게 없어서 여행은 즐겁지 않았다. 그 사람은 자기 방에서 자기 책상에 앉아 자기 노트북과 여행할 때 가장 즐거운 사람이었다. 결국 그 사람은 평생 자기 방에서 나오지 못하는 사람이 되고 말았다. 물론 글은 썼지만 세상이 인정해주는 소설가는 되지 못했다. 그 사람은 자신이 머무는 방 크기만한 글밖에 쓸 수 없었던 것이다.

**66.** 노트북 배터리가 다됐는지 여자는 노트북을 닫는다. 얼굴은 글을 더 쓰지 못한 아쉬움으로 가득 차 있다. 여자는 문장들이 어딘가로 도망가거나 휘발되기라도 할 것처럼 노트북에 쓰지 못한 문장을 수첩에 열심히 적는다. 가만히 지켜보니 여자는 종이에 글을 쓰는 게 썩 편치만은 않은 것 같다. 글씨는 예쁘지 않고, 순서는 뒤죽박죽이고, 자주 문장 위로 줄을 긋고 사이사이 문장을 끼워넣는다. 종이가 자꾸 허비되고 있는 느낌이다.

나는 여자를 보면서 생각한다. 내 편지를 받은 대부분의 사람들이 저렇게 종이에 글을 쓰는 게 편치 않을지도 모른다고. 그래서 잠시, 이메일을 이용해볼까 싶어진다. 이메일을 보내면 답장이 올 수도 있고, 적어도 편지 수신 여부 정도는 알 수 있을 것이다. 물론 친구한테 귀찮게 전화하지 않아도 되고, 날 위해 수고해준 고마운 친구를 의심하지 않아도 된다. 빠른 속도로 보내지는 편지처럼, 빠른 속도로 도착하는 답장. 그러나 또 그만큼 빠른 속도로 절망도 하겠지. 기대감을 안고 클릭했다가 스팸메일에 속아넘어가기도 하겠지. 상상이 거기까지 미치자 차라리 느린 게 더 나을 수도 있겠다는 생각도 든다. 절망하기 전까지는 살아 꿈틀대는 기대가 사람을 살아가게도 하는 법이니까.

그사이에 버스는 휴게소로 들어선다. 여자는 나보고 내릴 거냐고 묻는다. 나는 싫다고 고개를 젓는다. 그러자 여자는 뭐 먹고 싶은 거라도 있냐고 묻는다. 있다면 사다주겠다면서. 나는 조금 귀찮은 듯이 다시 고개를 젓는다. 여자가 자기 짐을 좌석에 내려놓고는 내게 봐달라고 부탁하고 버스에서 내린다. 그때 문득 여자가 돌아오지 않을 것 같은, 불길한 생각이 드는 건 왜일까. 아마 412 때문일 것이다.

**67.** 고속버스에서 만난 412는 내 옆자리에 앉아 있던 사람이

었다. 붙임성이 좋아 우리는 금방 친해졌다. 412는 버스가 신나게 달리는 내내 자신이 살아온 이야기를 신나게 들려주었다. 신나는 인생을 살아온 사람 같았다. 약장수처럼 말은 거침없었고, 생각은 긍정적이었다. 412를 보고 있노라면 절로 이런 말이 나올 수밖에 없었다.

"성격 참 좋으세요. 그런 말 많이 들으시죠?"

"그래 보이나? 옛날에는 이렇지 않았었지."

"어땠는데요?"

"치명적일 만큼 비관주의자에 염세주의자에 우울덩어리였지."

"에이, 거짓말."

"거짓말 같지? 나도 내가 이렇게 변하게 될 줄은 꿈에도 몰랐다네."

412는 자기를 이렇게 수다스럽고 밝은 사람으로 만든 것은 고등학교 때 만난 친구라고 했다. 그러고 보니 그 친구는 412가 자신의 인생을 신명나게 얘기하는 곳마다 등장하고 있었다. 그때 나는 이미 412보다 그 친구에게 마음을 빼앗기고 있었고, 우리의 대화는 그 친구에게로 자연스럽게 옮겨갔다. 412는 얘기 끝에 지금 그 친구를 만나러 가는 길이라고 했다. 그때 내 입에서 불쑥 이런 말이 튀어나왔다.

"저도 친구분 좀 만나게 해주시면 안 될까요?"

나 또한 그 친구라는 사람으로부터 긍정의 바이러스를 전염받고 싶어서 그런 말을 했을 것이다. 나는 큰 실수라도 한 것처럼 순간 입을 틀어막았고, 412는 그다지 당황하거나 놀라지 않았다. 친구 얘기를 들려주면 누구나 다 그렇게 만나게 해달라고 조른다고 했다.

"아마, 보자마자 자네도 반할 거네."

보자마자 반하게 하는 사람은 도대체 어떻게 생긴 사람일까. 그러나 그 말을 끝낸 412는 조금 슬픈 표정을 하고 있었다. 생각보다 412의 허락을 쉽게 얻어낸 나는 달리는 버스 안에서 목적지를 변경했다. 412의 친구를 만날 생각에 기분은 한없이 들떠 있었고, 그 와중에 나는 412에게 주소를 물어봤다. 412의 주소를 머리에 입력하고 있을 때 버스가 휴게소로 들어섰다. 412는 커피 한 잔 마시고 오겠다며 자기 물건을 내게 부탁하고는 버스에서 내렸다.

그러나 412는 버스로 돌아오지 않았다. 기사한테 아직 차에 타지 않은 사람이 있다며 조금만 더 기다려달라고 사정했지만 기사는 다른 승객들을 생각해야 하는 입장이었다. 기사의 배려로 오 분을 더 기다릴 수 있었지만 412는 끝내 돌아오지 않았다. 결국 버스는 출발했고, 나는 출입문 계단에 서서 버스가 도로로 진입할 때까지 휴게소 쪽을 쳐다봤다. 412는 어디에도 없었다. 나는 자리로 돌아와 앉았다. 412가 부탁하고 간 짐이 보였다. 나에게 맡기고 간 물건이 갓난아기나 강아지가 아닌 게 다행이란 생각이 들었다. 나는 412의 짐을 들고 원래 목적지에서 내렸다. 다음날 나는, 왜 버스로 돌아오지 않았느냐고 묻는 편지 한 통과 함께 412의 짐을 택배로 부쳤다.

**68.** 갑자기 불안해진다. 여자가 412처럼 돌아오지 않을까봐. 여자한테 생수 한 통이라도 사오라고 부탁할걸 그랬나. 나는 나답지 않게 자리에서 벌떡 일어나 창밖을 내다본다. 여자가 설사 돌아오지 못한다 해도 412처럼 짐을 부쳐줄 수도 없다. 진작 주소를 물어볼걸 그랬나. 여자의 책을 내준 출판사에 전화해보면 주소 정도는 금방 알아낼 수 있겠지, 라는 생각에 나는 도로 자리에 털썩 주저앉는다. 그런 생각을 하고 있는 내 자신이 조금 우습다는 생각도 든다. 어제까지만 해도 여자와 헤어지기를, 여자가 얼른 소설을 다 써버리기를 숙원하지 않았던가. 나는 긴장을 풀기 위해 팔짱을 끼고 눈을 감는다. 그때, 버스가 덜컹 움직이기 시작한다. 나는 눈을 번쩍 뜨며, 스프링 인형처럼 자리에서 불쑥 튀어나가 기사에게 곧바로 외친다.

"아직 안 온 사람이 있어요!"

기사가 고개를 돌려 나를 쳐다본다. 나는 얼른 출입문 쪽으로 나가 그때처럼 밖을 내다본다. 초조한 몇 초가 흐른다. 기사가 인상을 구긴다. 차가 조금 더 뒤로 덜컹, 움직인다. 나는 더 초조하게 출입문 계단으로 발 하나를 내려놓는다. 몇 초가 더 지난다. 차는 아예 도로로 바짝 다가서려고 하고 있다. 그때, 멀리서 여자가 달려오는 모습이 보인다. 못 봐줄 정도로 이상한 폼을 하고 힘껏 달려온다. 너무 이상해서 웃음이 나올 정도다. 하지만 나는 웃음을 참고 쌩, 돌아서서 내 자리로 가 앉는다. 여자가 숨을 헐떡이며 기사에게 미안하다는 듯 고개를 연신 까딱이며 자리로 와 앉는다.

"버스 놓칠 뻔했잖아요! 어디서 뭐 한 거예요?"

나는 아이 대하듯 여자를 나무란다. 여자가 숨을 거칠게 몰아쉬며 말한다.

"내가 원래, 방향감각이, 좀 없어서, 버스 찾는 데, 한참이, 걸려."

"좀이 아닌 것 같은데요!"

"걱정했어? 짐 맡겨놓고, 도망이라도, 쳤을까봐?"

나는 대답 대신 토라진 아이처럼 창밖으로 고개를 돌려버린다. 여자가 휴게소에서 사온 어묵과 만두를 와조 코에 대준다. 와조가 코를 킁킁거리더니 덥석 받아먹는다. 여자가 내 팔뚝을 건드리며 먹으라는 뜻으로 만두를 디민다. 나는 슬쩍 쳐다보고는 다시 창밖으로 고개를 돌려버린다.

"이 짐이 내 인생인데 버리고 도망가겠어?"

"도망가는 사람도 있어요."

"0은 와조를 버리고 도망갈 수 있어?"

"그거랑 이거랑은 다르죠."

"나한테는 똑같아."

나는 먹는 데 정신이 팔려 있는 와조를 쳐다본다. 와조는 내 인생일까, 짐일까. 어떻게 보면 내 인생을 여기까지 끌고 온 장본인이니 인생일 것이다. 짐이라고 생각했다면 애초에 버리고 떠나왔을 것이다. 나는 창밖으로 고개를 돌린다. 버스가 고속도로를 신나게 달리기 시작하고, 여자는 수첩에 다시 소설을 쓴다.


**69.** 여자는 버스에서 내리자마자 터미널 광장 한가운데 서서 퍼포먼스하듯 책을 판다. 이젠 내 도움 없이도 알아서 낭독을 하고, 자신을 소개하고, 청중의 질문을 받아 대답을 하고, 책에 사인을 하고, 사인된 책을 들고 나란히 서서 사진도 한 방 찍는다. 그렇게 책이 한 권씩 팔려나간다. 사람들은 여자의 책보다 자기 소설을 자기가 파는 여자에게 더 관심과 흥미를 보인다. 어떤 작가에게는 굴욕적일 수도 있는 일을 여자는 자신의 사명이나 되는 것처럼 열심히 한다. 나는 여자로부터 멀찍이 떨어져 있는 시계탑에 앉아 그런 여자를 타인처럼 바라본다. 여자의 입가에 희미한 미소가 걸려 있다. 날씨는 올 여름 들어 가장 덥다.


모여 있던 사람들이 하나둘 흩어지고 여자가 수레를 끌며 내가 있는 시계탑으로 걸어온다. 나는 손에 들고 있던 『달과 6펜스』를 배낭에 집어넣는다. 요즘은 책을 읽고 있으면 더 쓸쓸해지는 것 같다. 소설이라 더 그런 것 같다. 소설은 사람에 대한 이야기이기 때문이다. 대부분은 두 사람 이상이 나오는 이야기이기 때문이다. 아마 한 사람만 나오는 소설이 존재한다면 쓸쓸하다고 느껴지지는 않을 것이다. 가만히 생각해보니 한 사람만 나오는 소설은 아직까지 읽어보지도 못한 것 같다. 아마 그런 소설은 존재하지도 않을 것이다. 내 말이 끝나자 여자가 묻는다.

"그럼 안 읽으면 되잖아?"

"책이라도 들고 있으면 다른 사람 보기에 덜 쓸쓸해 보일까봐 그래요."

"이제 보니 다른 사람을 의식하는 타입이군."

"혼자 다니다보면 자기도 모르게 그렇게 돼요. 사람들은 혼자 다니는 사람을 이상하게 생각하기도 해요."

"알아, 무슨 말인지. 나도 종종 의식하며 사니까. 그래도 결국 사람은, 누구나 세상에서 혼자야."

"누구나 혼자지만 누구나 그렇게 생각 안 해요."

"와조가 있잖아."

"사람들한테 와조는 사람이 아니에요."

"와조가 있어서 쓸쓸하지 않다면 혼자가 아닌 거야. 와조가 들으면 섭하겠어. 사람만이 쓸쓸함을 해결해줄 수 있다고 생각하는 건 오만이야."

"한 사람만 나오는 소설을 읽어본 적 있어요?"

여자가 눈썹을 모으고 골똘히 생각하는 표정을 짓는다.

"없어."

"없으니까 없었겠죠. 혼자서는 아무것도 할 수 없으니까, 그런 소설도 없는 거라고요. 과연 내가 모르는 곳에라도 그런 소설이 있기나 할까요?"

"없다면 내가 써보지 뭐."

"써봤자 아주 지루하고 재미없는 소설이 될걸요."

"그건 모르는 일."

여자는 카메라 셔터를 눌러대는 것이 소설을 쓰는 거라도 되는 양 열심히 사진을 찍기 시작한다. 여자가 나한테도 카메라를 들이대자 나는 소리를 꽥, 지르며 팔로 얼굴을 감싼다. 나는 세상에서 사진이 제일 싫다. 사진은 종국에는 고통이 되고 슬픔이 되고 아픔이 되는, 비극적인 물건이다. 왜 사람들은 비극을 찍지 못해 안달인지 모르겠다. 왜 다들 한 장이라도 갖기 위해 바동대는지 모르겠다. 사람들은 사진이 찍힐 때마다 터지는 플래시 불빛을 축복이라고 착각한다. 그 불빛은 축복이 아니라 사진이라는 비극을 감추기 위한, 비극이 탄로나는 걸 막기 위한 화려한 위장술일 뿐이다. 불빛이 끝나는 곳에서부터 어둠은 시작된다.

"그냥 기억하면 되지, 왜 사진을 찍어요?"

"0처럼 기억력이 뛰어난 사람은 필요 없겠지만, 나처럼 기억력이 형편없는 사람은 이게 필요해."

"왜요?"

"소설은 묘사고 재현이니까."

"소설 때문이라고요?"

"나한테도 사물을 숫자로 환원하는 능력이 있다면 이런 거추장스러운 건 필요 없을 거야."

나는 그야말로 축복받은 인간인가. 거추장스럽지 않은 인간인가. 그렇다면 이 얼마나 간단하고 간편한가. 또한 얼마나 자유로운가. 불빛의 축복 없이도 살아갈 수 있어서 내 기억은 더욱 기름지고 풍요로우며, 타인은 나로 인해 비극적이지 않을 것이다. 진짜 비극은 내가 겪는 나의 비극이 아니라, 나로 인해 겪게 되는 타인의 비극이다.

여자는 더이상 내게 카메라를 들이대지 않는다.

**70.** 기상관측이 시작된 이래 가장 무더운 날씨를 기록했다는 뉴스가 전자대리점에서 흘러나온다. 여자도 많이 지친 듯하고, 와조는 아예 혀를 빼물고 시위하듯 길바닥에 앉아버린다. 목줄을 잡아당겨도 꼼짝하지 않는다. 조각 그늘을 찾아 몸을 담가보지만 그늘도 이미 무더운 날씨에 잠식당한 지 오래다. 이러다 모두 일사병으로 쓰러질 것 같다. 여자가 현기증을 호소하며 아

무 데로나 일단 들어가자고 한다. 우리는 현재 서 있는 곳에서 가장 가까운 모텔로 이동한다.

　모텔은 은밀하고, 아주 거의 외설적이다.
　내가 아무리 그냥 '쉬었다' 가는 사람이라 해도 이젠 아무도 그 말을 믿어주지 않을 것이다. 누가 봐도 여자와 나는, 그것도 대낮에 모텔방을 들락거리는 커플이 되어버린다. 남녀가 대낮에 모텔방으로 기어들어가 할 수 있는 일이란 뻔하다는 듯, 접객원은 아예 대놓고 "쉬었다 가실 거죠?"라고 단정하듯 묻는다. 그러면서 얼굴로는 이렇게 푹푹 찌는 날씨에 뒹굴어봤자 무슨 맛이 있겠냐고 말한다. 하필 모텔 이름까지 '바나나'다. 방 키를 건네는 접객원에게 하루 묵었다 갈 거라고 하자, 접객원은 한술 더 떠 나를 대단한 남자로 바라보기까지 한다. 와조를 너그럽게 허용해주어 나는 그냥 참는다.
　여자는 방을 같이 쓰는 대신, 아낀 모텔비로 몸보신할 만한 음식을 사먹자고 제안한다. 날씨가 더워 나는 앞뒤 생각 않고 무조건 동의한다. 여자랑 방을 같이 쓰는 게 처음이 아니라 그런지, 모텔방으로 나란히 들어서는데도 조금도 어색하지 않다. 더위에 지친 우리는 방으로 들어서자마자 쓰러져 잠이 든다. 시간이 어디로 도망가는지도 모르겠다.

**71.** 눈을 뜬다. 방 안은 어둡다. 여자와 와조가 주거니 받거니 번갈아가며, 리듬감 있게 코를 곤다. 창밖도 어둡다. 몸 구석구석에서 참을 수 없을 만큼 시큼한 땀냄새가 올라온다. 방 안도 땀냄새로 가득 차 있다. 나는 침대에서 일어나 욕실로 들어가 샤워를 한다. 여자가 밖에 있다는 게 아무래도 불편하다. 모텔 방에서는 옷을 다 벗고 지내는 습관이 있었는데, 그것도 못 하게 생겼다. 방금 빤 팬티를 다시 입어야 하고, 땀에 전 겉옷도 빨 수 없게 됐다. 나는 머리를 감고 옷을 다시 주워입는다. 그러자 땀냄새가 도로 몸에 배는 것 같다. 도저히 불쾌해서 못 입고 있겠다. 그것은 샤워를 무의미하게 만들어버리고 상쾌한 기억마저 휘발시켜버린다. 나는 겉옷을 다시 벗어 세면대에 넣고 자근자근 빤다. 고급 모텔이라면 가운이라도 비치되어 있겠지만 여긴 그런 것도 없다. 나는 팬티 바람으로 나와 이불로 몸을 돌돌 만다.

**72.** 여자와 와조는 한 시간 후 동시에 깨어났다. 여자는 머리만 감고 샤워는 하지 않았다. 수건에 물을 묻혀 대충 몸을 닦아낸 뒤 옷만 갈아입고 욕실에서 나오는 것 같다. 처음에는 나한테 물소리를 들려주는 게 부끄러워서 그런 줄 알았는데, 아니었다.

"내일 또 땀을 바가지로 흘릴 텐데 뭘 씻어."

"혼자라면 모를까, 옆 사람도 생각해야죠."

여자가 자기 몸에 코를 대고 킁킁거리며 말한다.

"냄새 좀 나면 어때? 붙어서 지낼 사이도 아니잖아."

여자는 잘 씻지 않고 좀 더럽다. 남을 의식하지도 않는다. 아무튼 많이 이상하다. 글을 쓰는 사람들이 대체로 그러는 모양이다. 자기 방이 아니면 글을 쓰지 못했던 불행한 그 사람도 여자만큼이나 씻는 걸 좋아하지 않았다. 글을 다 쓸 때까지 샤워는 물론이고 머리도 감지 않았고 손톱도 깎지 않았다. 나는 그 사람의 손톱 길이로 소설이 어느 정도 진행됐는지 가늠할 수 있었다. 나중에 그 사람에게는 손톱을 모으는 버릇이 생겼다. 십 년 동안 모았다는, 초승달 모양의 손톱이 수북이 쌓여 있는 유리병을 그 사람이 자랑하듯 보여줬을 때, 나는 그게 손톱이어서 다행이란 생각을 먼저 했다. 그나마 손톱은 부피가 작고 하얗기 때문이다. 부피가 크고 시커먼 머리카락이었다면 너무도 끔찍했을 것이다.


여자는 애먼 와조를 욕실로 데리고 들어간다. 자기 몸에서 나는 땀냄새는 아랑곳하지 않고 와조한테서 나는 냄새는 용서할 수 없다는 듯 비누거품을 내어 구석구석 씻긴다. 와조도 상쾌한지 목욕 후 다시 잠이 든다. 세상에서 가장 따뜻하고 편안한 잠은 샤워 후에 솔솔 찾아오는 잠이다.

**73.** 아낀 모텔비로 주문한 삼계탕 세 그릇이 방으로 배달된다. 자고 있던 와조가 냄새를 좇아 그릇까지 제 발로 다가온다. 먹기 좋게 와조에게 살을 발라주고 나서 여자와 나는 닭다리를 양손에 들고 야만적으로 뜯어먹기 시작한다. 모텔비를 아끼길 잘했다는 생각이 든다. 한여름 몸보신 음식으로는 삼계탕이 제일이다.

펙펙한 가슴살을 파먹고 있을 때 방문 밖에서 소란스러운 소리가 들려온다. 우리는 기름기 묻은 얼굴로 서로를 쳐다보다 바깥에 귀를 기울인다. 누군가 밖에서 문을 발로 걷어차고 있다. 모텔에 묵다보면 종종 겪게 되는 일이다. 이쯤 되면 보지 않고도 대충 상황을 파악할 수 있다. 모텔방에 묵고 있는 남녀는 불륜관계일 것이고, 방문 밖에서 문을 두드리고 있는 사람은 방 안 남녀의 어느 한쪽과 혼인관계에 있을 것이다. 방문 밖의 사람은 지금 자신의 배우자가 불륜을 저지르고 있다는 기막힌 사실을 포착하고 현장을 기습하러 온 것이다. 주인공의 목소리가 들린다. 얼른 문 안 열어? 다 알고 왔어! 굵직한 남자 목소리다. 상황은 더욱 명확하고 정교해진다. 남자는 자기 부인의 불륜 현장을 잡으러 온 것이다. 내 말에 여자는 날갯살을 한입에 발라 먹은 뒤 뼈를 쪽쪽 빨고는 아니라고 고개 젓는다.

"아니라뇨?"

"눈으로 확인하기 전에는 모르는 일."

“내기할래요?”

“무슨 내기?”

“내 말이 틀리면, 오늘 밤 침대 양보할게요.”

“좋아.”

드디어 안쪽에서 문이 열리는 소리가 들린다. 우리는 방문으로 바짝 다가가 귀를 갖다댄다. 서로 뒤엉켜서 치고 받는 듯한 소리와 새된 비명소리가 들린다. 곧 있으면 남자가 속옷 바람에 가까운 자기 부인의 손목을 잡아끌고 모텔을 나갈 것이다. 우리는 조용히 방문을 열어 밖을 내다본다. 사건이 일어나고 있는 곳은 맨 끝 방이다.

드디어 우리의 주인공들이 모습을 드러내려고 한다. 내 예상대로 남자가 가느다란 손목을 잡아당겨 누군가를 끌어낸다. 안쪽에서는 나가지 않으려고 안간힘을 쓰고 있는 것 같다. 그러나 역부족이다. 남자의 완력에 이끌려 방 안의 사람이 밖으로 튕겨 나온다. 뒤이어 함께 있었던 사람도 쥐색 양복을 한 손에 말아 쥐고 따라나온다. 나는 이불을 뒤집어쓴 채 문틈으로 모텔 복도를 지나가는 그들을 본다. 벌어진 내 입이 다물어지지 않는다. 그들은 모두, 체격 건장한 남자다.

나는 문을 닫고 돌아서서 여자에게 묻는다.

“어떻게 알았어요?”

“그냥 목소리 떨림으로.”

"뭐가 다른데요?"

나는 신기한 듯 묻는다.

"감이라 말로 설명하긴 어려워."

여자는 아무것도 아니라는 듯 삼계탕 국물을 쭉 들이마신 뒤 침대를 차지하고 눕는다. 문득 나는 여자가 눈치챘을까봐 두려워진다. 내 목소리 떨림으로, 내 속마음을 알아버렸을까봐. 여자와 함께 있는 것이 점점 좋아지고 있다는 사실을. 둘이라는 게 점점 편해지고 익숙해지고 있다는 사실을.

**74.** 옆방에서 여자의 신음소리가 들려온다. 여자와 나 사이에 난감한 기운이 감돈다. 이럴 때는 사랑이란 행위에 왜 소음이 뒤따르도록 창조됐는지 모르겠다는 생각이 든다. 은밀한 행위를 은밀하게 치를 수 있게 인간의 몸을 좀 부드럽게 만들어주면 안 되나. 삐걱대는 소리 때문에 여자와 나 사이까지 삐걱대고 있는 느낌이다. 옆방 커플의 몸에 기름칠이라도 좀 해주고 오고 싶다. 물론 고통 없는 쾌락이 존재할 수 없다는 걸 잘 알고는 있다. 어쩌면 소리가 있어 고통이 쾌락이 될 수도, 쾌락이 고통이 될 수 있는지도 모른다.

옆방의 신음소리는 이십 분이 지나도록 멈추지 않는다. 여자가 민망해졌는지 내게 먼저 말을 건다. 우리의 목소리가 벽 너머의 소리를 덮어주리라 기대하면서.

“집에서 나올 때 배낭에 뭘 담아왔어?”

민망한 순간을 모면하기 위해 급조해냈다는 생각이 드는 질문이다.

“남의 배낭 속이 왜 궁금해요?”

“가장 필요한 걸 담아왔을 테고, 그게 그 사람에게는 가장 필요한 욕망일 테니까.”

“MP3랑 소설책이요.”

“극과 극에 있는 물건이네.”

“751은요?”

“하모니카랑 노트북.”

“음악과 글. 우리 별반 다르지 않네요.”

오르가슴에라도 도달했는지 그때 옆방의 신음소리가 갑자기 커진다. 너무 커서 이번에는 내가 질문을 급조해낸다. 흥분된 우리의 신경을 다른 곳으로 유도할 수 있으리라 예상하면서.

“왜 하모니카예요?”

“작고 싸면서 음을 선명하게 표현할 수 있으니까.”

질문이 사라지자 정적이 감돈다. 우리는 다시 민망해진다. 정적을 견디기 힘들었는지 여자는 질문이 오기를 기다리지 않고 독백하듯 혼자 주절거린다.

“여동생이 있었어. 음악을 아주 좋아하고 작곡을 잘하는. 불행하게도 초등학교 때 교통사고를 당해 왼쪽 팔을 잘라내야 했지. 엄마를 졸라 막 피아노를 배우던 때였어. 세상의 거의 모든 세밀한 악기들은 열 손가락을 필요로 해. 피아노, 플루트, 기타, 바이올린, 심지어 리코더까지. 물론 팔 하나로도 할 수 있는 일은 세상에 얼마든지 많아. 글도 쓸 수 있고, 작곡도 할 수 있고, 밥도 먹을 수 있고, 운전도 할 수 있고, 악수도 할 수 있어. 물론 섹스도 할 수 있고. 그러나 연주는 하지 못한다고 동생은 생각했어. 절망하고 있던 동생에게 내가 추천해준 악기가 하모니카였어. 하모니카는 손으로 연주하는 게 아니라 입으로 연주하는 거니까. 한쪽 팔만 있어도 되고, 둘 다 없어도 가능한 악기니까. 동생은 자기가 작곡한 곡을 직접 연주할 수 없다면 가치가 없는 거라고 생각했어. 그래서 동생은 하모니카를 열심히 불었어. 아마 자기도 어쩔 수 없었을 거야. 동생이 하모니카를 집어들면 나도 따라 옆에서 같이 불었어. 정말 안타까운 건 동생은 음이 세밀한 피아노를 결코 포기하지 못했다는 거야. 나중에는 자기를 대신해서 나보고 피아노를 배우라고 했어. 그래서 자기가 작곡한 곡을 연주해달라고. 나는 싫다고 했어. 동생은 팔이 두 개면서 하모니카만 부는 날 이해 못 했어. 아마 증오했을 거야.”

“그냥 배우지 그랬어요. 어려운 일도 아니잖아요.”

“팔이 두 개여도 하모니카밖에 못 부는 사람도 있다는 걸 보여주고 싶었어. 아마 내가 멀쩡한 두 팔로 피아노를 쳤다면 동생은 더 절망했을 거야.”

"동생은 지금도 하모니카를 불어요?"

"죽었어."

"어쩌다……"

"하모니카는 하모니카일 뿐, 피아노가 될 수는 없는 거니까. 잘된 거라 생각해. 그렇게 사는 건 비극이야."

"동생이 작곡한 곡을 듣고 싶어요."

"지금까지 하모니카로 불렀던 게 모두 동생이 만든 곡이야."

"하모니카로 다른 곡은 안 불어요?"

"응."

"왜요?"

"하모니카로 연주할 수 있는 건 동생 곡뿐이고, 동생 곡을 연주할 수 있는 건 하모니카뿐이니까."

여자의 이야기를 집중해서 듣고 있는 사이에 옆방의 신음소리는 어느새 끝나 있었다. 안정되고 포근한 정적이 우리 사이에 한참을 머물렀다. 이제는 누구도 그 정적을 깨면 안 될 것 같은 고요함이 계속 이어졌다. 문득 편지가 쓰고 싶어졌다. 나는 배낭에서 부스럭, 편지지와 연필을 꺼내 바닥에 엎드렸다. 여자는 하모니카를 꺼내 천장을 바라보며 동생의 곡을 연주하기 시작했다. 여자는 하모니카를 오른손으로만 잡고 불었다. 그러고 보니 여자는 줄곧 한 손으로만 하모니카를 불었던 것 같다.

**75.** 나는 여자의 하모니카 연주를 들으며 편지를 쓴다.


형에게.


형에게 나는 어떤 동생이었을까. 오늘 어떤 사람이 자기 동생 애기를 하는 걸 듣다 문득 그런 생각이 들었어. 지금까지 살면서 한 번도 그런 질문을 나한테 던져본 적도, 형에게 해본 적도 없었던 것 같아. 지금이라도 물으면 대답해줄래? 아마 물어보나 마나 형은 이렇게 대답할 거야. 인마, 넌 내 망신만 시키고 다니는 머저리 같은 놈이었어. 말 더듬는 거나 어떻게 고칠 수 없어? 그것만 고치면 내 널 동생으로 인정해주마. 이제 더이상 말을 안 더듬으니 그 부분에서는 형한테 인정받을 수 있을 거라 자신해. 그렇다면 그건 형이 나를 처음으로 인정하는 게 되겠지.

어쩌면 형이야말로 나한테 궁금해하지 않을까 싶어. 나한테 형은 어떤 형이었는지. 형도 그런 질문을 형 자신에게 던져본 적도, 나한테 해본 적도 없었을 테니까. 그런데 이 또한 물어보나마나가 아닐까 싶어. 형은 늘 내가 인정하는 사람이었으니까. 나의 우상이자 자랑이었다는 걸 형도 이미 알고 있었으니까. 형은 완벽 그 자체였어. 바늘 하나 들어갈 수 없을 만큼, 답답하리만치 빈틈을 허용하지 않는 사람. 물론 알아. 형이 왜 완벽한 사람이 되어야만 했는지. 머저리 같은 나 때문에, 만날 밖에서 얻어터지고 들어오는 나 때문에 그렇게 살 수밖에 없었다는 걸. 우울해하는 어머니 아버지에게 형이라도 제대로 된 아들이 되어 주려고 인생의 모든 재미를 포기하고 내 몫까지 열심히 공부할 수밖에 없었다는 걸. 정말 머저리였는지 그때는 형이 공부가 재밌고 좋아서 하는 건 줄 알았어. 형은 취미나 특기란에도 공부라고 적는 촌스러운 사람일 거라 단정했어. 형이 나만큼이나 공부하는 걸 싫어한다는 걸 은영이를 통해 알았어. 은영이 알지? 목소리가 좋아서 학생 미사 때마다 해설을 도맡아 했던 애.

 은영이는 형의 첫사랑이었지만 내 첫사랑이기도 했어. 그리고 나와 더불어 형을 좌절시킨 최초의 사람이기도 했지. 난 주변 사람들의 시선과 관심을 한 몸에 받는 형이 너무 부러웠어. 그 부러움이 나중에 무서운 질투로 변하기 시작했을 때 형을, 단 한 번이라도 좋으니 죽기 전에 꼭 이겨보고 싶었어. 학교나 성당에서 누구 동생으로 불리는 데 이골이 났던 때라 더욱 형을 내 앞에 무릎 꿇게 하고 싶었어. 공부로 형을 이긴다는 건 이미 글러먹은 일이라서 난 다른 걸 분주히 찾아다녀야 했어. 아무리 완벽한 형이라도 취약한 부분은 있을 거라 생각했어. 그때 내 눈에 들어온 게 은영이었어. 아니, 은영이를 바라보는 형의 눈빛이었어. 사랑에 빠진 눈이었지. 형도 누군가를 좋아할 수 있는 심장을 가진 사람이란 걸 그때 처음 알았어. 취약부위, 공격부위가 정해진 거였어. 형의 심장.

형은 예수님이 아니라 오로지 은영이를 보기 위해 성당에 다녔고, 드디어 형에게 기회가 찾아왔어. 크리스마스를 일주일 남겨두고 우리는 트리를 만들어야 했어. 전나무에 전구와 장신구들을 마구 걸고, 상자 안에 마지막 장식 하나만 남겨둔 상태였지. 트리 꼭대기에 걸어야 하는 황금빛 별. 너무 높은 곳이라 다들 용기가 없었는지 서로 눈치만 보고 있었어. 그때 은영이가 용감하게 별을 집어들고 사다리로 다가갔어. 드라마 각본처럼, 은영이의 팔을 잡아 세운 건 형이었어. 각본대로 형은 고소공포증을 무릅쓰고 사다리를 타고 천장까지 올라가 별을 달았어. 오로지 은영이를 위해서. 형을 바라보는 은영이의 눈이 그 별처럼 반짝 빛나는 걸 나는 봤어. 형과 은영이는 크리스마스 이브날 그 트리 뒤에 숨어 아주 진한 키스를 했지. 그 키스는 내게 보내는 신호였어. 은영이에게 접근하라는 신호.

난 형 몰래 은영이를 자주 만났어. 형이 전국 일등을 하기 위해 고통을 참아가며 공부를 하고 있을 때였어. 그래서 그 시간들은 더욱 내게 달콤하게 다가왔어. 은영이는 생각보다 쉽게 내게 마음을 열었어. 나중에는 공부를 너무 잘하는 형이 부담스럽다고도 했어. 형이 나만큼만 평범했으면 좋겠다는 말도 했어. 태어나 처음으로 형이 부럽지 않았고, 내가 나인 게 좋았어. 은영이의 마음을 완전히 빼앗은 건 부활절 달걀에 그림을 그리면서였어. 그날 은영이의 가슴은 달걀처럼 아주 작았어. 형을 생각하며 그 달걀을 내 가슴에 오랫동안 품었어.

아마 형이 처음으로 일등을 놓쳤던 때였을 거야. 심장도 고장났었지. 그깟 사랑 때문에 심장이 고장나다니. 난 정말 믿을 수가 없었어. 형이 수술실로 들어가는 걸 보고 나서야 내가 형한테 무슨 짓을 저질렀는지 알게 됐어. 형은 내가 아는 가장 불행한 사람이었어. 사랑을 할 수 없는 사람, 할 수 있는 게 일등밖에 없는 사람, 그 일등을 하기 싫은데도 해야만 하는 사람. 형은 그뒤로 누구도 좋아하지 않았어. 그렇다고 나를 미워한 것도 아니었어. 누군가를 좋아하고 미워할 시간에 공부를 더 많이 했어. 진짜 머저리는 형이었어. 내가 아니라.

형과 공중목욕탕에 가지 않게 된 것도 그 즈음이었어. 형 가슴에 그어진 수술자국을 볼 자신이 없었으니까. 내가 형을 진짜 진짜 좋아하고 믿게 된 것도 그 즈음이었어. 형에게 인정받는 사람이 되고 싶어서 형을 종종 따라했고, 형이 하는 말은 무조건 신뢰했고, 형이 시키는 건 뭐든 다 했어. 형 말을 들어서 손해보는 건 하나도 없었으니까. 성당에 앉아 예수님한테 기도하는 것보다 형에게 의견을 묻는 게 더 빨랐어. 어머니가 내 직업을 정해주었을 때, 형이 옆에서 조언을 해주지 않았다면 용기를 내지 못했을 거야. 형이 나한테 잘 맞는 직업이 될 것 같다고 말해준 대로 그 직업은 나한테 잘 맞았어. 어쩌면 형의 그 말을 지켜주고 싶어서 더 열심히 했는지도 몰라.

형은 내 인생에 가장 많은 영향을 끼친 사람이었어. 형이 그날 밤 내 손을 꼭 붙잡고 했던 말도 그거였잖아. 너 하고 싶은 대로 하고 살아라. 우리가 가출했을 때 형이 기차에서 해줬던 말이기도 하지. 내가 집과 가족을 떠나 이 험한 여행을 결심하게 된 데는 형의 그 말도 한몫했다는 거 잘 알고 있지? 고마워, 형. 나 하고 싶은 대로 하고 살게 해줘서. 형이 없었다면 난 넘치는 이 자유를 얻지 못했고, 또 누리지도 못했을 거야.

다음에는 형 차례야. 내가 형을 구원할 차례. 잘될 수 있을지 모르지만 날 한번 믿어봐. 아직 늦지 않았어. 형 하고 싶은 대로 하고 살 수 있는 기회. 그때처럼 가출해서 기차만 타면 되고, 터널이 나오면 박수를 치면 돼. 그렇게 긴 터널을 빠져나오면 형은 분명 변해 있을 거야. 그때 나처럼.

형하고 기차를 타기 위해서라도 이 여행을 빨리 끝내고 싶어. 곧 보자, 형. 그때까지 잘 지내.

모텔 '바나나'에서 아우가.

**76.** 잠이 오지 않는다며 바깥바람 좀 쐬고 오겠다던 여자가 캔맥주 네 개와 오징어땅콩 두 봉지를 사들고 들어온다. 여자가 캔 하나를 따서 내게 건네며 말한다.

"영화나 볼까?"

"이 시간에 영화관에 가자고요?"

"이 시간에 영화관에 가는 사람이 어딨어."

여자가 자신의 배낭에서 노트북을 꺼내며 보고 싶은 영화가 있냐고 묻는다.

영화라는 말이 낯설게 다가온다. 여행을 다니는 동안 영화관에 가본 적은 한 번도 없었다. 텔레비전도 잘 보지 않았다. 여행이란 문명인이나 도시인의 생활습관으로부터 벗어나야 비로소 시작된다고 생각했는지도 모른다. 기존의 생활습관에서 벗어나지 않는다면 기껏 떠나온 여행이 평범한 일상과 뭐가 다를 것이며, 다르지 않다면 여행의 의미는 없는 거라고 생각했다. 무엇보다 일상과 차별이 없다면 여행을 떠나왔다는 느낌이 나지 않을 것도 같았다.

"영화를 안 본 지 하도 오래돼서, 무슨 영화가 나왔는지도 모르겠어요."

"그럼 내가 추천한 걸로 봐."

여자는 여행중에도 자주 영화를 봐온 것 같다. 영화를 다운받는 사이트로 들어가 검색을 한다.

"불법으로 다운받는 거예요?"

"걱정 마. 돈 주고 받는 거니까. 무선 신호 강도가 약해서 시간이 좀 걸리겠는데."

여자는 너무 느리게 올라가는 다운로드 막대를 보며 조바심을

낸다. 저번에도 느낀 거지만 여자는 진득하게 기다리는 데는 소
질이 없는 사람 같다.

"기다려봐요. 남은 시간이 사십 분이라고 친절하게 가르쳐주
고 있잖아요."

"노트북을 문 쪽으로 좀 옮겨볼까?"

"그렇게 성질이 급해서 글은 어떻게 써요?"

"글? 그러게. 이상하게 글을 쓸 땐 조신해진단 말이지. 아마
소설 쓸 때 나를 보면 세상 모든 사내놈들이 날 사랑하게 될걸."

"그 근거 없는 자신감은 대체 어디서 나오는 거예요?"

말은 그렇게 했지만 나는 버스 안에서 노트북을 두드리던 여
자의 모습을 떠올려본다. 제법 섹시하다는 느낌을 받긴 했었다.

"근데 왜 아직도 혼자예요?"

"소설은 혼자일 때 주로 쓰는 거니까. 잘 볼 수 없고, 보여주
지도 않는 거니까."

"한번 보여줘봐요."

"누가 본다고 의식하면 본연의 모습으로 돌아와버려서 안 돼.
글도 잘 안 써지고."

"그럼, 소설 안 쓰고 있을 때 모습을 좋아해주는 남자를 만나
야겠군요?"

"그런 남자는 없었어."

"그럴 것 같긴 해요."

“뭐?”

“만약 딱 한 명이라도 있다면요?”

“있다 해도 내가 싫어!”

“왜 싫은데요? 독신주의자예요?”

“난 둘 이상이 하는 건 못 해. 리듬이나 박자 맞추기가 힘들어서 못 해. 그래서 섹스도 못 해봤고, 결혼도 못 했어.”

세상에는 리듬이나 박자를 맞추고 싶어도 맞출 사람이 없어 불행한 사람도 있다. 그런 사람에 비하면 여자는 행복한 걸까.

“시도해본 적도 없어요?”

“어떤 시도? 결혼? 섹스?”

“섹스요.”

“물론 있지. 내 딴에는 노력했지만 뭔가 잘 안 맞고 어색해서 둘 다 난처해진 기억이 있어서 그뒤론 별로……”

여자는 기억하기 싫은 듯 고개를 좌우로 흔들며 어깨를 추어올린다.

“결혼은 그렇다 쳐도, 섹스를 모르고 어떻게 소설을 써요?”

“소설이 섹스는 아니잖아.”

“명쾌하네요.”

“배드민턴도 하지 않아. 사람들은 둘이 해야 하는 걸 혼자 하고 있으면 이상하게 생각하는 경향이 있어. 가령 영화를 혼자 본다든가, 밥을 혼자 먹고 있으면 말이지. 마치 그런 걸 둘 이상이 해야 한다고 정해놓은 것처럼. 그래서 나는 혼자 해도 전혀 이상하지 않은 일을 하는 걸 좋아해."

"가령 어떤 거요?"

"미용실을 간다든가 줄넘기를 한다든가. 뭐 물론, 혼자 해야 하는 일을 둘이 해도 이상한 건 마찬가지지만."

"가령이요?"

"책을 읽는다든가 하모니카를 분다든가."

"그래서 소설가가 됐어요?"

"처음에는 시나리오를 썼어. 절친한 친구와 골방에 틀어박혀 몇날 며칠을 시나리오를 쓰며 지낸 적이 있었는데, 잘 써내려가다 사소한 문제가 발생했어. 친구는 다음 대사를 '그럴 수 없어'라고 써야 한다고 하고, 나는 '안 돼'라고 해야 한다는 데서 비롯된 의견 차이였어. 어떻게 보면 별 차이 없는, 누구도 그 차이를 느낄 수 없어서 작품의 질에 결정적인 영향을 끼치리라 생각되지도 않는 하찮은 대사에 불과했는데 말이야."

"그래서 어떻게 됐어요?"

"둘 다 한 발짝도 물러서지 않았어. 끝까지 자기가 생각해낸 문장이어야만 한다고 고집을 피웠어. 나중에는 둘 다 극도의 흥분상태까지 치달았어. 화가 나서 내가 먼저 걔를 때렸어. 쌍코피가 났고, 걔는 내 머리카락을 한 움큼 뽑아놨어. 그때부터 두 사람이 만나 뭔가를 한다는 게 지치고 힘들어서 싫어졌어. 둘은 나한테 이상한 감정을 불러와. 별로 좋은 감정은 아니야."

"혼자 쓰면 되잖아요?"

"시나리오는 언제든 두 사람이 작업할 수 있다는 여지를 남겨
두는 직업이라 더이상 쓸 수 없었어. 그 점이 날 자꾸 불안하게
했어."

"소설은 안 불안해요?"

"응."

"대신 외롭잖아요."

"둘인 적이 별로 없어서 외로운 게 뭔지 잘 몰라."

"혹시 지금 저랑 둘이 있는 것도 이상해요?"

"우리 둘이 같이 뭘 하는 건 아니잖아. 그냥 옆에 있는 것뿐이
잖아."

"같이 술 마시고 있잖아요. 조금 이따 같이 영화도 볼 거고,
지금까지 쭉 둘이었잖아요?"

"그건 그래."

여자는 맥주를 들이켜며 눈동자를 굴린다.

"분명한 건 옛날에 내가 느꼈던 그런 둘의 느낌은 아니란 거
야."

"어떤 느낌인데요?"

"그냥 혼자인 느낌."

맥이 빠지는 기분이 들어 나는 맥주를 들이켠다. 다운로드가

완료되려면 아직도 이십 분이나 더 기다려야 한다.


**77.** "언제부터 작가가 되고 싶었어요?"

여자는 땅콩을 둘러싸고 있는 과자를 조심스럽게 깨물어 먹은 뒤 손바닥에 땅콩을 모은다. 땅콩이 어느 정도 모이자 맥주를 한 모금 마시고 한꺼번에 털어넣는다.

"아버지가 인쇄소를 했어."

여자는 다시 손바닥에 땅콩을 모은다.

"그래서 어릴 때부터 종이와 잉크 냄새를 맡으며 자랐지. 사람들은 머리 아프다고 싫어했지만 난 그 냄새가 참 좋았어. 종종 작가란 사람들이 찾아오곤 했어. 자기 책이 어떻게 만들어지는지 보려고 말이야. 그들은 종이에 자기 글이 인쇄되어 나오는 걸 흐뭇하고 신기한 얼굴로 바라봤어. 아버지 눈에는 그들이 세상에서 가장 행복한 사람들로 보였나봐. 어느 날 인쇄소 구석에 턱을 괴고 앉아 돌아가는 기계를 지그시 바라보며 이렇게 말씀하셨어. 우리 딸도 행복한 사람이 됐으면 좋겠는데……"

여자는 손바닥에 모은 땅콩을 한번에 또 털어넣고 오독오독 씹어먹는다.

"인쇄소 기계가 쉬던 어느 날, 아버지가 심심했는지 내 글들을 모조리 모아 한 권의 책으로 만들어주셨어. 표지에 제목도 넣고 프로필 사진까지 넣어서 제법 그럴듯했지. 아니 그럴듯한 정도가 아니라 그건 진짜 책이었어. 그걸 받아드는데 기분이 아주 묘했어. 장마다 찍혀 있는 쪽수는 마치 지도에 표시된 위도와 경도 같기도 하고 주소 번지수 같기도 해서 어디로도 달아나지 않을 것 같았어. 종이에 정갈하게 인쇄된 문장들은 고상하고 심오하게 읽혔고, 문장마다 잉크 냄새가 났어. 그때 처음으로 책이란 건 참 멋진 거구나, 라고 생각했어."

땅콩 모으는 일이 귀찮아졌는지 이제 여자는 과자를 입에 넣고 편하게 깨물어 먹는다.

"근데 나중에는 좀 우울해지는 거야. 나 혼자만 갖고 있고, 나 혼자만 알고 있는 책이라는 게. 내 책이지만 많은 사람들이 알고 있고, 또 갖고 있는 책을 쓰고 싶다는 욕심이 생겼어. 가치를 알게 된 거야. 아버지가 바라는 대로, 계획한 대로 된 거지."

"작가가 돼서 아버지가 굉장히 기뻐했겠어요."

"못 보고 돌아가셨어. 인쇄소는 큰오빠가 맡아서 하고 있고."

"행복해요?"

"아버지 때문에라도, 행복해져야지."


**78.** 우리 아버지도 종종 그런 말을 한 적이 있다. 가게 구석에 턱을 괴고 앉아 이 가게를 자기 대신 맡아서 해줄 자식이 있으면 좋겠다고. 발명가가 되기 위해 물리 교사를 그만뒀던 아버지는 그해 장난감가게를 차렸다. 어머니 눈치도 보이는데다 발명

은 당장 돈이 되는 게 아니라서 아버지에게는 일정한 수입을 가져다줄 수 있는 다른 일이 필요했다. 장난감가게 주인은 아버지가 어렸을 때부터 갖고 있던 꿈이기도 했다. 그러고 보면 아버지야말로 남의 눈치 안 보고 자기 하고 싶은 대로 하고 산 사람임에 분명하다.

아버지는 발명가보다 장난감가게 주인이란 신분이 더 어울리는 사람이었다. 아버지 또한 발명가보다 가게 주인으로 불리기를 바랐고, 나이 들어서는 장난감가게 주인으로 남길 원했다. 물론 어머니는 아버지가 장난감 파는 사람이 된 걸 못마땅하게 생각했다. 좀 우습게 보기도 했던 것 같다. 나이와 사회적 위치에 맞지 않게 채신머리 없는데다, 철없는 애들 장난처럼 보였기 때문이었다. 어머니가 한숨을 내쉴 때마다 아버지는 장난감을 우습게 보지 말라며 어머니를 다그쳤다. 다행히 어머니의 불만은 그리 오래가지 않았다. 장사가 제법 잘돼 장난감이 살림에 든든한 보탬이 되어주었기 때문이었다.

우리 삼남매는 자주 장난감가게에서 놀았다. 형은 주로 로봇을 갖고 놀았고, 나는 자동차와 비행기를 좋아했으며, 지윤이는 여자애라 그런지 마론인형의 옷을 갈아 입히는 재미에 푹 빠져 살았다. 어느 날 아버지가 우리 삼남매의 정수리를 위에서 내려다보며 이렇게 물었다.

"너희 셋 중에 나 대신 이 가게 맡아줄 사람 있냐?"

장난감을 갖고 노는 데 정신 팔려서 아무도 아버지 말에 귀를 기울이지 않았다. 그러자 아버지가 다시 한번 말했다. 먼젓번보다 간절함이 묻어 있는 목소리였다.

"아주 나중에 말이다."

나는 형과 지윤이를 쳐다봤다. 형은 누가 봐도 장사보다 공부가 어울리는 사람이었고, 지윤이는 답답한 가게에 처박혀 살 만큼 인내심 있는 아이는 아니었다. 장사라는 건 세월을 좀먹는 아주 지루한 직업이라 생각하고 있을 게 뻔했다. 그때 아버지와 내 눈이 마주쳤다. 나는 알고 있었다. 처음부터 아버지가 나를 지목하고 그 말을 꺼냈다는 것을. 나는 아버지 눈을 피해 장난감으로 고개를 숙였다. 그로부터 십 년 후 내가 대학생이 되었을 때 아버지가 말했다.

"네 엄마는 장난감을 우습게 봤지만, 저것들은 결코 우습게 볼 게 아니다."

아버지는 장난에서 위대한 인생이 시작된다고 믿고 있었다. 사소한 장난에서 발명가의 꿈이 생겨났듯이 미래란 장난에서 비롯될 수도 있다고 말했다. 가게에 진열된 어떤 장난감이 먼 훗날 한 사람의 운명을 장난처럼 뒤바꾸어놓을지도 모른다고 아버지는 생각했다. 그 말을 듣는 순간, 장난감가게야말로 세상에서 가장 멋진 가게가 아닐까, 라는 생각을 했다. 나는 십 년 전 아버지 질문에 대답을 했다. 그러니까 그 대답을 하기까지 내게는 십 년이란 시간이 필요했던 것이다.

"걱정 마세요. 아주 나중에 제가 대신 맡아서 할게요."

아버지는 자신의 남은 미래가 더이상 불안하지 않으리라는 표정을 지었다. 그와 동시에 십 년 동안 나를 괴롭혀왔던 불편함도 내 마음에서 말끔히 사라졌다.


**79.** 내 말이 끝나자 여자가 말한다.

"장난감가게가 왠지 흥미로워지는데."

내가 맥주 한 캔을 다 비우자 여자가 한 캔을 더 내민다. 나는 사양하지 않는다.

"언제쯤 가게를 맡을 생각이야?"

"잘 모르겠지만, 여행을 끝내고 집으로 돌아가는 날이 될 수도…… 마땅히 할 일도 없거든요."

"전에는 직업이 뭐였는데?"

"공무원이요."

"따분한 직업이었군."

"생각만큼 따분하진 않았어요. 아주 바빴거든요."

"내가 아는 공무원들은 다들 따분해서 죽겠다는 표정을 짓고 있었어. 시간이 남아도는지 책상에 앉아 손톱정리를 하거나 채팅을 하며 지내더군. 세금만 축내는 인간들이야."

"전 책상 공무원이 아니라서 손톱정리할 시간도 없었어요."

"무슨 공무원이었는데?"

나는 맥주를 한 모금 쭉 들이켠 뒤 피식, 웃으며 대답한다.

"기능직 공무원이요. 우편배달부."

여자가 조금 놀란 표정으로 나를 쳐다본다.

"포스트맨이었다고?"

"포스트맨이 그렇게 놀랄 만한 직업이에요?"

"아니, 좀 의외라서. "


**80.** 솔직히 나도 좀 의외였다. 나는 내가 우편배달부가 될 거라고는 한 번도 상상해본 적이 없었다. 아마 우편배달부를 장래 직업으로 상상하는 사람은 별로 없을 것이다. 대부분 의사나 판사, 우주비행사를 상상하지 배달부를 상상하지는 않는다. 나도 마찬가지였다.

우편배달부라는 직업을 내게 선사해준 건 어머니였다. 어머니는 나 때문에 늘 신경을 곤두세우고 살았다. 형과 지윤이는 확실한 자기 진로가 있어서 문제될 게 없는 자식들이었지만 나는 그러지 못했다. 어딘가 좀 모자라고 불안한 구석도 있는데다 병약한 체질이라 어머니에게 나는 일일이 챙겨줘야만 안심이 되는 자식이었다.

어머니 눈에는 내가 제대로 된 직업을 가질 수도 없을 것 같았던 모양이다. 내가 대학을 졸업하기 전까지 어머니는 내 장래 직업에 대해 무수히 많은 고민을 하며 지냈다. 어머니가 티 날 정도로 나 대신 고민을 많이 해줘서 나중에는 아예 어머니에게 내 장래를 맡겨버리게 되었다. 내가 생각해도 나는 답이 안 나오는 자식이었다. 물론 내 속에서는 갖고 싶은 직업들이 무궁무진 춤을 추며 돌고 있었다. 비행기 추락 같은 대형사고가 터져서 하루 종일 뉴스 속보가 방송되는 날에는 아나운서가 되고 싶었고, 어머니 서재에 걸려 있는 커다란 칠판을 보고 있을 때는 교사가 되고 싶었고, 하늘이 맑게 갠 날에는 신문기자가 되고 싶었고, 바람이 부는 날에는 연극배우가 되고 싶었다. 그러나 누구 앞에서도 그 직업에 대해 발설할 수는 없었다. 누가 봐도 나한테는 불가능한 직업이기 때문이었다. 욕망이란 항상 자기 주제를 잘 모르고, 가끔은 자기 주제를 넘어서려고 하는 못된 버릇이 있었다. 내가 하고 싶은 일은 말을 더듬는 사람이라면 결코 가질 수 없는 직업들이 대부분이었다.

답이 안 나오는 고민이 너무 오랫동안 지속되자 머리가 아팠는지 어느 날 어머니가 신경질적인 목소리로 내 이름을 불렀다. 너란 애는 도대체 어떻게 하면 좋니, 내 말 듣고 있는 거야? 이리 와봐, 한지훈! 뭐가 되려고 그래? 이리 와보라고, 이놈의 새끼야. 되고 싶은 거라도 있으면 속 시원히 말이라도 해봐. 한지훈! 한지훈! 어머니의 잔소리는 다음날 아침까지도 계속될 분위기였다. 나는 화장실 문을 잠가놓고 변기 위에 앉아 귀를 틀어막았다. 틀어막아도 어머니의 새된 목소리가 계속 들려오자 노래를 불렀다.

노래를 한 열 곡쯤 부르고 나자 어머니의 잔소리는 뚝 멈춰 있었다. 그 정적에 내 숨도 곧 멎을 것만 같았다. 나는 변기 레버를 내리고 화장실에서 나왔다. 어머니가 거실 소파에 앉아서 날 기다리고 있었다. 다른 가족들도 진지한 얼굴을 하고 소파에 앉아 있었다. 어머니가 빨리 오라는 뜻으로 부산하게 손짓을 했다. 나는 어머니의 다급한 마음은 안중에 없다는 듯 비어 있는 내 자리로 굼벵이처럼 천천히 다가가 앉았다.

"편지를 배달해라."

어머니가 다짜고짜 그렇게 말했다.

"너 우체부 아저씨랑 말해본 적 있니?"

"어, 없어요."

"그래. 나도 말해본 적 없어. 우리집 식구들 누구도 말해본 적 없어. 그 사람들은 편지만 신속하게 배달하면 돼. 자기 일만 잘하면 말이 필요 없고, 말을 많이 안 해도 되는 직업인 거야. 사람들과 직접 부딪칠 일도 많지 않을 테니 불편하거나 불안하지도 않을 거야."

나는 고개를 들어 가족들을 둘러봤다. 모두들 어머니의 말에 동감하는 표정이었다.

"아버지 친구 중에 우체국장이 있어. 말만 잘하면 추천서를 써줄 거야. 당장 배달부가 되란 말은 아니야. 이번 여름방학 동안 아르바이트로 시작해. 해봐서 적성에 안 맞거나 힘들면 관둬도 돼."

나는 그때 이미 알고 있었다. 적성에 안 맞거나 힘들어도 관두면 안 된다는 것을. 행여 관두기라도 하면 어머니는 내게 대단히 실망할 거라는 것을. 어머니의 말이 끝나자 형이 옆에서 안정감 있는 목소리로 거들었다.

"소식을 전해주는 일이잖아."

형의 그 말에 조금 용기가 생기는 것도 같았다. 누군가에게 기쁜 소식을 전해주는 직업이라, 해볼 만하다고 생각했다.


**81.** 우편업무에 필요할 거라는 형의 조언에 따라 나는 방학이 시작되기 전에 미리 운전면허 2종 보통과 오토바이 면허, 그리고 정보화 자격증을 땄다. 말이 필요 없는 거라 그런지 면허증을 따는 일은 굉장히 쉬웠다. 아버지 친구분의 추천으로 나는 시간제 집배 보조부터 시작했다. 아버지가 친구에게 내세운 나의 장점은 기억력이 비상해서 배달구역 하나는 기똥차게 외울 거라는 것이었다. 아버지 말은 틀리지 않았다. 내게 일을 가르쳐주던 사수가 놀라서 뒤로 나자빠질 정도였으니. 보통은 사수가 일주일 정도 따라다니며 일을 가르쳐주는데 나는 하루 만에 배달구역을 다 외워버렸다. 사수가 넋 나간 얼굴로 나를 쳐다보며

말했다. 너 같은 애는 보다보다 처음 본다. 넌 배달에 천부적인
소질이 있는 놈이야. 누군가한테 인정을 받는 것만큼 삶의 희열
을 가져다주는 것은 없다는 걸 처음으로 느낀 순간이었다. 나는
더 많은 인정과 칭찬을 받고 싶은 욕심에 더 열심히 업무를 익
히고 편지를 배달했다. 체력이 따라주지 않는 게 좀 흠이었지만,
몸을 많이 움직여야 하는 직업이다보니 나중에는 체력도 점점
좋아지기 시작했다.

가장 힘들다는 두 달의 고비를 잘 넘긴 나는 졸업 후에도 계
속 그 일을 했다. 어쩌다보니 그렇게 되었다. 적성에 맞는 부분
도 있었지만 새 직업을 찾아나설 생각을 하니 일단 눈앞이 캄캄
했고, 내 몸을 다시 그 새로운 일에 적응시킬 걸 생각하니 더욱
아득했다. 월급에 비해 하는 일은 거의 노가다 수준이라 차라리
환경미화원을 추천하겠다고 말하는 집배원들도 있었지만 나는
몸의 고단함쯤은 참아내야 한다는 주의였다. 그리하여 참고 참
아, 나는 대무사역으로 일 년을 근무한 후 상시위탁 집배원으로
육 개월의 시간을 더 보냈다. 비교적 빠르게 시험 자격을 얻어
낸 나는 정식 집배원이 되기 위해 체신청에서 실시하는 정시 시
험에 응시해 합격했다. 드디어 비정규직이 아닌, 정식 공무원이
된 것이었다.

합격 소식에 가장 기뻐한 사람은 물론 어머니였다. 어머니는
자식에게 먹고살 수 있는 직업을 당신이 찾아주었다는 데에 자

부심을 느꼈다. 그 직업이 다름아닌 공무원이라는 사실에 어머니는 더없이 흡족해했다. 이 직업이 돈을 많이 버네, 저 직업이 남 보기에 그럴듯하네 해도 부모들이란 원래 나라의 녹을 받아먹는 직업을 최고로 치기 마련이었다. 내가 안정된 공무원의 세계로 진입하자 어머니는 줄곧 안정된 자세로 나를 대했고, 안정된 마음으로 자기 삶을 살아갔다. 내 문제가 해결되자 어머니는 더이상 걱정거리가 없는 사람처럼 평화로워 보였다.

**82.** 그러나 정작 나는 평화롭지 않은 날들이 대부분이었다. 몸의 고단함쯤은 참아야 한다는 주의가 점점 깨지기 시작한 것이다. 전자우편의 발달로 우편물량이 적어졌다고는 하지만 그래도 해야 할 일은 산더미였다. 보기와 달리 우편물을 우편함에 넣는 일조차 쉬운 게 아니어서 손바닥은 자주 갈라졌고 종종 손톱도 빠졌다. 무더위와 강추위가 몰아치는 날은 말할 것도 없고, 눈비라도 오는 날에는 우편물이 젖지 않도록 신경을 바짝 곤두세워야 했다. 간혹 바닥 사정이 좋지 않아 오토바이 미끄럼 사고가 발생하기도 했다. 우편배달 업무가 일찍 끝나더라도 다시 우체국으로 들어가 우편물 분류작업에 매달려야 했다. 정해진 퇴근 시간에 퇴근한다는 건 일 년에 손에 꼽을 정도로 희귀한 일이었고, 명절이나 선거 철에는 열한시 넘어서까지도 일해야 했다. 주말에 쉬는 것도 그리 녹록지 않았다.

그보다 가장 큰 문제는 고객을 상대해야 한다는 점이었다. 가족들은 우편배달부와 말해본 적도, 말을 걸어본 적도 없다고 했지만 그건 우리 가족만 그런 것이었다. 철없는 아이들은 나를 '달부'라고 불렀고, 고객들은 자주 내게 말을 걸었다. 다짜고짜 반말이나 시비조로 말을 붙이는 고객과는 어쩔 수 없이 실랑이를 벌이게 되는 경우도 있었다. 특히 등기우편물은 고객 손에 직접 전달해주어야 하는 업무다보니 말을 주고받지 않고서는 일을 할 수 없었다. 당연히 고객 앞에서는 식은땀을 흘리며 말을 더듬었고, 고객은 답답해하다가 나중에는 짜증을 내기도 했다. 고객과의 마찰을 최대한 줄이기 위해 내가 할 수 있는 건 배달 실수를 하지 않는 것뿐이었다.

그렇다고 가족에게 그 많은 애로사항들을 늘어놓을 수는 없는 노릇이었다. 힘들다고 내색할 수도 없었고, 내색하지도 않았다. 어느 직장이나 그런 애로사항들은 한두 가지씩 있기 마련이라 생각했고, 돈 버는 일치고 세상에 쉬운 건 없을 거란 생각도 들었다. 그보다는 더이상 누군가를 실망시키고 싶지 않았고, 실망시켜서도 안 될 만큼 이미 많은 나이를 먹은 상태였다. 그래서 나는 그냥 그 일이 내 천직인 양 가족들 앞에서 침묵했고, 시간이 많이 지나고 나서는 일 처리가 능숙해져 천직이란 생각도 하게 되었다. 대신 집에서 나는 점점 조용하고 말수 없는 사람이 되어갔다.

**83.** 다운로드는 끝나 있다. 모니터가 작아서 영화를 보려면 나란히 붙어 앉아야만 한다. 나는 여자 몸에서 땀냄새가 날까봐 옆으로 가기를 주저한다. 망설이는 사이에 여자가 노트북을 들고 내 옆으로 바짝 다가온다. 다행히 우려했던 땀냄새는 나지 않는다. 여자가 바탕화면에 깔린 영화 파일을 클릭하며 칸 영화제에서 최연소 남우주연상을 수상한 작품이라고 설명해준다. 여자는 이미 본 영화다.

"본 걸 왜 또 봐요?"

"좋은 영화니까. 본 지 오래돼서 까먹기도 했어."

영화는 초반부터 강하게 다가온다. 실화를 모티프로 제작했다는 감독의 선언으로 시작하고 있기 때문이다. 한여름, 아버지가 서로 다른 네 명의 아이들이 나오는 잔잔한 영화다. 맥주를 두 캔이나 비운 참이라 잠이 올 법도 한데 정신은 말짱하다. 좋은 영화라는 증거다. 칸에서 남우주연상을 수상했다는 말에 나는 어린 남자아이의 표정연기에 집중한다. 저 남자아이는 최연소 남우주연상 수상자라는 타이틀을 영광스러워했을까 부담스러워했을까. 너무 이른 성공과 관심이 오히려 남자아이의 성장에 걸림돌이 되지는 않았을까. 나는 영화를 보는 중간중간 남자아이에 대해 묻는다. 사 년 전에 나온 영화라니 저 아이도 많이 컸겠다. 잘 자랐을까. 그의 성장이 궁금해진다.

"언젠가 자살시도를 했다는 기사를 본 적이 있어."

조금은 충격이다. 스포트라이트는 사람을 지치게 하고, 슬럼프에 빠지게도 한다. 성장과 변화의 과정 없이 초반부터 과속으로 치고 나간 자들은 결국에는 불행해지고, 간혹은 재기가 불가능할 정도로 주저앉게 되기도 한다. 가불받은 월급처럼, 그들은 단지 자신의 행복을 남들보다 앞당겨 써버린 자들에 불과할지도 모른다. 각자에게 할당된 행복의 양이 정해져 있고 그 행복을 자신의 의지대로 배치할 수 있는 거라면, 그 행복은 앞에 놓는 게 좋을까 뒤에 놓는 게 좋을까. 나라면 뒤에 배치하겠다고 누군가에게 말하고 싶다.

남자아이의 미래를 알아버려서 그런지 영화 속 주인공의 얼굴에 어두운 그림자가 드리워져 있는 것 같다. 그러나 자살을 시도한 저 남자아이의 마음만은 아무도 알 수 없을 것이다. 영화 제목처럼, 아무도 모를 것이다.

**84.** 영화의 여운은 생각보다 오래간다. 실화를 바탕으로 한 영화는 영화를 영화로만 생각하게 하지 않는 무언가가 있다. 영화가 '영화는 허구다'라는 우리의 관념에 제동을 걸고 시작될 때, 우리는 아연 긴장한다. 일어날 수 있는 일과 일어날 수 없는 일, 일어났던 일과 일어나지 않았던 일 사이에 놓여 있는 미묘하지만 커다란 간극 때문이다. 그러나 때로 어떤 허구는 현실이 되고, 어떤 현실은 허구가 되기도 한다. 가끔은 현실에서 명백하

게 일어난 일인데도, 게다가 그 일을 자신이 직접 겪었음에도 도저히 믿어지지 않는 경우가 있다. 영화에나 있을 법한 너무도 끔찍한 일이기 때문이다.

침대를 차지하고 누운 여자가 바닥에 누워 있는 내 쪽으로 몸을 돌리며 묻는다.

"정말 포스트맨은 벨을 두 번 울려?"

"응답이 없으면 세 번도 울려요."

"회의를 느낀 적은 없어?"

"네?"

"포스트맨 말이야."

나는 한참을 생각한다. 왜 없었겠는가.

내가 그 직업에 대해 대단히 착각하고 있었던 건, 그 일이 누군가에게 기쁜 소식을 전해주는 직업이라는 것, 그래서 그런 직업을 가진 나를 기쁜 사람이라고 철석같이 믿고 있었다는 것이다. 우편배달을 하고 나서야 그 믿음에 조금씩 균열이 가고 있음을 깨달았다. 세상의 모든 우편물은 두 종류로 나뉘어 있었다. 기쁜 소식을 전해주는 뜨거운 우편물과 나쁜 소식을 전해주는 불길한 우편물. 사채 상환 압박 우편, 전화세 독촉 우편, 고소고발 우편, 법원 출석 요청 우편, 불합격 통지서, 건강검진 결과가 담긴 우편 등등.

그 우편물을 받은 누군가가 불행해진다면, 그게 나 때문일 것 같다는 생각이 자꾸 들었다. 이 사람은 나 때문에 오늘 밤 잠을 못 자겠구나, 이 사람은 며칠 뒤 소파에 빨간 딱지를 붙여야 할 운명이구나, 이 사람은 누군가한테 또 돈을 빌려야 하겠구나, 이 사람은 자기 몸 안에 암덩어리가 자라고 있다는 걸 알게 되겠구나, 그러다 누군가는 나 때문에 목을 매거나 창밖으로 몸을 던질 수도 있겠구나.

**85.** 내가 칠 년 가까이 다니던 직장을 그만두게 된 이유 중 하나도 그거였다. 고객과의 마찰을 줄이기 위해서 내가 할 수 있는 건 배달 실수를 하지 않는 것뿐이라고 했지만, 결국 나는 실수를 저지르고 말았다.

추석을 앞두고 있어서 그날은 배달해야 할 우편물량이 굉장히 많았다. 등기도 많았다. 엘리베이터를 기다릴 시간조차 없어서 나는 쉴새없이 계단을 오르내려야 했다. 다리는 아팠고, 눈은 뻑뻑했고, 편두통은 머리를 쪼개놓을 정도로 심해졌다. 몸과 마음이 지칠 대로 지치자 내 손에는 마지막 등기우편물만이 남아 있었다. 나는 팔을 들어 아주 간신히 벨을 눌렀다. 저녁이 다 된 시각이었지만 벨을 세 번이나 누르도록 응답은 없었다. 나는 할 수 없이 내일 다시 방문하겠다는 우편물 도착 통지서를 현관문에 붙여놓고 돌아섰다.

다음날이 왔지만 나는 그 등기를 까맣게 잊어버렸다. 잊어버리릴 만큼 중요한 일이 나에게 일어나서 더이상 배달업무를 계속할 수 없었다. 나는 한 달 동안 쉬겠다며 회사에 특별휴가를 신청했다. 그러나 그 한 달은 내게 휴가가 아니라 악몽의 나날이 되었다. 집에만 있으면 나타나는 발작증세 때문에 친구 집을 오가며 한 달을 보내야 했다.

잊고 있던 등기우편물의 존재를 알게 된 건 한 달의 휴가를 끝내고 출근 준비를 서두르고 있을 때였다. 점퍼 안 주머니에서 딱딱한 뭔가가 만져졌다. 너무 놀란 나머지 이마에서 식은땀이 났다. 나는 부랴부랴 오토바이를 타고 그 집을 찾아갔다. 방문 통지서가 그때까지 붙어 있을 리 없는데도 나는 바닥에 혹시 떨어져 있지는 않은지 주변을 샅샅이 살폈다. 통지서를 봤다면 전화라도 왔을 텐데, 연락조차 없었던 걸 보면 통지서마저 분실된 게 틀림없다는 생각이 들었다. 나는 다급하게 벨을 눌렀다. 이번에도 응답은 없었다. 마냥 기다릴 수 없어서 옆집 벨을 눌렀다. 현관문이 열리자 목에 보호대를 한 아줌마가 나왔다.

아줌마의 말에 의하면 우편물 주인은 이사를 갔다고 했다. 며칠 동안 집에서 싸우는 소리가 들렸고, 우편물 주인이 목욕탕에서 손목을 그었다고 했다. 다행히 목숨은 건졌지만 한쪽 팔을 움직일 수 없게 됐다고 했다. 순간 나는 그 일이 우편물에서 시작된 건 아닐까, 라고 생각했다. 우편물이 오지 않아 여자의 신경은 예민해졌고, 뒤집어 벗어놓은 양말을 남편의 얼굴로 집어 던졌고, 남편은 마시던 물컵을 깼고, 남편의 경제력이 도마 위에 올랐고, 여자의 과거 행실이 밤공기를 흔들었고, 저녁마다 살림이 박살났고…… 손목을 그었고.

"우편물 때문이라고 확신할 수도 없잖아?"

"그렇긴 하지만 나비의 날갯짓이 멈추질 않았어요."

한번 그렇다고 생각해버린 일을 되돌려놓기란 어려운 법이다. 벽에 못을 박는 순간 구멍이 나버리는 것처럼. 나는 그 일에 회의를 느꼈고, 우체국으로 돌아가 곧바로 사직서를 냈다. 그게 아니더라도 나는 이미 여러 가지 일로 지쳐 있었다. 어쩌면 일을 그만두고 싶어서 어떤 구실을 찾고 있었는지도 모른다. 결국 손목을 긋게 했다고 생각한 나비는 우편배달 일까지 그만두게 했다.

"반대로 0이 신속하게 배달해준 우편물 때문에 목숨을 건진 사람도 있었을 거야. 누구나 한 번의 실수는 해. 똑같은 실수를 반복하는 게 문제지. 중요한 우편물이었다면 분명 찾으려고 노력했을 거야. 좋은 쪽으로 생각해. 그 직업이 가진 좋은 것만."

여자의 말이 조금은 위로가 된다.

그날 우체국에서 집으로 돌아오는 길에 나는 많은 걸 생각했다. 편지를 배달하면서 내가 겪은 많은 일들이 차근차근, 버스 유리로 지나가는 풍경처럼 등뒤로 지나갔다. 그때서야 깨달았다. 술 장사를 하면 술을 잘 안 먹게 되고, 아이스크림 장사를 하면 아이스크림을 잘 안 먹게 되는 것처럼 편지를 배달하면서부터 편지를 써본 기억이 별로 없다는 것을. 여행을 결심한 후나는 그 동안 미뤄뒀던 편지를 여행중에 써야겠다고 다짐했다. 칠 년 동안 편지를 배달하며 돌아다녔으니 앞으로는 편지를 쓰면서 돌아다녀야겠다고. 그러니 나의 여행은 말의 여행이자 편지의 여행이 될 거라고.

나는 침대를 올려다본다. 여자는 잠이 들었다. 천장을 바라본다. 형광등 불빛 때문에 눈이 부시다. 이상하게 불빛이 뭔가를 방해하고 있다는 느낌이 든다. 한번 꺼볼까? 조용히 일어나 형광등 스위치를 반대로 눌러본다. 숭고한 어둠이 찾아든다. 나는 와조 옆에 누워 눈을 몇 번 깜빡인다. 불꺼진 모텔방. 처음이다. 생각보다 어둠은 견딜 만하다.

**86.** 모텔 '바나나' 세면대 아래에 몸을 구겨넣고 문장을 쓰고 있을 때 여자가 불쑥 욕실로 들어선다. 놀란 나는 그만 세면대에 머리를 찧고 만다. 여자가 궁금한 듯 나처럼 쭈그리고 앉아 고개를 집어넣는다.
"나와 와조가 다녀감?"
여자가 자리에서 일어나 수도꼭지를 세게 틀며 손을 씻는다.
"나도 다녀갔잖아. 왜 나는 없어?"

여자가 물 묻은 손을 수건에 닦지 않고 일부러 나를 향해 탈탈 턴다. 물방울이 얼굴로 튄다. 화가 난 것 같다.

"삼 년 동안 한 번도 변한 적 없던 문장이에요."

나는 얼굴을 훔치며 말한다. 방을 같이 쓰는 것으로 모자라 나만의 신성한 의식까지 점령하려드는 것 같아 나도 좀 불쾌하다. 여자가 욕실 문을 세게 닫고 먼저 방을 나가버린다. 정말 별것도 아닌 것 가지고 화를 낸다. 이제 보니 여자는 밴댕이 속이다. 쿨한 줄 알았는데, 실망이다.


"이제 보니 속이 참 좁군요?"

나는 여자 뒤로 재빠르게 따라붙으며 말한다.

"나한테는 다른 건 다 참아도 못 참는 게 딱 하나 있어."

여자가 걸음을 멈추더니 뒤돌아 나를 쏘아보며 말한다.

"뭔데요?"

"누락되는 거. 분명히 나도 그 자리에 있었는데 나만 쏙 빼놓는 거. 알다시피 난 늘 혼자였고, 또 혼자 있는 걸 좋아하는 사람이야. 하지만 가끔은 나도 없던 용기를 내서 다른 사람 일에 동참하기도 해. 그런데 사람들은 내 동참을 인정해주지 않을 때가 있어. 이상하게 나만 그래."

나한테도 그런 경험이 몇 번 있었다. 졸업앨범 주소록에 내 이름만 빠져 있다든가, 교수님이 내 얼굴만 기억 못 하고 있다든가, 미팅 나가서 나만 짝이 없다든가, 유독 내가 산 책의 페이지 귀퉁이에 미처 재단되지 못한 종이가 너덜너덜 덧붙여 있다든가 하는 일들. 그 외에도 서류 위에서 자주 발생하는 수많은 기록의 실수들. 그럴 때마다 나는 속으로 이렇게 외치곤 했다. 왜 나만, 왜 나한테만 자꾸 이런 일이 생기는 거지. 왜 하필 나냐고! 누락되는 나의 존재. 누락되는 나의 인생. 누락이 되풀이되다보면 나중에는 낙오된 걸로 착각하게 된다.

경험자로서 나는 누락된 여자의 기분을 충분히 이해할 수 있을 것 같다. 그런데도 여자의 행동이 어디서 기인한 것인지는 아직 아리송하다. 자신의 누락을 바로잡으려는 용기에서 비롯된 것인지, 아니면 방을 같이 썼다는 이유로 상대방의 생활습관까지 관여할 수 있다고 생각한 오만에서 비롯된 것인지. 아무튼 어이가 없으면서 한편으로는 월권행위라는 생각도 든다.

"이해해요. 하지만 751 이전에 삼 년이란 시간의 습관이 나와 세면대에 있다는 걸 생각해봐요."

이건 상대방을 인정하기까지 필요로 하는 시간이 각자 달라서 발생한 불협화음이다. 여자보다 내가, 필요로 하는 그 시간이 훨씬 긴 것이다.

"전 여자친구랑도 모텔에 가본 적 없어요."

내가 왜 여자한테 지극히 사적인 얘기까지 해야 하는지 모르겠다.

"그래? 그렇다면 더 기분 나쁜데?"

"뭔가 착각하신 모양인데……"

"착각이라니?"

"방 같이 썼다고 우리가 무슨 사이나 된 줄 아냐고요."

"정말 착각하고 있네."

"그러니까 제 말은, 저로서는 최선을 다하고 많이 양보한 거라고요. 솔직히 제가 원해서 방을 같이 쓴 건 아니잖아요?"

"그럼, 내가 원했다고?"

"아니었어요?"

이젠 발뺌까지. 내가 여자를 한참 잘못 본 것 같다. 이렇게 사소한 일로 틀어지면 둘이란 개념은 어느새 피곤하고 거추장스러워지기 마련이다. 시나리오를 같이 썼다는 친구가 왜 머리카락을 한 움큼 뽑아놓았는지 알 것도 같다. 살다보면 말도 안 되는 엉뚱한 상황이나 사건이 예기치 않은 곳에서 터지곤 한다.

"알 만하네요. 친구가 왜 머리카락 뽑아놓았는지."

"뭐?"

"별것도 아닌 일로 화나게 하고 있잖아요, 지금."

"누가 할 소릴!"

"이해심이 그렇게 없어서 소설은 어떻게 쓴대요?"

"그래, 나 이해심 없어. 없어서 소설도 그 모양이야. 그러는 0은 이해심이 퍽도 많아서 오지도 않는 편지를 삼 년 동안이나 기다렸나봐?”

“마, 말 다, 다 했어요?”

“그래, 다 했어!”

“어떻게 대놓고 그, 그런 막말을 할 수 있어요?”

“누가 먼저 시작했는데?”

“당신이 먼저 시작했잖아요! 정말 인격이 의심되네요.”

“누가 할 소릴!”

“나 따라온 것도 숙박비 좀 아껴보려는 수작이었죠?”

“이제야 눈치챈 거야?”

“뭐요! 당신 같은 여자는 평생 혼자 살다 죽어야 돼요!”

다투고 있다는 걸 눈치챘는지 와조가 가운데 서서 사납게 짖어댄다. 나는 이쯤에서 여자랑 찢어지는 게 좋을 것 같다고 판단한다. 며칠 전까지만 해도 여자와 헤어질 궁리를 하지 않았던가. 그래 아주 잘됐다. 내게 주어진 절호의 찬스인지도 모른다. 나는 와조의 목줄을 당겨 반대방향으로 매몰차게 돌아선다. 여자도 뒤돌아보지 않고 자기 갈 길을 간다. 홀가분하다. 그렇게 여자와 나는 헤어졌다. 조금은 황당하게.

그 길로 나는 우체통을 찾아 편지를 부치고 친구한테 전화를 걸었다. 친구는 왜 아침부터 자기한테 화를 내냐며 나보다 더 화를 내다 전화를 끊었다.

**87.** 아무도 나에게 편지하지 않았다.


**88.** 오지 않는 답장. 이것도 하나의 누락으로 볼 수 있다면 나야말로 그 동안 사람들에게 쉴새없이 누락되었다는 생각이 든다. 누구보다 잘 알고 있고, 누구보다 처절하게 느끼고 있는 누락의 고통. 나는 공중전화 부스를 나와 오른쪽으로 곧게 뻗어 있는 아스팔트를 바라본다. 여자는 보이지 않는다. 나는 그렇게 낙오된다.


**89.** 낙오된 나의 눈에 처음으로 들어온 건 지하철역으로 내려가는 지하계단이다. 조그마한 소도시에 지하철이 있다는 게 좀 의외다. 소도시의 지하철은 어떨지 궁금해 우리는 지하계단을 타고 내려간다. 사람들은 분주하지 않고, 역내는 한산하다. 벽에 붙어 있는 지하철 안내도를 본다. 달랑 1호선뿐이다. 1호선뿐이어서 그런지 개찰구 직원도 와조를 견제하지 않는다. 견제한다면 한번만 봐달라고 부탁할 참이었는데 그럴 필요조차 없어 보인다. 우리는 장애인인 척, 안내견인 척하지 않고 그냥 이대로 지하철을 기다리기로 한다. 오늘은 더이상 누락되기 싫다. 장애인은 그 자체가 누락이다.

한 시간이 지났지만 우리는 여전히 지하철을 타지 못했다. 도

대체 몇 대의 지하철을 강물처럼 흘려보낸 걸까. 잘 세고 있었는데 중간에 다른 생각을 하느라 그만 잊어버렸다. 오늘은 이상하게도 발이 쉽사리 떨어지지 않는다. 달랑 1호선뿐이기 때문일까. 타봤자 멀리 갈 수도 없고, 환승도 할 수 없기 때문일까. 나무벤치에 앉아 사람들을 구경하다 목이 마르면 자판기에서 청량음료를 뽑아 마시기를 수차례 반복한다. 그사이에 지하철이 몇 번 더 지나갔지만, 몇 번인지는 모르겠다.

다음에 오는 지하철은 꼭 타야지, 라고 마음먹으며 동전을 들고 자판기로 간다. 동전투입구로 동전 하나가 들어간 순간 나머지 동전이 손에서 미끄러져 와르르 쏟아져버린다. 쭈그리고 앉아 동전을 하나하나 줍는다. 마지막 동전 하나가 시커먼 껌딱지 위에 얌전하게 놓여 있다. 나는 동전을 집어든 뒤 껌딱지를 찬찬히 내려다본다. 99가 생각나 동전으로 껌딱지 가장자리를 차근차근 긁어본다. 바닥에 눌러붙은 모양 그대로 떼어내려고 애써보지만 쉽지가 않다. 껌딱지는 갈라지고 부서진 채로 떨어진다. 도구가 문제인 걸까. 자리를 옮겨 다른 껌딱지에 도전해보지만 역시 온전하게 떨어지지 않는다.


**90.** 99는 길바닥에 쭈그리고 앉아 납작한 도구로 껌딱지를 떼어내는 사람이었다. 사람들은 바닥청소중인 99를 심드렁한 표정으로 한 번씩 쳐다봤다. 그들은 99를 시청에서 고용한 청소부

라고 생각했다. 나도 처음에는 그렇게 생각했지만 오랫동안 관찰해보니 청소부라고 하기엔 99의 행동은 뭔가 좀 남다르고 특별했다. 껌딱지를 아주 애지중지 다루고 있었기 때문이다. 예쁘게 떨어지지 않은 것은 그냥 비닐봉지에 주워담았고, 모양이 살아 있는 껌딱지는 네모난 상자에 보물 다루듯 조심스레 담았다. 99는 집중력과 신중한 자세로 껌딱지 하나하나를 대하고 있었다. 나는 99를 따라다니며 일이 끝나기를 기다렸다. 99는 날이 어두워지고 나서야 딱딱하게 굳은 허리를 힘들게 펴며 일어났다.

99가 버스를 기다리며 상자에 담긴 껌딱지를 살피고 있을 때 내가 슬며시 옆으로 다가앉으며 말했다.

"궁금해서 몰래 따라왔어요."

"알고 있어요."

"청소부는 아니신 것 같은데……"

"청소부라고 불러도 상관없어요. 청소하는 것처럼 보이는 게 사실이고, 또 청소도 하고 있었으니까요."

중요한 걸 물으려는 찰나에 버스가 도착해 나는 엉겁결에 99를 따라 버스에 올라탔다. 버스 안에서 99는 한마디도 하지 않고 창밖만 내다봤다. 버스 안에서는 말을 하면 안 된다는 원칙을 세워놓은 사람처럼 99는 내 질문에도 답하지 않았다. 그렇다고 나를 귀찮아하거나 불편해하는 것 같지도 않았다. 그러다 엉겁결에 99의 집까지 가게 되었다.

집에 들어가보니 99가 뭐 하는 사람인지 단번에 알 수 있었다. 99도 말로 설명하는 것보다 눈으로 직접 보여주는 게 나으리란 생각에 말을 아꼈던 것 같았다. 명명하자면 99는 껌딱지 예술가였다. 둥글고 납작하고 보잘것없는 껌딱지에 그림을 그리는 화가. 근데 왜 껌딱지일까. 남이 씹다 뱉어낸 것인데다, 수많은 사람들의 발에 짓밟혀 더러워진 그것을 왜 그림의 재료로 삼게 되었을까. 99가 쓰디쓴 커피를 마시며 말했다.

"한때 사랑했던 사람이 있었어요. 그 사람은 나보고 껌 같은 존재라고 했어요. '우리 껌처럼 끈끈하게 붙어서 살자. 내 옆에 평생 있어줄래?' 이런 말로 고백을 했었죠. 그 사람한테 전 끝까지 껌 같은 존재였어요. 나중에는 이러더군요. '너란 애는 정말 껌처럼 끈질기구나. 지겨워! 이제 좀 떨어져줄래?'"

99가 커피잔을 다 비우고 쓰디쓴 표정을 지었다. 그건 내가 가장 좋아하는 표정이었다. 커피를 마시고 쓴 표정을 짓는 사람은 왠지 거짓말을 하지 않을 것 같았다. 99가 거짓 없는 말투로 이어 말했다.

"어느 날 길을 가는데 단물만 쏙 빼먹고 버려진 껌딱지들이 눈에 보이기 시작한 거예요. 너무 많았어요. 그뒤로 껌을 씹지 않아요. 씹더라도 길바닥에 버리지는 않을 거예요."

99의 작품들은 전혀 껌딱지로 보이지 않았다. 아름다운 한 장의 우표처럼 보였다. 정말 우표 크기로 재단한 뒤 가장자리 톱

니모양까지 완벽하게 재현해낸다면 편지를 보내는 데 아무런 무리가 없을 것 같았다. 그만큼 시커멓고 더러운 껍딱지의 변신은 내게 놀라운 것이어서 아름답구나, 라는 생각을 자연스럽게 하게 했다. 99도 99가 창조해낸 작품들도 모두 다 말이다. 99는 전시회를 열게 되면 초대장을 보내주겠노라고 나와 약속했다.

**91.** 밤 열시가 다 되어 99의 집을 나오는데 문득 이런 질문이 떠올랐다. 진정한 아름다움은 뭘까? 못나고 하찮은 것에서 찾아내는 게 아름다움일까? 아마 지윤이었다면 이렇게 답했을 것이다. 가슴은 빵빵하고, 허리는 18인치에, 코는 오뚝하고, 눈은 얼굴의 절반을 차지할 만큼 크고, 턱은 송곳처럼 뾰족하면 진짜 아름다운 거야.

지윤이는 참 많은 재능을 갖고 태어난 아이였다. 공부도 잘했고, 운동신경도 뛰어났고, 그림도 잘 그렸고, 노래도 잘 불렀다. 그야말로 팔방미인이었다. 어머니와 형이 이성주의적인 인간이고 아버지와 내가 낭만주의적인 인간이라면, 지윤이는 르네상스적인 인간이었다. 그러나 지윤이는 르네상스처럼 찬란한 꽃을 피워보지도 못했고, 부흥하지도 못했으며, 사람들로부터 큰 관심이나 사랑을 받지도 못한 채 살아왔다. 지윤이는 그 이유를 외모 때문이라고 단정지었다.

지윤이에게 아름다움은 또다른 재능이었다. 여자로 태어나 아름다움을 갖지 못한다면 아무것도 갖지 못한 거나 다름없다고 생각했다. 지윤이는 사람들로부터 질투와 시기를 받으며 사는 여자가 되고 싶다고 종종 말해왔다. 그러나 아무리 지윤이가 공부를 잘하고 그림을 잘 그려도 친구들은 지윤이를 질투의 시선으로 바라보지 않았다. 얼굴이 안 되기 때문에 저 아이는 그런 거라도 잘해야 한다고, 그래야 덜 불쌍하고 태어난 의미가 있다고, 공부도 잘하는 게 얼굴까지 예뻤다면 세상에서 제일 재수 없고 밥맛 없는 애가 됐을 거라고 그들은 말했다.

지윤이를 한순간에 충격에 빠뜨린 건 전교 꼴찌만 하던 여자애가 화이트데이 때 사탕을 받은 일이었다. 사탕을 준 사람은 지윤이가 짝사랑하고 있던 남학생이었다. 지윤이는 여리고 어린 나이에 깨닫고 말았다. 아무리 머리가 좋고 놀라운 재주를 가졌더라도, 사랑은 아름다운 외모를 가진 여자만이 할 수 있는 거라고. 진리를 깨달은 후 지윤이는 좋은 대학에 들어가기 위해 어금니를 깨물었다. 대학에 들어가서는 족집게 과외 교사가 되어 악착같이 돈을 벌었다.

어느 날 나는 코 수술을 하고 침대에 누워 있는 지윤이한테 물었다.

"이, 이제 마, 만족하니?"

"내가 김태희처럼 되려면 삼천만원이 필요하대. 이제 겨우 오백만원밖에 못 썼어. 오빠, 난 사람들이 날 파괴하려고 달려들었

으면 좋겠어. 어떤 책에서 읽었는데, 상대방의 외모나 재능이나
능력은 빼앗을 수 없는 거라서 파괴하려고 한대. 근데 사람들은
내 재능이나 능력에는 관심도 없어. 왠지 알아? 못생겨서. 못생
겨서 내 아까운 재능마저 묻히는 거라고.”

“그, 그러다 네, 네가 널 파, 파괴하게 새, 생겼어.”

“후회하지 않아. 죽어도.”

지윤이의 비뚤어진 생각을 고쳐줄 수 있는 사람은 세상 어디
에도 없어 보였다. 지윤이는 점점 예뻐졌지만 점점 내가 모르는
사람으로 변해갔다.


**92.** 껍딱지로 자기만의 예술을 창조해낸 99와 아스팔트에 붙
은 껍딱지 같은 가슴을 가졌다며 스스로를 증오한 지윤이. 길바
닥에는 내가 아는 두 사람이 있고, 그 수는 너무도 많고, 또 어
딜 가나 있다.


**93.** 지하철이 들어오는 소리가 들린다. 이번에는 꼭 타야지.
나는 의자에서 일어나 안전선 가까이 다가간다. 지하철이 들어
오는 통로 쪽으로 고개를 돌린다. 바람이 몰려와 머리카락이 흩
날린다. 그때 낯익은 모습 하나가 눈에 들어온다. 저 멀리 안전
선 가까이 여자가 서 있다. 여자도 나를 보고 있다. 좀 놀란 눈
치다. 나도 놀랍기는 마찬가지다. 서로의 눈이 잠시 마주친다.

지하철이 시원한 바람을 일으키며 천천히 멈춰선다. 나는 탈 것 인가, 말 것인가. 문이 열린다. 여자는 탈 것인가 말 것인가. 나 는 탄다. 문이 닫힌다. 여자도 탔다.


**94.** 여자는 첫번째 칸에 있고 나는 마지막 칸에 있다. 소도시 라 지하철은 몇 량 되지 않고 다리를 뻗으면 앞에 앉은 사람과 발이 닿을 정도로 통로는 비좁다. 나는 일어서다 앉기를 반복하 다, 첫번째 칸으로 이동한다. 때마침 맞은 편에서 여자가 걸어오 고 있는 게 보인다. 나는 걸음을 멈춘다. 여자도 걸음을 멈춘다. 우리가 마주보고 서 있는 곳은 지하철 중앙 칸이다. 여자가 먼 저 웃음을 터뜨린다. 나도 따라서 웃는다. 우리는 그렇게 누가 먼저랄 것도 없이, 지하철 한가운데서 다시 만났다. 조금은 허망 하게.


“지하철은 왜 탄 거야?”

여자가 조금 퉁명스런 말투로 묻는다.

“지하철이니까요. 그러는 751은요?”

“책 팔아야지.”

그러고 보니 여자를 처음 만났던 곳도 지하철이었다. 나는 책 이 든 여자의 수레를 쳐다보다 여자에게 말한다.

“제가 한번 팔아볼까요?”

"괜히 나한테 미안해서 그런 거라면 관둬."

"전혀요."

예전에 나는 스피치 학원에서 나왔다며 열심히 자기 수행중인 사람들을 본 적이 있었다. 성격개조와 말더듬이 치료를 위해 거리로 나온 사람들이었다. 그들은 주로 버스나 지하철에서 만날 수 있었다. 그러나 나는 한 번도 그들을 똑바로 봐준 적이 없었다. 거울 속의 나를 보는 것 같아 창피해서 도저히 고개를 들 수 없었던 것이다. 나는 그렇게 고개를 의자 밑으로 처박은 채, 한 번씩 지나치듯 쭈뼛쭈뼛 쳐다보면서 그들이 하는 말을 들었다. 나보다 한참 어린 중학생은 부끄러워하면서도 자기 얘기를 용기 내서 또박또박 말했고, 머리 벗어진 오십대 아저씨는 말이 막힐 때마다 쪽지와 손바닥에 적어온 내용을 슬쩍슬쩍 훔쳐봤다. 무척이나 힘겹고 불안해 보였지만 아저씨는 끝까지 포기하지 않고 말을 마친 뒤 버스에서 내렸다. 내게 그들은 모두 위대했다. 내가 주저하고 있는 일을 그들은 이미 실천하고 있었기 때문이다.

전부터 나는 자신감을 실험하기에 가장 좋은 장소는 버스나 지하철이라고 생각했다. 나 또한 언젠가 한 번쯤은 나 자신을 시험해보고 싶었다. 여행 후 자신감이 생기고 나서는, 정말 말더듬이가 다 나았는지 대중 앞에서 확인받고도 싶었다. 물론 광장에서 여자를 대신해 책을 판 적은 있지만, 광장으로 모여든 사람들은 호기심에 제 발로 걸어들어온 사람들이었다. 지하철 승객들은 자리를 피해 달아날 수 없기 때문에 의중을 알 수 없었다. 마음을 알 수 없는 그들을 말로써 설득시킬 수 있다면, 확실히 좋아졌다고 봐도 될 것이다.

내가 생각하는 세상에서 가장 용감한 사람은 버스나 지하철에서 물건을 파는 사람이고, 버스나 지하철에서 물건을 팔 수 있는 사람은 어떤 시련도 극복할 수 있는 사람이다.


**95.** 나는 수레를 끌고 당당하게 가운데로 가서 선다. 지하철 안이 한산하고 조용한 편이라 일단 승객들의 시선은 쉽게 나에게로 꽂힌다. 나는 먼저 넙죽 인사한 뒤 짤막한 내 소개를 마친다. 여기까지는 아주 훌륭하다. 승객들의 반응도 그다지 나빠 보이지 않는다. 다음은 책을 홍보할 차례다.

나는 책을 펼쳐 귀에 쏙쏙 들어가도록 찌렁찌렁한 목소리로 낭독을 한다. 연극무대에 선 배우처럼 대사 부분에서는 감정을 최대한 살려가며 읽는다. 내가 생각해도 내가 아닌 것 같다. 나를 잊어야만, 버려야만 할 수 있는 행동이다. 정말 죽을힘을 다하고 있구나, 라는 생각이 온몸을 파고든다. 승객들도 느끼고 있는지 내 목소리에 한층 집중하는 듯한 자세를 보인다.

낭독이 끝나자 책을 덮는다. 이대로 끝내버리면 분위기가 썰렁해질 것 같아 유머러스한 농담과 함께 재밌는 콩트 한 토막을 이어서 들려준다. 그러고는 분위기가 식기 전에 승객들에게 고

192

사떡 돌리듯 재빨리 책을 돌린다. 자리로 돌아와서도 돋워놓은 기운이 어정쩡해지지 않도록 머릿속에서 생각나는 쓸데없는 것들까지 꺼내 주절주절 늘어놓는다. 실없는 사람처럼 보이기도 할 것 같고, 승객이 되어 지금 내 모습이 어떤지 보고도 싶어진다. 잘하고 있는지도 걱정이다.

하고 싶은 얘기가 좀더 남아 있었지만 안내방송이 나오고 지하철이 멈추는 바람에 내 말은 중간에 끊겨버린다. 한 정거장이 왜 이렇게 짧은 건가. 문이 열리고 일단의 사람들이 지하철 안으로 밀려드는 통에 분위기는 조금 어수선해진다. 그때, 앉을 자리를 찾다 자리가 없어서 손잡이로 막 손을 내밀던 긴 머리 여자와 눈이 마주친다. 긴 머리 여자의 눈동자가 순간 커진다. 문이 닫히고 지하철이 출발한다. 손잡이 잡는 걸 잊은 사람처럼 긴 머리 여자는 그냥 서 있다. 덜컹거리는데도 균형을 잃거나 하지도 않는다.

긴 머리 여자와 마주보고 서 있는 나는 그대로 숨이 멎고 얼음조각이 된 느낌이다. 목이 마르고 현기증이 난다. 무언가를 잡지 않으면 바닥으로 쓰러질 것만 같아 나는 손잡이를 급히 잡는다. 지하철이 속력을 낸다. 내 의지와 상관없이 몸이 심하게 휘청거린다. 휘청거림에 잠시 내 본분을 망각한다. 방금 전까지 내가 여기서 뭘 하고 있었는지도 잊어버렸다. 여자가 왜 그러냐는 듯 나에게 불안한 눈짓을 보낸다. 그제야 정신이 든다.

나는 침을 삼킨 뒤 승객들에게 마지막 인사를 하고 뻣뻣한 걸음으로 책을 걷으러 간다. 긴 머리 여자를 지나가고, 다시 지나온다. 어디선가 커피 냄새가 난다. 몇 권의 책이 회수되고, 몇 장의 지폐가 내 손으로 들어온다. 그러나 그 지폐가 몇 장인지는 모르겠다. 지금 그게 중요한 게 아니다. 나는 수레를 끌고 여자 옆으로 가서 앉는다. 저쪽 끝에서 긴 머리 여자가 아직도 나를 쳐다보고 있다.

"미션 성공이야. 한 번도 안 더듬었어."

여자가 책과 지폐를 뺏어들며 말한다. 나는 지폐를 세고 있는 여자에게 식은땀을 흘리며  떨리는 목소리로 말한다.

"우, 우리, 이, 이번 여, 역에서 내, 내려요."

"왜 말을 더듬어? 너무 긴장해서 도진 거야?"

"빠, 빨리 내, 내리, 자구요!"

"왜 그래, 잘 끝내놓고?"

나는 안내방송이 나오지도 않았는데 자리에서 벌떡 일어나 와조를 끌고 문 앞으로 간다. 한 정거장이 왜 이렇게 긴 건가.


**96.** 문이 열리자마자 용수철처럼 밖으로 튀어나간다. 여자도 뒤따라나온다. 이제야 좀 숨을 쉴 수 있을 것 같다. 그런데 그때 등뒤에서 그녀의 목소리가 나를 잡아챘다. 나는 잘못하다 들킨 사람처럼 몇 초간 정지해 있다 천천히 돌아선다. 그녀는 나를

보고 믿을 수 없을 만큼 환하게 웃고 있다. 아무리 크게 웃어도 잇몸이 보이지 않던 그녀. 환상이나 환영 같다.

"지훈씨? 지훈씨…… 맞지?"

환한 그녀의 웃음에 굳어 있던 내 몸이 한순간에 녹아내린다. 환상도 환영도 아니라는 듯.

"왜 도망가? 정말 도망가야 할 사람은…… 난데."

글쎄, 내가 왜 도망치고 있을까. 그녀 말대로 도망가야 할 사람은 그녀고, 쫓아가 잡아야 할 사람은 오히려 난데. 그녀, 얼마나 보고 싶었던 얼굴인가. 그녀, 한때는 얼마나 찾아헤매던 얼굴인가. 만나고 싶어도 만날 수 없던 그녀가 이렇게 눈앞에 있는데, 왜 내가 비겁하게 도망치고 있는 걸까. 너무도 뜻밖이라 그럴 것이다. 그녀를 만나게 되리라고는, 그것도 한 번도 와본 적 없던 이 소도시 지하철 안에서 만나게 되리라고는, 상상도 못 했다. 극적인 상황은 가끔 엉뚱한 곳에서 일어난다.

나를 바라보는 그녀의 얼굴은 질문으로 가득 차 있다. 내 머릿속 또한 질문으로 가득 차 있기는 마찬가지다. 그러나 질문을 하고, 그 질문에 답하기에 지하철이란 장소는 적합해 보이지 않다. 그녀도 나도, 나가는 곳으로 동시에 걸음을 옮긴다. 그녀가 조심스레 묻는다.

"혹시, 바빠?"

"아니, 전혀 전혀."

"여긴, 웬일이야?"

"여행중이야. 넌?"

"사촌언니 집에 잠시 쉬러 왔어."

우리의 대화는 조금도 어색하지 않다. 어제도 만났던 사람처럼 삼 년이란 시간의 간극이 겨우 십 분 만에 희석된다. 당연하다는 듯. 믿을 수 없는, 시간이 가진 현상이다. 지상으로 올라온 그녀는 이 도시에 오랫동안 살아온 사람처럼 활기찬 걸음걸이로 앞장서 나를 어딘가로 인도한다.

"우리, 커피 마실까? 근방에 커피 잘하는 데 있는데."

"커피?"

"지훈씨, 커피 좋아했잖아."

나는 가만히 고개를 끄덕인 뒤 그녀 뒤를 따라간다. 그런 내 뒤를 여자가 따라온다. 여자의 얼굴 또한 질문으로 가득 차 있다. 나는 여자에게 와조의 목줄을 넘겨주며 좀 맡아달라고 부탁한다.

"누구야?"

"나중에 얘기해줄게요."


**97.** 우리가 들어간 곳은 꽤 크고 고급스러운 커피전문점이다. 여자는 와조를 데리고 맞은편 구석자리로 가 노트북을 켠다. 여자는 소설을 쓸 것이다.

"오늘은, 어떤 커피가 좋을까?"

마치 어제도 함께 커피를 마셨던 사람처럼 그녀가 메뉴판을 들여다보며 중얼거린다. 예전에도 내 커피를 골라주는 건 그녀 몫이었다. 메뉴판을 들여다보며 가장 먼저 했던 말도, 오늘은 어떤 커피가 좋을까였다. 그녀는 믿을 수 없을 정도로 예전 그대로다. 흘러내려온 머리카락을 왼손으로 쓸어넘기는 버릇도 여전하다. 그래서 좀 화가 난다. 조금이라도 변했다면 다른 사람이라고 생각해버릴 것도 같은데 말이다. 그녀가 골라주는 커피는 마술처럼 그날의 내 기분이나 날씨에 잘 맞아떨어졌었다. 오늘도 분명 그럴 것이다.

사실 나는 커피를 좋아하지 않는다. 그녀를 만나기 전에 나한테 커피는 맛과 향이 전혀 다른 음료였다. 향은 무척 좋은데 막상 맛을 보면 내가 알고 있던 향의 맛은 전혀 안 나고 쓰디쓴 한약 느낌이 나는 차. 그래서 커피 맛이 아니라, 어쩌다 한번 정도 설탕 맛으로 마시게 되는 차. 그녀를 만나고 커피 맛을 제대로 알게 되었지만, 그녀와 헤어진 뒤로 커피는 다시 어쩌다 한번 정도 마시는 차가 되고 말았다. 헤어진다는 건 그런 것이다. 누군가를 만나기 전의 자기 상태로 돌아가는 것.

주문이 끝나자 그녀가 나를 뚫어져라 쳐다보다 묻는다.

"잘 지냈어?"

자기와 헤어지고 나서 어떻게 지냈냐고 묻는 거겠지. 잘 지냈다고 하면 서운해할 것이고, 못 지냈다고 하면 가슴 아파하겠지.

"그럭저럭. 넌?"

"나도 그럭저럭. 근데 아까 지하철에서 책 팔고 있었던 거, 맞지?"

"응."

"내가 잘못 본 게 아니구나. 아까는 여행중이라고 했잖아?"

그녀는 내가 생활이 어려워져 장사꾼으로 전락이라도 한 줄 알고 걱정하는 얼굴이다.

"누굴 좀 도와주고 있었어. 지하철 안에서 물건 파는 거 내가 꼭 한번 해보고 싶었던 거였잖아."

"맞아. 말 더듬는 거 때문에 그랬었지. 어? 그러고 보니 이제 안 더듬네?"

"어, 이제는."

그녀는 나와 달리 나의 달라진 모습에 반한 눈치다. 지금처럼 그때도 말을 더듬지 않았다면 그녀는 도망가지 않았을까. 반짝 빛나는 그녀의 눈동자를 보니 문득 그런 생각이 든다. 어쩌면 그녀가 내게서 도망친 이유를 말 더듬는 것 때문이었다고 생각하고 싶은 것인지도 모르겠다. 그것 때문에 내가 싫어졌던 거라면 그녀를 이해할 수 있을 것이다. 누구도 말 더듬는 남자를 오랫동안 좋아하기는 힘들 테니까.

주문한 예멘 모카 마타리가 나오자 그녀가 커피에 대해 설명해준다. 고흐와 소통하길 원하는 고흐 골수팬들이 즐겨 마시던 커피라 반 고흐 커피로 알려져 있다고. 여자가 앉아 있는 테이블에도 커피 한 잔과 토스트가 놓인다. 토스트를 와조 입에 물려준 여자는 커피를 한 모금 마시며 나를 쳐다본다. 째려보는 것도 같다. 그러고는 바쁘게 키보드를 두드린다. 커피숍, 소설을 쓰기에는 낭만적인 장소다.

"여행중이면 일은 어떻게 하고?"

"그만뒀어."

"언제?"

"너랑 헤어질 즈음."

"나 때문이야?"

자기 때문이라고 하면 그녀는 조금 죄책감이 들까.

"여러 가지 문제가 있어서 일을 계속할 수 없었어."

"삼 년…… 그럼 그 동안 계속 여행만 다닌 거야?"

"응."

"결혼은 안 했겠네?"

"응. 너는?"

"했어."

나는 예상했다는 듯 고개를 가만히 끄덕이다, 더이상 할 말이 없어서 커피를 마신다. 커피는 쓰다. 예상은 했지만 그래도 조금은 서운한 느낌이 든다. 정말 그녀가 날 버리고 도망갔다는 느낌. 역시 그녀의 선택은 탁월하다. 이런 순간이 오리라는 걸 알고 미리 이런 맛이 나는 커피를 주문한 것이다. 쓴 커피에서 슬픈 맛이 난다. 고흐의 맛이다. 결혼을 했다는 말에 그녀에게 하려고 준비해뒀던 모든 질문들이 사라져버린다. 마치 결혼이 끝인 것처럼.


**98.** 시간이 얼마나 지났을까. 커피를 서너 잔은 족히 마신 것 같다. 그녀가 화장실에 다녀오겠다며 가방을 들고 자리에서 일어난다. 여자가 기다렸다는 듯 와조를 데리고 내게 온다.

"너무 오래 앉아 있는 거 아니야? 엉덩이에 쥐나겠네. 벌써 다섯 시간째야."

그렇게 오래됐나. 별로 많은 얘기를 나눈 것 같지 않은데 시간은 잘도 간다.

"요 앞 서점에서 사온 소설인데, 이제 몇 페이지 안 남았어."

여자가 손에 들고 있는 소설책을 내게 보여준다. 제법 두꺼운 책의 페이지가 왼쪽으로 거의 다 넘어가 있다. 그만큼 많은 시간이 지났다는 걸 알려주려는 것이다. 아니, 그 소설책을 다 읽기 전에는 자리에서 일어나라는 여자의 세련된 경고다. 그런데도 나는 그녀와의 대화 시간이 길었다기보다는 여자의 책 읽는 속도가 비정상적으로 빨랐다는 생각이 든다. 그때 그녀가 자리로 돌아온다. 여자는 황급히 와조를 데리고 자기 자리로 간다.

"누구야? 궁금했었는데. 지하철에서도 같이 있었지? 혹시……?"

"아니야, 그런 사이."

"그럼?"

혹시 질투하는 걸까. 결혼한 여자가 말이다. 그냥 애인이라고 해버릴까. 그녀 쪽에서도 모든 게 끝난 것처럼 느끼라고.

"여행하다 만난 사람이야."

아직도 뭘 바라는 것인가.

"걔는?"

"와조."

"저 개가 와조야?"

그녀는 와조를 본 적이 없다. 단지 나한테 와조의 기구한 역사에 대해 얘기만 들었을 뿐이다.

"와조랑 여행 다니는 거였구나. 힘들겠다."

"와조가 힘들지."

나는 잔에 남아 있는 커피를 한 번에 쭉 마신다. 바닥에 찌꺼기가 남아 있다.

"배고프다. 밥 먹으러 갈래?"

나는 잔을 소리나게 받침대에 내려놓으며 묻는다. 살짝 넘겨보니 그녀의 커피잔에는 커피가 아직도 절반이나 남아 있다. 그녀는 커피를 결코 남기는 법이 없었다. 터키인들처럼 커피잔 바닥에 남아 있는 찌꺼기로 그날의 운세를 점치기 위해서였다. 그녀는 그렇게 내 운세도 점쳐줬었다. 때문에 그녀 앞에서는 커피를 남길 수 없었다. 나는 실수한 것처럼 그녀에게 다시 말한다.

"깜빡 잊고 있었어. 커피점 봐야지?"

그녀는 자기 습관을 잊지 않고 있는 나에게 조금 감동한 얼굴이다. 그러나 나의 배려와 관심에도 불구하고 그녀는 자리에서 일어난다.

"오늘 내 운세는 알고 싶지 않아."

내가 눈을 치켜뜨자 그녀가 정정하듯 다시 말한다.

"실은 이제 그런 거, 안 봐."

"왜?"

"안 맞는 것 같아서."


**99.** 이번에도 장소를 안내한 사람은 그녀다. 파스타를 전문으로 하는 곳이다. 차 마시고 밥 먹고. 마치 데이트할 때로 돌아간 것 같다. 그때만큼은 아니지만 약간 가슴 한켠이 설레기도 한다. 그녀도 그럴까. 결혼했다는 것과는 상관없이 말이다. 그녀의 기분을 확인하고 싶지만 그럴 수는 없다. 그녀는 결혼한 여자이기 때문이다. 그녀의 기분을 확인하는 순간, 이 달콤한 데이트는 칙칙한 불륜이 되고 말 것이다.

　식사를 끝내고 조용한 호프집으로 자리를 옮긴다. 술을 마시자고 한 건 그녀다. 그사이 그녀도 조금은 변한 것 같다. 이제야 달라진 점이 하나씩 발견된다. 그녀는 술을 한 잔도 마시지 못했었다. 그래, 예전 그대로일 수는 없는 거다. 누구도 시간 앞에서는.

"요즘은 커피보다 맥주가 더 좋아."

"카페는 아직도 하고 있어?"

"아니. 일 년 전에 정리했어."

"왜?"

"공부를 하고 싶어서."

"무슨 공부?"

"커피."

　그녀는 실력 있는 바리스타였다. 전문가인 그녀도 공부할 게 더 있는 모양이다.

"커피 공부를 하고 싶다면서 맥주가 더 좋으면 어떡해."

"그러게."

　그녀와는 우편배달을 하다 만났다. 그녀는 카페에서 커피를 내리며 매일 사랑하는 사람의 편지를 기다리는 사람이었고, 나는 그녀가 기다리는 편지를 배달해주는 사람이었다. 그녀가 사랑하는 사람의 편지는 항공우편으로 날아왔고, 그녀의 편지 또한 항공우편으로 영국 유학중인 그 남자에게 날아갔다. 그녀는 카페 창가에 앉아 커피를 마시며 편지를 쓰곤 했다. 커피를 마실 때마다 그녀의 붉은 혀에 박혀 있는 은색 피어싱이 매력적으로 반짝였다.

오랫동안 나는 그들의 사랑을 흐뭇한 눈으로 지켜봤다. 전자우편이 발달한 요즘 세상에 종이편지를 주고받는 사람은 흔치 않았다. 게다가 그들의 편지는 하루 만에 도착할 수 있는 것도 아니었다. 남들보다 오랫동안 가슴 설레어야 하고, 오랫동안 목 놓아 기다려야 하는 인고의 편지였다. 그것만으로도 그들의 사랑은 충분히 남다른 데가 있다고 판단되었고, 그래서 그만큼 특별해 보였다. 나는 그들을 응원하는 사람 중 하나라고 생각했다.

내가 편지를 배달해줄 때마다 그녀는 고마운 마음에 커피를 대접했다. 영국으로 보낼 편지를 내게 부탁할 때도 커피를 대접했다. 그러니까 나는 걸어다니는 그녀의 우체통인 셈이었다. 그녀의 우체통이 되는 건 즐거운 일이었다. 커피를 마시는 일도 즐거워서, 그녀가 처음에 커피 좋아하냐고 물었을 때 커피 맛을 아주 잘 아는 사람처럼 무지 좋아한다고 덜컥 대답해버렸다. 아마 누구라도 그랬을 것이다.


**100.** 그런데 어느 날부턴가 그들 사이에 오고가는 편지가 점점 뜸해지기 시작했다. 나중에는 편지가 더이상 오지 않았다. 그녀가 편지를 보내도 남자 쪽에서 답장을 해오지 않았다. 남자는

답장을 쓰지 않는 것으로 이별을 통보하고 있었다. 그 즈음 나에 대한 그녀의 기다림은 한층 간절해져 있었고, 나는 빈손으로 갈 때마다 괜히 그녀한테 미안해졌다. 마치 그 모든 게 내 잘못인 것처럼. 답장을 기다리다 지쳤는지 그녀도 더이상 편지를 쓰지 않게 되었다. 그들은 그렇게 말없이 헤어졌다. 그후 그녀의 혀에는 피어싱이 한 개 더 늘었다.

나는 내 식으로 그녀를 위로해주고 싶었다. 나는 우편물을 배달하고 시간이 남으면 그녀의 카페에 들러 커피 한 잔을 얻어마셨다. 그녀는 자기한테 배달해주는 편지가 더이상 없는데도 내게 공짜로 커피를 주었다. 습관 같은 것이었다. 습관은 애정보다 무섭고 놀라운 것이었다. 애정은 의식적이지만 습관은 무의식적이었다. 진짜란 무의식에 의해 지배되는 것인지도 모른다고 그때는 생각했다.

우리는 습관처럼, 거의 매일 그렇게 그녀의 카페에 앉아 삼십 분씩 이야기를 나눴다. 나는 카페에 드나들기 위해, 커피를 마시지 않으면 잠이 와서 도저히 일을 할 수 없다는 핑계까지 만들어냈다. 실은 커피를 마시면 속이 쓰려 미칠 지경이었는데 말이다. 연애할 시간조차 주지 않아 빌어먹을 직업이라 여겼던 우편배달부였는데, 그녀를 알고부터는 이보다 더 훌륭한 직업은 있을 수 없겠구나, 라는 생각까지 하게 됐다. 일을 하면서도 누군가를 좋아할 수 있고, 그 좋아하는 사람을 찾아가 이야기를 나

누고 차를 마실 수 있다니. 생각해보면 그녀 이전에 만났던 여자들과의 연애기간은 길어봐야 육 개월이었다. 짧은 데이트 시간은 짧은 연애로 이어졌다. 그녀는 내게 이런 말도 했다.

"사람이 가장 섹시할 때는 옷을 벗고 있을 때가 아니라, 자기 일에 집중하고 있을 때란 거 알아요?"

"네?"

"섹시해요. 편지 배달하는 모습이."

나는 그녀의 말이 좀 납득이 가지 않았다. 우편배달부가 섹시해 보일 수도 있다니. 그러나 속으로는 더, 더없이 내 직업을 훌륭하다고 생각하며 어머니께 고마워했다. 그 즈음 집에서 나는 점점 시끄럽고 수다스러운 사람이 되어갔다.


**101.** 지금 와서 고백하자면 나는 편지를 배달해주면서 그들의 관계가 깨지기를 속으로 내내 바라고 있었다. 결단코 그들을 응원한 적은 한 번도 없었다. 나는 그들의 편지를 손에 꼭 쥐고 안 좋은 기운이 가득 담긴 불길한 주문을 불어넣기도 했다. 아마 부럽고 질투가 나서 그랬을 것이다. 편지를 주고받는 사이가. 그것도 항공우편으로 지고지순하게 서로에게 편지를 쓰는 그들의 관계가. 편지라면 나도 자신 있는 것이어서, 나도 그녀에게 편지를 쓰는 사람이 되고 싶었는지도 모르겠다. 나야말로 그녀의 편지에 답장을 잘할 수 있는 유일한 사람이라고 생각했는지

도 모르겠다.

더 솔직히 고백하자면 그들의 편지를 훔쳐본 적도 있었다. 그녀의 사생활과 생각과 문장들이 너무도 궁금해서. 그녀가 좋아하는 남자는 도대체 어떤 사람인지, 그 남자의 사상과 성격과 됨됨이가 미치도록 알고 싶어서. 나는 그들만의 비밀에 동참하고 싶어 우편배달부로서의 사명과 양심을 무참히 저버렸다. 오로지 그녀 때문에.


**102.** 그녀가 맥주 한 잔을 단번에 비우며 말한다.

"지훈씨한테 한 번 전화한 적 있었는데."

"언제?"

"일 년 전에. 연락이 안 되더라. 근황을 아는 사람도 없고."

"여행중이었으니까."

그녀는 왜 전화를 했던 걸까.

"왜 전화했었는데?"

"그냥."

싱거운 대답이다. 묻지 말걸 그랬다.

"아직도 혀에 피어싱 하고 있어?"

그녀가 혀를 내밀어 이리저리 보여주며 말한다.

"없어."

또 하나 발견한 그녀의 달라진 점. 그녀가 커피를 마실 때면 잔에 피어싱이 부딪혀서 딱딱, 소리가 나곤 했었다. 그 소리가 싫지 않아 그녀가 커피 한 잔을 다 마실 때까지 몇 번이나 그 소리가 나는지 속으로 세어보기도 했다. 그녀에게 키스하고 싶은 생각이 든 것도 바로 피어싱 때문이었다. 내 혀에 닿는 피어싱의 느낌은 어떨까. 차가울까 아니면 딱딱할까. 그녀와 키스하면 나는 제일 먼저 피어싱을 찾는 데 주력했다. 그것은 차갑지도 딱딱하지도 않았다. 그녀의 혀처럼 따뜻하고 달콤했다. 쓴 커피 맛이 나기도 했다.

그녀의 휴대폰이 울린다. 그녀는 밖으로 나가지 않고 앉은자리에서 전화를 받는다. 사촌언니인 모양이다. 그녀는 많이 취해 있다.

"지금 누굴 좀 만나고 있어서."

그녀가 발그레해진 얼굴로 나를 쳐다보다 사촌언니한테 말한다.

"오늘 못 들어갈 것 같아."


**103.** 그녀는 취해서 좀체 몸을 가누지 못한다. 시간도 많이 늦었다. 뒤미처 나를 따라오고 있는 여자와 와조도 많이 피곤한 걸음이다. 어디 들어가 잠시 쉬면 그녀도 술이 곧 깰 것이다. 나는 그녀를 부축하고 돈 같은 거 생각하지 않고 가장 가까운 모텔로 향한다. 내가 지금까지 묵었던 관급 모텔에 비하면 건물은

꽤 크고 고급스럽다. 모텔 주차장 입구에 쳐진 로프커튼을 지나 출입문으로 들어선다. 우리를 보자마자 접객원이 또 그 식상한 멘트를 날린다. 비싸고 고급스럽다고 해서 멘트가 달라지는 건 아니다. 그러나 오늘은 왠지 그 멘트가 신랄하게 들린다. 그래도 양자택일을 해야 한다.

"자고 갈 거니까, 방 하나 주세요."

"하나요? 일행이시죠?"

접객원이 나를 대단한 남자나 되는 것처럼, 조금 놀란 표정으로 쳐다보며 말한다. 그 말이 무슨 뜻인지 어리둥절해하다, 그녀에게 신경쓰느라 뒤에 여자와 와조가 있다는 걸 잠시 잊고 있었다는 걸 알아챈다. 두 명의 여자와 투숙하겠다는 남자. 여자가 민망해졌는지 재빨리 나서서 자기 방을 따로 잡는다. 단말기에 사인을 마치고 카드 키를 먼저 받아든 여자는 와조를 데리고 이층으로 올라가버린다. 내 방은 사층이다.

**104.** 엘리베이터에서 내려 403호 방문 앞에 선다. 카드 키를 가느다란 틈으로 밀어넣자 문이 스륵, 열린다. 현관 벽에 부착된 키텍에 카드 키를 꽂자 자동으로 방 안에 은은한 불이 들어온다. 신발을 벗고 안으로 들어가 그녀를 침대에 눕힌다.

기분이 이상하다. 그녀와 사귄 이 년 동안 한 번도 함께 와본 적 없던 모텔이다. 헤어지고 나서, 그것도 결혼한 옛 애인과 모텔방에 있다는 게 왠지 불온하게 느껴진다. 침대 사이드테이블 위, 조그마한 크리스털 통에는 콘돔이 다섯 개나 들어 있다. 괜히 나를 부추기는 것 같아 가슴이 두근거린다. 나는 불길한 물건이라도 되는 것처럼 콘돔 통을 눈에 안 보이도록 침대 밑으로 넣어버린다. 그때 그녀가 가슴을 치며 괴로운 듯 몸을 뒤척인다. 속이 좋지 않은 모양이다. 약이라도 사와야겠다 싶어 자리에서 일어나려는데, 그녀가 입을 틀어막고 화장실로 뛰어들어간다. 들어가자마자 구토하는 소리가 들린다.

"괜찮아? 등이라도 두드려줄까?"

나는 그녀의 등을 두드리는 대신 욕실 문을 두드린다. 문은 잠겨 있다. 한참 있다 변기 물 내리는 소리와 세면대 물 트는 소리가 들린다. 수도꼭지가 잠기고 그녀가 비틀거리며 화장실을 나와 침대로 쓰러지듯 눕는다. 그녀가 풀린 눈으로 나를 올려다보며 말한다.

"지훈씨한테 이런 모습 처음 보여주네? 창피하게."

"그때는 술을 못 했으니까."

"왜 안 물어봐?"

그녀가 갑자기 싸늘한 목소리로 묻는다. 그녀와 마주할 자신이 없어 나는 침대에 등을 기대고 앉는다. 등뒤에서 그녀가 다시 묻는다.

"가장 묻고 싶은 거 있잖아. 그때 왜 아무 말 없이 도망쳤냐고 물어봐, 어서."

그녀는 요구를 넘어 강요를 하고 있다. 방문 밖, 모텔 복도에
서는 최신 유행곡이 흘러나오고 있다.


**105.** 우리는 그녀의 일방적인 이별통보로 헤어졌다. 아니, 나
는 헤어졌다. 갈 만한 데는 다 찾아다녔지만 그녀는 어디에도
없었다. 이유라도 안다면 답답하지 않았을 텐데, 그녀는 아무 말
도 하지 않고 달랑 편지 한 장으로 헤어지자는 뜻을 전해왔다.
그녀는 무책임했고, 정말 총 맞은 기분이 들었다. 그 이별 편지
는 우리 사이에 놓여 있던 유일한 편지였다. 답장을 원하지 않
고, 답장을 할 수도 없는 그런 편지였다. 그때 처음으로 알았다.
편지에도 일방통행이 있다는 것을.

그런데 이상하다. 그녀를 만나면 가장 먼저 묻고 싶었고, 또
알고 싶었던 것인데, 왜 묻지 않는 걸까. 그녀가 강요를 해서일
까. 강요를 하지 않았다면 내가 먼저 물어봤을까. 시간과 기회를
줬는데도 내가 묻지 않자 그녀는 혼자서 대답한다.

"영국 유학중이던 그 사람한테서 편지가 왔었어. 다시 시작하
자고. 공부 마치면 곧 얼굴도 볼 수 있을 거라면서. 아마도 내가
그때 편지라는 걸 받고 싶었었나봐."

만약 우리가 편지를 주고받았다면 헤어지지 않았을까. 그녀와
사귀게 되면서 나는 편지의 존재를 까맣게 잊고 있었다. 매일

보는 얼굴이라 편지는 필요 없다고 생각했다. 어쩌면 매일 보는 얼굴이라서 편지가 더 간절하게 필요했는지도 모르는데 말이다.

그녀는 메모하는 걸 참 좋아했다. 카페에 앉아 나와 이야기를 나누면서도 한 손으로는 쉴새없이 수첩에 무언가를 적었다. 내 얘기 중 핵심이 되는 문장을 받아적기도 했고, 자신의 생각을 짧막하게 낙서하듯 남기기도 했다. 나는 그녀의 그런 모습이 보기 좋아 가만히 쳐다보며 웃곤 했다. 누구보다 자신의 기억을 사랑하고 가치를 알고 있는 사람이란 생각이 들어서였다. 그런 사람은 타인의 생각도 존중하고 소중하게 여길 줄 알 거라고 생각했다. 그렇기에 그녀에게 편지는 아마도 일상적인 것이어야 했을 것이다.

"그 사람과 다시 편지를 주고받았어. 이메일로. 근데 그때처럼 기다리는 설렘은 없더라. 뭔가가 빨라지고 있다는 기분만 들었어. 그래서인지 그 사람이 유학을 마치고 돌아오자마자 곧바로 결혼을 했어."

그녀가 긴 한숨을 내쉰다. 내 등뒤로 그 뜨거운 한숨이 와 닿는다. 나는 목이 타 방 안에 비치되어 있는 미니 냉장고로 가 문을 연다. 생수 두 통과 캔 음료 세 개가 들어 있다. 나는 사이다를 꺼내 단숨에 벌컥, 들이켠다. 그녀는 내가 사이다를 다 마시기를 기다렸다 이어서 말한다.

"그리고 이 년도 못 돼서 이혼했어."

나는 전혀 예상 못 했다는 듯 가만히 고개를 숙인 채 캔을 찌그러뜨린다. 예상은 못 했지만 조금은 안타까운 느낌이다. 결혼했다는 말보다 더 듣기 거북한 말 같기도 하다. 다른 말로 풀이하자면 이혼은 불행했다는 뜻이니까. 그렇다고 해서 그녀에게 하려고 준비해뒀던 모든 질문들이 다시 되살아나는 것도 아니다. 마치 이혼이 끝인 것처럼.

"그 동안 나, 많이 미웠지?"

"아니, 고마웠어."

"뭐가?"

"넌 모르겠지만, 너 때문에 내가 살 수 있었어."

"무슨 말이야?"

"네가 그때 보낸 헤어지자는 편지 때문에, 내가 지금 숨쉬고 있는 거라고."

"증오 같은 거야?"

"아이러니 같은 거야."

그녀는 지금 아이러니한 표정으로 내 등을 쳐다보고 있을 것이다. 한참 말이 없던 그녀가 다시 입을 연다.

"참 다행이다. 이렇게라도 봐서."

"그래, 다행이다."

"나 유학 가. 커피 공부하러."

"언제?"

"여름이 끝나면."

"……"

더이상 하고 싶은 말도, 해야 할 말도 없는 것처럼 그녀도 나도 조용하다. 그녀가 내 등에 가만히 손을 갖다댄다. 따뜻하지만 미안해하는 손이다. 나는 등을 돌려 그녀를 본다. 그녀는 어느새 잠들어 있다. 나는 리모컨 라이트 버튼을 눌러 천장의 불을 모두 끈다. 이젠 어둠이, 두렵지 않다.


**106.** 누군가 문을 두드리는 소리에 눈을 뜬다. 손목시계를 보니 벌써 오전 열한시다. 내 몸에는 이불이 덮여 있다. 그녀는 보이지 않는다. 그녀를 대신해서 사이드테이블 위에 편지 한 장이 양손을 모아쥔 숙녀처럼 다소곳하게 놓여 있다. 편지를 펼쳐 읽는다. 조용한 새벽 같은 편지다. 혼자서 무슨 생각과 마음으로 종이 한가득 문장들을 써내려갔는지 알 수 있을 것 같은 편지다. 차마 말로써 다하지 못했던 애기를 그녀는 편지로 남기고 떠났다.

나는 다시 한번 그녀로부터 이별 편지를 받는다. 답장을 원하지 않고, 답장을 할 수도 없는 그런 편지. 여행중 내가 처음으로 받은 편지. 모텔방에서 나 대신 그녀가 쓴 편지. 결국 나는 그녀에게 한 번도 편지하지 않은 사람으로 남고 만다. 그러자 그녀가 나한테 한 번도 존재한 적이 없었던 사람처럼 느껴진다.

**107.** 모텔방을 나온다. 일층 로비에서 여자와 와조가 나를 기다리고 있다. 여자는 그녀를 찾고 있는 눈치다. 나는 여자와 아무런 말도 하지 않은 채 카드 키를 반납하고 모텔을 나온다. 여자도 선뜻 말을 걸지 못하는 것 같다. 나는 무작정 걷는다. 걷는 와중에도 내 머릿속에는 온통 그녀 생각뿐이다. 지하철에서 처음 마주친 순간부터 그녀가 남긴 마지막 편지까지 차근차근 되짚어본다. 그녀에 대한 마지막 회상이다. 그녀에 대한 마지막 예의이기도 하다.

"회포는 잘 풀었어?"

"저기, 누구냐면요……"

"말 안 해도 알아. 나한테 말할 필요도 없는 거잖아. 소원은 풀었겠네? 이제라도 모텔에 함께 가봐서."

"아무 일 없었어요."

"제 발 저리기는. 누가 물어봤어?"

"솔직히 그게 제일 궁금했죠?"

"아니, 뭐……"

순간, 허전함이 온몸을 관통한다. 그 허전함이 혈액처럼 몸 구석구석을 돌다 한곳에 멈춘 곳은 손이다. 손가락이 나도 모르게 꼼틀거리면서 주머니에 찬바람이 들어와 찬다. 내 양손은 지금 주머니에 얌전히 들어가 있고, 여자는 양손으로 수레를 끌고 있다. 우리 중 누군가의 손 하나는 끈 하나를 잡고 있어야 한다.

"와조는요?"

"와조?"

여자는 당황한 눈으로 주위를 두리번거린다.

"내가 아까 모텔 나오면서 목줄 넘겨줬잖아?"

"언제요?"

어렴풋, 목줄을 받았던 것 같기도 하다. 그녀한테 예의를 차리느라 그만 목줄을 놔버린 것이다. 나는 커다란 손바닥을 허망하게 내려다본다. 침상에 누워 있던 조부의 창백한 얼굴이 그 손바닥 안에서 날 노려보고 있다. 어제는 하루 종일 와조를 여자한테 맡겨놓고 쓰다듬어주지도 못했다. 밥도 내 손으로 챙겨주지 않았다. 처음이었다. 와조와 떨어져 잠을 잔 건.

"그 여자 생각하다 놓쳤지?"

나를 심하게 꾸짖은 여자는 나보다 먼저 와조의 이름을 부르며 뛰기 시작한다. 여자가 끄는 수레의 바퀴가 공중으로 심하게 튀어오른다. 마치 여자가 와조의 주인인 것 같다. 뒤늦게 정신이 든 나도 와조의 이름을 부르며 뛴다. 심장이 찢어질 듯 두근거린다. 눈도 안 보이는데, 나와 떨어져 지금 얼마나 불안한 마음으로 거리를 헤매고 있을까. 차에 치인 건 아니겠지. 불길한 상상에 도로를 샅샅이 살핀다. 다행히 도로에 와조는 없다. 안심이다. 그러나 조금 뒤 더 불길한 상상이 나를 짓누른다. 누가 데려갔거나 개장수 눈에 띄기라도 했다면 더 큰일이다. 게다가 지금은 여름이다. 오만 가지 상상이 쓰나미처럼 덮치자 온몸이 비틀릴 정도로 겁이 난다. 와조는 나보다 더 겁이 날 것이다.

뛰다 말고 나는 미아처럼 길 한가운데 멈춰 서서 내 머리를 쥐어뜯는다. 어디로 가야 와조를 찾을 수 있을지 도통 방향을 모르겠다. 어디에도 이정표는 없다. 그것과 상관없이 땀은 줄기차게 흘러내린다. 뜨거운 태양 아래의 모래사막. 막막하고, 방향을 알지 못한 두 개의 발은 고장난 나침반 바늘처럼 제자리에서 빙글빙글 돌 뿐이다. 와조도 어디로 가야 할지 몰라서 움직이지 않고 한곳에서 빙글빙글 돌고 있으면 좋겠다. 내가 찾아가기 쉽도록.

잃어버린 개를 찾는 건 잃어버린 아이를 찾는 것보다 어려운 일이다. 아무도 혼자 돌아다니는 개를 신경쓰지 않는다. 개란 주인 없이 혼자 돌아다니기도 하고, 혼자 다니는 거라고 생각하기 때문이다. 차라리 내가 개였으면 좋겠다. 개를 잘 찾아낼 수 있는 건 사람보다는 개일 것이다. 그들은 시각보다 후각으로 많은 걸 기억한다. 인간의 후각은 아무짝에도 쓸모없다. 냄새……!

**108.** 나는 냄새를 찾아 달린다. 나는 개는 아니지만, 그래서 와조의 냄새를 맡을 수 없지만 와조의 냄새가 있는 곳이 어딘지는 알고 있다. 아무짝에도 쓸모없지만은 않은 인간의 시각. 그

시각으로 나는 와조가 있는 곳을 찾아 뛴다. 와조도 알고 있을 것이고, 영리한 와조는 자기 냄새를 따라 고장난 나침반처럼 빙글빙글 돌고 있을 것이다. 와조의 이정표. 시력을 잃은 개는 후각으로 움직이고, 자기 영역에 대한 집착은 더욱 강해진다. 제발, 짐작대로 거기 있으면 좋겠다.

나는 그녀와 묵었던 모텔에 당도한다.

있다. 저기, 와조가 있다. 모텔 입구에 와조가 쭈그리고 앉아 있다. 기적 같다. 아마 그 자리는 와조가 오줌으로 자기만의 의식을 치렀던 곳일 것이다. 마음이 탁 놓이면서 갑자기 눈앞이 물기로 어른거린다. 내가 달려가 품에 와락 껴안자 와조는 단번에 나를 알아본다. 냄새로 알아본다. 와조가 꼬리를 흔들며 혀로 내 얼굴을 핥는다. 땀을 핥는다. 눈물을 핥는다.

나는 녀석을 놓쳤던 손바닥으로 녀석의 얼굴을 감싼다. 그러고는 보이지 않는 녀석의 까만 눈을 오랫동안 들여다본다. 저 너머는 내가 알 수 없는 아주 깜깜한 어둠이겠지. 어두운데도 이상하게 별도 뜨지 않고 달도 뜨지 않는 그런 우주겠지. 그러고 보니 녀석의 어둠을 심각하게 고려해본다거나 녀석의 입장에서 진지하게 어둠에 대해 느껴보려고 수고했던 적이 없었던 것같다. 그러나 녀석은 마치 보이는 개처럼, 그 까만 눈으로 젖은 내 양쪽 눈을 번갈아 쳐다본다. 보이지는 않지만 대화가 있는 눈이다. 보이지는 않지만 그 눈 속에 분명 내가 숨쉬고 있다. 녀석은 나를 보고 있고, 자기 우주를 알고 있다. 그 우주에서도 분명 달이 뜨고 별이 질 것이다.

녀석은 나를 조금도 미워하거나 원망하지 않는 눈을 하고 나를 보고 있다. 미안하게도. 원래 개란 미움이나 원망을 모른다는 듯이.


**109.** 여자와 헤어졌던 곳으로 간다. 다시는 놓치지 않겠다는 의지로 와조의 목줄을 손목에 수갑처럼 단단히 묶고 여자를 기다린다. 와조를 잘 모르므로 여자는 와조를 찾는 데 나보다 더 많은 시간이 필요할 것이다.

여자를 기다린 지 한 시간이 지나자 어디선가 수레 끄는 소리가 시끄럽게 들려온다. 여자가 탈진한 얼굴로 터벅터벅 걸어오다 우리를 발견하고 딱딱한 바닥에 철퍼덕 주저앉는다. 엉덩이뼈에 금이 가지 않았나 모르겠다.

"어디서, 찾았어?"

"오늘 묵었던 모텔이요."

거기까지는 미처 생각하지 못했다는 듯 여자는 가만히 고개를 끄덕이며 와조의 목덜미를 만진다.

"다시는 잃어버리지 않게 손모가지에 묶어!"

나는 수갑처럼 채운 내 손목을 여자에게 보여준다. 여자가 내 손을 인정사정 없이 세게 내려친다. 손목뼈에 금이 가지 않았나 모르겠다.

**110.** 땀이 식자 여자가 자리에서 일어난다. 그런데 바퀴 하나가 고장나서 수레 몸통이 기우뚱 한쪽으로 쏠려 있다. 와조를 찾으러 간다고 뛸 때 공중으로 심하게 튀어오르던 바퀴가 생각난다. 저 상태로는 이동이 어려울 것 같다.

나는 가까운 오토바이 대리점으로 가서 양해를 구한 뒤 필요한 장비들을 구해온다. 철물점에 들러 새 바퀴도 사온다. 뚝딱뚝딱, 때리고 조이기를 반복하여 바퀴를 새 걸로 교체한다. 균형을 맞추기 위해 다른 한쪽도 마저 교체한다. 그쪽도 이미 바퀴가 다 닳아서 불안해 보이는 건 마찬가지였다.

"발명가 아버지 피를 제대로 물려받은 모양이네."

여자는 아주 만족해한다. 와조를 걱정해주고 와조를 찾아주려고 백방으로 뛰어다녀준 빚은 이것으로 갚은 것 같다. 여자와는 빚으로부터 시작된 관계인지라 아직도 빚지고는 불편해서 못 견디겠다. 여자는 수레를 앞뒤로 굴려보더니 훨씬 튼튼해졌다며 좋아한다.

장비를 반납한 뒤 여자는 수레를 끌고, 나는 와조를 끌고 버스 정류장으로 간다.

**111.** 토끼처럼 잘 달리던 버스가 거북이처럼 갑자기 느려진다. 여자가 무슨 일인지 알아보려고 창밖을 기웃거리다 말한다.

"우리 그냥 여기서 내릴까?"

의견을 물어놓고는 내 의견을 듣지도 않고 여자는 독단적으로 벨을 누른다. 기사 아저씨는 정류장이 그리 멀지 않아 그냥 문을 열어준다. 내리라고 열어준 문이니 안 내리면 안 될 것 같아 엉겁결에 버스에서 내린다.

우리는 인파에 휩쓸려 어딘가로 무작정 걸어간다. 푸르른 가로수를 따라 행사를 알리는 깃발과 플래카드들이 걸려 있다. 걸음을 옮길수록 희미하게 들려오던 징과 꽹과리 소리가 점점 크고 또렷하게 들려온다. 작은 도로를 따라가다 오른쪽으로 꺾어 돌자 큰 도로가 나타난다.

차가 통제된 도로 곳곳에는 무대가 설치되어 있고, 공연자들은 그 위에서 특수 분장한 얼굴과 의상을 갖춰입고 춤을 추고 노래를 부른다. 시민들은 무대 아래에 옹기종기 모여앉아 무료 공연을 관람한 대가로 박수를 지불한다. 하늘에서는 빨랫줄에 내걸린 양말 같은 만국기가 하늘하늘 나부끼고 있다.

**112.** 도시는 축제 기간이다. 어떤 도시를 가나 하나씩 있기 마련인 그런 축제다. 갖가지 전시 행사와 체험 행사, 퍼포먼스, 그리고 먹거리가 시민들의 발을 부산하게 만든다. 어떤 도시를

가나 있기 마련인 축제처럼 부대행사들도 비슷비슷하다. 도시란 게 원래가 비슷비슷하기 때문이다. 높은 빌딩이 있고, 많은 수의 사람들이 있고, 오염된 공기가 떠다니고, 온갖 소음이 타인의 말을 알아듣지 못하도록 가로막는 곳. 그 속에서 사람들은 토끼처럼 바쁘게 앞만 보고 달려나간다. 느린 거북이는 결코 도시에서 일등을 할 수 없다. 거북이는 거북이고 토끼는 토끼다. 거북이가 일등을 할 수 있는 기회는 오로지 토끼가 게으름을 피웠을 때뿐이다. 우화에서처럼. 우화는 진실만을 얘기한다. 그러나 안타까운 건 도시까지 와서 게으름 피우는 토끼는 없다는 것이다.

우리는 무료로 페이스페인팅을 해주는 곳으로 간다. 여자는 광대뼈 부위를 손가락으로 짚으며 '치약과 비누'라고 써달라고 한다.

"책 팔게요?"

"축제잖아. 금기가 풀리는 때지."

나는 축구공을 그려달라고 하고 싶었지만 포기한다. 축구공은 많은 사람들이 그려봤던 것이고, 축구공이 그려진 얼굴 또한 많이 봐왔던 것이라서 단념은 쉽다. 나는 여자의 얼굴에는 '치약'을 와조의 이마에는 '과'를 내 얼굴에는 '비누'를 큼지막하게 써달라고 부탁한다.

**113.** 치약과 비누가 나란히 걸어간다. 그러다 적당한 장소를 찾아 자리를 잡고 선다. ‘치약’은 하모니카를 불고, ‘과’는 가운데 서서 더위에 혀를 길게 빼물고, ‘비누’는 사람들을 향해 책을 높이 들어 보인다. 사람들이 하나둘 모여든다. 치약과 비누를 보기 위해서.

비누의 언어에도 빗장과 금기가 풀렸는지 약장사처럼 아주 수다스럽게 사람들을 향해 말을 토해낸다. 마치 다른 영혼이 몸 속으로 들어와 조종하고 있는 것 같다.

“오늘은 치약을 먹었다. 내일은 비누를 먹을 것이다. 왜 치약을 먹고 비누를 먹을까? 궁금하지? 궁금하면 한번 사서 읽어봐. 베스트셀러 열 권 읽어봐야 이 한 권만 못해. 안 읽으면 후회. 모르면 손해. 이 한 권으로 당신 인생이 바뀔 수도 있어. 헤어진 연인은 사랑이 오고, 불행한 사람은 행복해져. 만병통치약. 거짓말 아니냐고? 세상에 그런 책이 어딨냐고? 그러니까 한번 읽어봐. 밑져야 본전. 읽어보고 아니다아 싶으면 인터넷에 별점으로 화풀이해. 이제 몇 권 안 남았어. 사고 싶어도 못 사. 에이, 기분이다. 떨이는 20프로 세일. 아, 사인도 해줘. 하모니카 불고 있는 치약이 저자. 기념 사진도 박아줘. 어떻게 될지 알 수 없는 게 인생. 사인은 미리미리 받아두고, 증거 사진은 길이길이 보관해.”

치약이 입술을 움직이지 않고 내게 말한다.

“어쭈, 나중에 장사해도 되겠는데?”

비누 역시 입술을 움직이지 않고 화답한다.

"할 예정이잖아요. 장난감가게."

"아니, 떠돌이 약장사가 딱이겠어."

사람들은 생각보다 쉽게 지갑을 연다. 축제이기 때문이다. 지하철에서 소리 지를 때보다 긴장은 훨씬 덜하다. 축제이기 때문이다. 갈래머리 여고생 하나가 휴대폰으로 여자와 자기를 찍어달라고 부탁한 뒤 비누에게 쾌활한 목소리로 묻는다.

"치약과 비누는 무슨 사이예요?"

비누가 말한다.

"치약과 비누 사이."

갈래머리 여고생이 화답한다.

"좋은 사이네요."

**114.** 이제 책은 딱 한 권 남았다. 마지막 한 권도 팔 수 있었지만 여자는 남겨두고 싶다고 했다. 아직 여자는 소설을 다 쓰지 않았고, 소설을 끝낼 때까지는 여지를 남겨두고 싶은 것이다.

얼굴에 페인팅을 한 채로 우리는 가까운 음식점으로 밥을 먹으러 들어간다. 신기하게도 여자 주인은 와조를 거부하지 않는다. 얼굴에 페인팅을 하고 있기 때문이다. 축제를 즐기는 중이란 표시를 달고 있기 때문이다. 잠시 금기가 사라진 오늘은 이 도시의 축제인 것이다.

모처럼 눈치보지 않고 든든하게 배를 채운 우리는 이제 본격적으로 축제를 실컷 즐긴다. 조금은 풀어진 자세로 공연을 관람하고, 상당히 가벼워진 발걸음으로 퍼레이드를 따라 걷고, 시민들과 엇갈리지 않게 박수를 치고 환호성도 지른다. 배고프면 먹고, 목마르면 마시고, 다리가 아프면 잠시 쉰다. 거리마다 조명이 휘황하게 켜지고 그것으로 모자라 하늘에 별이 뜨고 달이 뜰 때까지도 축제는 계속된다. 하늘이 자기 색을 감추자 축제는 연인들을 위한 축제로 변해간다. 여기도 저기도 모두들 팔짱 낀 커플들뿐이다. 오늘만큼은 동성애 커플도 당당하게 카니발의 주인공이 된다. 그들은 저마다 방탕에 가까운 웃음을 짓는다. 그 웃음이 어느 순간 신음소리로 변질될 것만 같다. 진탕 먹고 마시고 나면 진탕 사랑을 나눌 시간이 찾아올 것이다. 밤은 원래 연인들의 차지인 것이다.

거리를 걷다 문득, 나는 이게 우리의 마지막 축제가 아닐까, 라고 생각한다. 광란의 축제도 언젠가는 끝나게 되어 있다. 시끌벅적한 축제 뒤에 남는 건 쓸쓸함과 허전함이다. 축제가 끝나면 마술처럼 풀렸던 금기는 마술처럼 다시 시작될 것이다. 멀리서 금기의 시간이 착착 다가오는 소리가 들린다. 어쩌면 축제의 뒤끝을 감당하지 못한 광기 들린 자에 의해 금기의 벌이 내려질지도 모른다. 광란의 밤이 어떤 자를 광란으로 몰아넣을지도 모른다.

**115.** 축제는 도시와 사람을 흥분시킨다. 흥분을 감추지 못하고, 또 주체하지 못하는 연인들은 모텔을 찾기 바쁘다. 이 모텔에도 저 모텔에도 빈 방은 없다. 모텔 간판 불은 우리보다 한 발 앞서 하나둘 꺼지기 시작한다. 연인들은 축제의 밤을 차지해버린 것처럼 모텔의 방도 차지해버린다. 발빠른 그들 때문에, 그리고 흥분하지 않은 우리 때문에 우리는 어떤 누추한 방도 갖지 못한다.

좁은 골목을 돌고 돌아 우리가 겨우 찾아낸 곳은 벽을 타고 녹물이 흐르는 고시원이다. 이곳이라면 빈 방 하나 정도는 있을 것이다. 요즘 고시원은 이름 그대로 고시공부를 하는 사람들이 사는 곳은 아니다. 진짜 고시공부를 하는 사람들이 사는 곳이라도 상관은 없다. 그들도 누추한 마음을 갖고 살아가는 건 마찬가지일 테니, 빈 방만 있으면 된다.

우리는 고시원 출입문을 열고 들어간다. 다행히 빈 방은 있다. 그러나 하루 숙박용으로 방을 대여해주지는 않는다고 한다. 오십 센티미터도 안 되는 좁은 복도를 사이에 두고 벌집처럼 다닥다닥 붙어 있는 수십 개의 방은 모두 월세를 받는 곳이라고 한다. 저렇게 다닥다닥, 붙어 있으면 숨이나 제대로 쉴 수 있을까. 그러니 마음 급한 커플들이 이곳을 찾을 리 없고, 그래서 몇 개의 빈 방은 있는 것이다. 고시원 거주자들은 대부분 도시의 축제에 동참할 마음의 여유가 없는 자들이다. 그들은 노동으로 구겨지고 찌그러진 몸을 바닥에 누이는 게 급선무인 사람들이다. 그들에게 축제는 잠이다.

**116.** 길 위에서 생활하다보면 자주 만나게 되는 인생들 또한 길바닥에서 사는 것과 다름없이 살아가는 사람들이었다. 그러고 보니 그 동안 꽤 많은 고시원 생활자들을 만났던 것 같다. 대체로 그들은 고시원 쪽방생활에 나름, 만족하고 있었다. 욕심이 없어서가 아니라 욕심이 작아서였다. 특히 기억나는 사람은 367이었다. 367은 그나마 고시원이라는 데가 있어서 행복하다고 말한 사람이었다. 일단 싸고, 무엇보다 그 숫자가 많고, 또 많이 생겨나고 있는 중이라서 좋다고 했다. 언제든 갈 수 있고, 또 자기를 받아줄 수 있는 데가 많아지고 있다는 증거니 안심이라고 했다.

"건물 하나에 잠을 잘 수 있는 공간을 그렇게 많이 나눠놨다는 게 대단하지 않아?"

367은 고시원을 위대한 건물이라 칭하기까지 했다. 진짜 위대한 건축물은 바르셀로나에 있는 사그라다 파밀리아 성당 같은 건물이 아니라 좁은 건물에 칠십 명이 넘는 인원을 수용할 수 있게 만든 고시원이라고. 위대한 건축가는 안토니오 가우디가 아니라 고시원을 설계한 이름 없는 사람들이라고. 그들은 인간이 살 수 있는 최소의 공간이자 최대의 공간에 대해 알고 있었고, 그래서 현실로 만들어낸 사람들이니 대단한 거라고.

"아흔아홉 개의 방을 가진 사람도 잠자는 방은 딱 한 군데야. 그 방에서도 필요한 공간은 고작해봐야 자기 몸뚱이만한 곳이지. 딱 관 크기. 방이 크면 욕심만 생길 뿐이야. 이것도 채워넣고 저것도 채워넣고 싶어 자꾸 발악하게 되니까. 죽음? 방이 작으면 죽음과도 친숙해져서 두렵지 않아."

367은 세상에서 가장 불쌍한 인간은 가진 돈을 다 쓰지 못하고 죽게 될까봐 죽음을 걱정하며 사는 사람이라고 했다. 그보다 더 불쌍한 인간은 많은 돈을 가졌음에도 그 돈을 다 써보지 못하고 스스로 목숨을 끊은 사람이라고 했다.

"사람들은 대단히 착각하고 있어. 우울한 부자들한테 시급히 필요한 건 정신과 상담이나 처방전이 아니야. 고시원이라고. 한 달만 와서 살아보라 그래. 좀더 센 치료제가 필요하면 노숙자들이 사는 곳으로 보내면 돼. 그런 곳은 정신과보다 많아."

367은 내가 처음으로 거짓말을 했던 사람이기도 했다. 사십오 평짜리 집을 놔두고 모텔방을 전전하며 산다고 하면 저주받을 놈이라고 할까봐, 집이 없다고 거짓말을 했다. 처음으로 거짓말한 걸 후회하지 않았던 때이기도 했다. 367이 알려준 집 주소에는 고시원이란 글자가 자못 당당하게 박혀 있었다.


**117.** 오랜 설득 끝에 우리는 방 하나를 얻는 데 성공한다. 고

시원 주인은 방을 빌려주며 '예외'라는 표현을 썼다. 예외라는 말을 주로 선택하려고 할 때 쓰는 것인지 제거하려고 할 때 쓰는 것인지 모르겠으나, 이 또한 금기가 풀리는 축제이기 때문에 가능했다고 생각하며 우리는 좁은 복도를 지나 예외의 그 방으로 들어간다.

여자도 고시원은 처음인지 들어가자마자 좁다, 라고 말한다. 아마 우리가 머물던 모텔방보다 좁다는 의미일 것이다. 여자는 방을 둘러본 뒤 침대라고 부르기도 뭣한 침대에 앉아 엉덩이를 몇 번 들썩여보더니 충분해, 라고 말한다. 셋이 잠을 자기에는 충분하다는 의미일 것이다. 나 또한 둘러본다는 표현을 쓰기가 다소 민망한 그 방을 지그시 둘러보며 생각한다. 좁아서 그런지 뭔가 좀 가까워진 느낌이 든다. 더불어 더없이 충분하고 충만해 보이는 공간이란 느낌도 동시에 든다. 두 다리 쭉 뻗고 자는 잠은 물론이고, 밥도 먹을 수 있고, 노트북으로 영화도 볼 수 있고, 술도 마실 수 있고, 공상도 할 수 있고, 섹스도 충분히 할 수 있을 만한 공간이다. 물론 편지도 쓸 수 있을 만한 공간이다. 어쩌면 편지를 써야만 하는 공간일지도 모르겠다.

여자 또한 소설을 써야만 하는 공간이라고 생각했는지 노트북을 켠다. 우리는 말없이 각자의 일에 집중한다. 나는 배낭에서 편지지를 꺼내 바닥이 아닌 무릎에 올려놓고 편지를 쓴다.

지윤에게.

또 얼마나 달라져 있을까. 이렇게 오랫동안 너랑 떨어져 지내면 항상 이 오빠는 그 생각이 먼저 난단다. 걱정이라고 해야겠지. 여행 끝내고 집으로 돌아가는 날, 내가 혹시 널 못 알아보면 어쩌나, 그 걱정. 네가 얼굴에 손을 댈 때마다, 체중이 일 킬로그램씩 줄어들 때마다 난 하나뿐인 동생을 한 조각씩 잃어버린 기분이었어. 그건 다른 가족들도 마찬가지일 거야. 이젠 그 조각이 얼마나 남아 있으려나. 내가 기억하고 있는 조각이 하나도 남아 있지 않으면 어쩌나. 자꾸 불안해진다.

한 조각씩 변해가는 널 걱정스런 얼굴로 대할 때마다 넌 항상 앙칼진 목소리로 물었지. 오빠는 예쁜 여자랑 살고 싶어, 못생긴 여자랑 살고 싶어? 가슴에 손을 얹고 대답해봐. 난 대답을 못 했어. 결국 나도 남자고, 예쁜 여자랑 살고 싶은 건 세상 대부분 남자들의 본능이니까. 그래서 여자들에게 예뻐지려는 본능이 생기게 된 건지도 모른다고 생각했으니까. 그 순간에는 널 이해했어. 넌 좀 독하게 본능에 충실하려고 노력하는 평범한 여자애일 뿐이라고 말이야.

하지만 지윤아, 많은 남자들이 그 본능을 추구하며 사는 건 아니야. 마찬가지로 많은 여자들이 그 본능을 지키며 사는 것도 아니야. 네 질문은 잘못 됐어. 한 사람이 한 사람을 사랑하게 되는 데는 외모 외에도 여러 가지 이유가 필요하고, 또 있어야만 하는 거야. 그 이유들 때문에 남자와 여자는 본능에 집착하지 않고 살게 되는 거고. 외모에서 시작된 사랑은 오래가지 못해. 이제 그건 네가 더 잘 알잖아.

네가 처음으로 결혼하겠다고 집으로 남자를 데려왔을 때 내가 반대했던 것도 그 이유 때문이었어. 네가 부엌에서 어머니를 도와 식사준비를 하고 있을 때 내가 그놈한테 살짝 물어봤어. 우리 지윤이를 사랑하는 이유가 뭐냐고. 첫마디가 그거더라. 예뻐서라고. 그래서 내가 다시 물었어. 그럼 안 예뻤다면 사랑하지 않았겠냐고. 그놈이 눈 하나 깜짝 안 하고 그러더라. 아마 그랬을 거라고. 형님도 같은 남자면서 당연한 걸 뭘 묻냐고. 그래서 또다시 물었어. 그런 거 말고 다른 이유는 더 없냐고. 예를 들면 똑똑해서라든가 세심해서라든가, 하다못해 사과를 잘 깎아서라든가. 잔뜩 기대하고 있는 나한테 그놈은 한 마디도 하지 않았어. 다른 이유 따위는 필요도 없다는 듯 배고픈 얼굴로 부엌만 쳐다봤어. 재수 없는 새끼! 오빠로서 내가 알고 있는 너의 매력만 해도 몇 가지나 되는데. 그 새끼는 너에 대해 아는 게 하나도 없었어. 한 가지라도 말했더라면 그렇게까지 화가 나진 않았을 거야. 술 마시고 그 자리에서 주먹을 날리지도 않았을 거야.

그때 충격을 좀 심하게 받아서, 너한테 다시 한번 생각해보라고 충고했지만 물론 넌 듣지 않았어. 이미 콩깍지가 씌었던 거

야. 그래도 천만다행인 건 내가 바라는 대로 그 결혼이 무산됐
다는 거지. 그놈은 양다리가 아니라 세 다리, 네 다리를 걸치고
도 남을 놈이었어. 그런 자격 없는 놈한테 주기엔 넌 너무나 아
까운 애야. 그뒤로 너에게 남자 보는 안목이 조금은 생긴 것 같
아 안심했지만, 성형중독은 더욱 심해져서 또 날 걱정시켰지.

　문득 네 어렸을 때가 생각난다. 외모에 불만이 많아서 넌 스
스로 다리 밑에서 주워온 자식이라고 생각했잖아. 다른 아이들
은 말 안 듣는 자식 혼내주려고 부모가 다리 밑에서 주워왔다고
한다는데 말이야. 형과 나와 달리 넌 어머니 아버지를 닮지 않
아서 어느 한쪽이 바람이라도 피워서 낳은 자식이라고 생각했
지. 결국에는 널 망상에서 벗어나게 해주려고 온 가족이 우르르
유전자 검사까지 받아야 했고. 아무튼 유별났어. 손댈 필요 없는
외모를 주는 대신 나처럼 말더듬이가 되어야 한다면 기꺼이 그
러겠다고 할 정도였으니까. 매끈한 다리를 얻은 대신 벙어리가
되어야 했던 인어공주처럼 말이야. 그래서인지 넌 유일하게 날
창피해하지 않았어. 말 더듬는 나에게 한 번도 바보 같다거나,
고쳐보라는 충고 같은 것도 하지 않았어. 그런 건 입을 다물어
버리면 아무도 모르는 거니까. 너랑 말하는 게 가장 편해서 너
랑 가장 많은 말을 하고 살았던 것 같아. 네 앞에서는 말 더듬는
게 확실히 덜했던 것 같기도 해.

　지윤아, 혹시 넌 옛날 네 모습이 궁금하다거나 보고 싶을 때

없니? 가족들 반대에도 불구하고 코 수술하고 집으로 돌아왔을 때 네가 맨 먼저 한 게 앨범 정리였잖아. 넌 네 얼굴이 들어 있는 사진이란 사진은 전부 다 가위로 오려버렸고, 백일사진과 돌 사진까지 깨끗하게 불태워버렸어. 가족들과 함께 찍은 사진에서는 네 몸뚱이만 칼로 도려내버려서 앨범에 든 사진 중 온전한 건 한 장도 없었어. 그걸 보고 어머니는 속상해서 많이 울었고, 아버지는 못하시던 술까지 마셨지. 네가 그렇게 된 게 다 당신들 탓이란 생각에. 물론 알아. 너도 어머니 아버지의 그 마음을 알아서 누구보다 많이 괴로워했다는 걸.

사진이 모두 사라진 뒤 가족들은 허탈해했어. 너의 옛 모습을 더이상 볼 수 없게 되어버렸으니까. 그대로 잊어버릴 일만 남았으니까. 기억 속에서밖에 꺼내볼 수 없게 되었지만, 그 기억이 언제 사라져버릴지 알 수 없었으니까. 미간에 힘주고 있던 너의 갓난아기 시절, 너의 해맑은 초등학교 때 모습, 다소 암울했던 중고등학교 때의 얼굴, 가족과 함께 있을 때의 너의 웃음…… 모조리 사라져버렸으니까. 어쩌면 너의 옛 모습을 가장 그리워하는 사람은 가족보다 너일 거라 생각해.

그립고 보고 싶으면 언제든 이 오빠한테 말해. 고등학교 교복 차림으로 앞마당에서 찍었던 사진 기억나? 여름이라 화단에 꽃이 가득했었지. 꽃이 흐드러지게 핀 토요일 오후라, 뭐라도 찍지 않으면 안 될 것 같아서 대문으로 들어서는 널 내가 화단으로 밀어넣었잖아. 찍기 싫다는 널 억지로 밀어서 엉덩방아까지 찧었고. 근데도 넌 너답게 씩씩하게 치마를 털고 일어나서 내가 하나 둘 셋, 하고 외치자 믿을 수 없을 정도로 환하게 웃었지. 선명하고 분명한 웃음이었어. 그때 사진 속 너는 배경으로 서 있는 꽃들을 초라하게 만들 정도로 예뻤어. 네가 수술받고 있을 때 앨범에서 그 사진을 훔쳐내길 정말 잘했다는 생각이 들어.

비록 지금의 넌 예전에 내가 알고 있고 기억하고 있는 모습은 아닐 테지만, 아무리 변하고 또 변해도 넌 내 동생이야. 가족들을 생각하고, 이 오빠를 생각하던 예쁜 마음은 앞으로도 변치 않을 테니까. 마음만 변하지 않으면 되는 거야, 그치?

오빠가 너한테 줄 수 있는 선물은 그 사진 한 장뿐이구나. 부디 네가 좋아했으면 좋겠다.


한빛 고시원에서 작은오빠가.


P.S. 고시원이라는 데…… 네가 꼭 한 번 와봤으면 했던 곳이야.


**118.** 여자는 침대랄 것도 없는 침대에 누워 있고, 나는 바닥이랄 것도 없는 바닥에 와조와 함께 누워 있다. 창문이 없는 거나 마찬가지여서 불을 끄니 정말 어둡다. 고시원이란 데는 진짜

어둠이 무엇인지 알게 해주는 곳이란 생각이 든다. 진짜 어둠을 알았는데도 무섭다는 생각이 조금도 안 드는 걸 보니 버릇처럼 도지던 강박은 완전히 사라진 것 같다. 이젠 어떤 어둠도 견딜 수 있으리라. 이보다 짙고 막막한 어둠은 어디에도 없을 테니까.

"자?"

옆방에 들리기라도 할까봐 여자는 귀에 소곤거릴 때나 낼 법한 작은 목소리로 말한다.

"아니요."

나도 목소리를 작게 해 말한다.

"생각보다 고요하네."

"다들 피곤하니까요."

"다들 무슨 생각을 하고 있을까?"

"내일…… 내일만을 생각하겠죠."

"돌아갈 집이 있다는 건 행복한 거야."

"그렇죠."

"집에 돌아가면 가장 먼저 뭘 할 거야?"

"글쎄요. 생각해본 적이 없어서. 751은요?"

"화장실 수도꼭지를 고칠 거야. 물이 한 방울씩 떨어지는 걸 보고도 그냥 나왔거든. 지금도 오 초마다 똑똑, 떨어지고 있을 거야. 한 번씩 그게 신경쓰여."

"나 같으면 그냥 놔둘래요."

“왜?”

“아무도 없는 집에 뭐라도 움직이고 있다고 생각하면 왠지 든든할 것 같지 않아요? 그런 게 있으니까 집 생각도 한 번씩 하게 되잖아요.”

“하긴. 수도꼭지가 아니었으면 집 생각을 한 번도 안 했을 거야. 그것 때문에 집에 가고 싶다는 생각도 했는걸. 그런 게 아니라면 움직이고 있는 게 또 뭐가 있을까?”

“시계요.”

“난 시계 건전지를 빼놓고 나왔는데.”

“다음에는 그러지 마요. 빈 집에도 시간은 필요해요. 물론 쪽방에도.”

“여긴 빈 집도 아닌데 시간이 없는 것 같지 않아?”

“다들 피곤하니까요.”

“안 피곤해도 여기선 저절로 피곤한 표정을 지어야 할 것 같아.”

“그 반대일지도 몰라요.”

“반대라니?”

“저절로 웃음이 나오는 곳이요.”

여자가 아주 작게 헛웃음 소리를 내며 이렇게? 라고 말한다. 나는 네, 그렇게, 라고 대답한다.

“그나저나 소설은 다 됐어요?”

"글쎄."

"무슨 대답이 그래요?"

"몇 번을 썼다 지웠다 했는데도, 마지막 문장을 못 찾았어."

"그러고 보면 소설가는 한 줄의 명문장을 찾기 위해 평생 글을 써야 하는 불쌍한 사람들 같아요."

"비석에 새길 문장 하나만 갖고 있어도 성공한 인생이지. 스탕달도 자기 비석에 새길 문장을 찾기 위해 평생을 살았다잖아."

"스탕달이 찾은 문장은 뭐래요?"

"썼노라, 살았노라, 사랑했노라."

"비석이라…… 난 뭘 새기게 될까요?"

"천천히 생각해. 살 날이 더 많잖아."

그런 건 아무도 모르는 거라고, 장담할 수도 없는 거라고 말해주려다 나는 옆으로 돌아눕는다. 와조의 심장박동이 바닥이랄 것도 없는 바닥을 타고 가느다랗게 전달된다. 이 녀석은 살 날이 얼마나 남았을까. 나는 눈을 감고 잠을 청한다. 그런 건 천천히 생각하고 싶다.


**119.** 부드럽고 축축한 것이 내 입술에 닿는다. 혹시 여자가? 잠시 착각했지만 와조가 혀로 내 입술을 마구 핥고 있는 중이었다. 똥이 마려운 것처럼 낑낑거리는 소리도 낸다. 나는 좀 귀찮은 생각에 실눈을 떴다 다시 감고는 팔로 얼굴을 감싼다. 그러

고는 무릎이 코에 닿도록 몸을 움츠린다. 축제 후유증인지 온몸
이 뻐근하고 머리가 조금 아프다. 와조가 아랑곳하지 않고 팔
사이로 얼굴을 막무가내로 집어넣어 다시 내 입술을 탐한다. 나
는 손등으로 입가에 묻은 끈적한 침을 닦아내며 잠꼬대하듯 말
한다.

"똥 싸고 싶으면 아무 데나 싸. 혼 안 낼 테니까."

와조가 제법 사납게 컹, 짖더니 내 팔을 덥석 물고는 자꾸 어
딘가로 끌어내리려고 한다. 나는 눈을 뜬다. 와조가 꼬리를 바닥
으로 내리고 쉿소리를 낸다. 그러더니 불안할 정도로 제자리에
서 빙글빙글 돌다가 발로 문을 긁는다. 눈에 눈곱이라도 잔뜩
끼어 그렇게 보인 줄 알았는데, 아니다. 방 안에 안개가 옅게 끼
어 있다. 나는 자리에서 벌떡 일어난다. 눈곱일 리도, 안개일 리
도 없다. 연기다. 불이다.


**120.** 나는 소리지르며 여자를 흔들어 깨운다. 흔들어도 흔들
어도 여자는 일어나지 않는다. 이상하다. 나는 뺨을 때린다. 그
래도 일어나지 않는다. 나는 천둥처럼 빠른 손놀림으로 여자를
어깨에 들쳐업고 두 개의 배낭을 한 팔에 걸친다. 그리고 나머
지 손으로 와조의 목줄을 잡는다. 문 옆에 세워져 있는 여자의
수레를 잡을 손은 없다. 나는 그냥 나가기로 한다. 일 초도 망설
일 여유가 없다. 빨리 여길 빠져나가야 살 수 있다.

문을 연다. 문을 열자 좀더 짙은 연기가 악마의 그림자처럼 방 안으로 훅 끼쳐든다. 밖은 이미 연기로 하얗게 잠식되어 있다. 아무것도 보이지 않는다. 와조처럼. 불이 났다는 걸 아무도 모르는지 고시원은 너무도 조용하다. 안개 낀 산속처럼 평화롭고 적요하기만 하다. 어디를 둘러봐도 비상구 점등 불빛 같은 건 보이지 않는다. 화재경보도 울리지 않는다. 이런 곳에 그런 게 있을 리 만무하다는 듯. 원래 이런 곳에는 그런 게 없는 거라는 듯.

나는 화재경보 대신 불이야! 라고 외치며 출구를 찾아 뛴다. 우리가 묵고 있던 예외의 그 방은 일층 복도 끝에 있었으니, 이대로 앞으로 쭉 걸어나가기만 하면 출구를 만날 수 있을 것이다. 나는 계속 불이야! 라고 외치고, 와조의 목줄을 잡고 있는 손으로는 다른 방의 문을 두드리면서 더듬더듬 나온다. 냉정하게도 연기와 기침이 그 외침마저 틀어막는다. 외칠수록 목이 턱턱 막혀 목소리는 제대로 나오지 않는다. 이미 폐로 연기가 들어찼는지 숨쉬기가 갑자기 힘들어진다. 이 상태로는 삼십 초도 못 견디고 죽을 것만 같다.

죽음의 끝에 닿았다고 느낀 순간, 바로 앞에 축축한 유리문이 구원인 듯 만져진다. 나는 문을 열고 밖으로 나온다. 나오자마자 현기증이 일어 바닥으로 픽, 쓰러진다. 하늘은 어둡고 도움을 청할 사람은 어디에도 없다. 그러나 퍼뜩, 마냥 이대로 쓰러져 있을 수만은 없다는 생각이 든다. 시간이 없다. 나는 일어나 여자의 상태부터 살핀다. 여자는 아직도 정신이 돌아오지 않고 있다. 불은 사층에서 시작되고 있었다. 불꽃이 조그마한 창문 틈으로 일렁이고 있는 게 보인다. 나는 와조를 여자의 손목에 묶어두고 여자의 몸을 뒤진다. 뒷주머니에서 휴대폰이 만져진다. 나는 휴대폰을 꺼내 119를 누른다.

**121.** 우리 외에 아무도 고시원에서 나온 사람은 없다. 이대로 소방차가 오기만을 기다리는 건 안 될 일이다. 그때 갑자기, 미처 챙기지 못한 편지가 생각난다. 머리맡에 두고 잤던, 지윤이에게 보낼 편지. 나는 망설인다. 가지러 가야 하나, 말아야 하나. 편지는 얼마든지 다시 쓰면 되는 거니까 포기하는 게 좋을까. 아니다. 다시 쓴다고 해서 어제의 그 감정과 느낌까지 다시 쓸 수 있는 건 아니다. 어제라는 시간에 한해서, 그 편지는 고유하다. 그렇게 생각하자 마치 지윤이를 불길 속에 남겨두고 온 것 같다.

　나는 배낭에서 생수통을 꺼내 옷소매에 물을 끼얹는다. 그리고는 충분히 젖은 옷소매로 코와 입을 틀어막고 무작정 고시원으로 뛰어들어간다. 아까보다 연기는 더욱더 자욱하고, 이제 연기는 조금 시커멓기까지 하다. 피부로 화기도 조금 느껴진다. 나는 손으로 벽을 짚으며 나왔던 길을 다시 되짚어 걸어들어간다. 불이야! 라고 외치며 방문마다 문을 두드린다. 그때, 복도 끝 벽에 이마가 부딪는다. 다 왔다는 신호다.

나는 오른쪽 방으로 들어가 바닥을 기어 더듬더듬 편지를 찾는다. 가슴께에 통증이 느껴진다. 편지는 좀체 찾아지지 않는다. 눈이 맵다. 딱딱한 가구밖에는 어떤 것도 만져지지 않는다. 눈물이 흐른다. 혹시 편지를 다른 데다 뒀을까. 기침이 쏟아진다. 편지에 썼던 문장들이 하나둘 생각난다. 한눈에 들어차고도 남던 비좁은 쪽방은 사막처럼 광활해진다. 어젯밤 편지를 쓰고 난 뒤의 내 행동을 기억하려 애써본다. 그 기억에도 연기가 들어차 있어 선명하지는 않다. 손을 좀더 세심하게 놀려본다. 순간 기억을 가로막고 있던 연기가 서서히 걷히더니 편지가 보이기 시작한다. 기억은 분명 침대 모서리 끝이라고 말해준다. 여기서 쓰러지면 안 된다. 모서리 끝을 더듬자 무언가가 만져진다. 여기서 죽으면 안 된다. 편지 절반이 침대 밑으로 들어가 있다. 여기서 빨리 나가야 한다. 나는 손톱 끝으로 편지를 잽싸게 끄집어낸다. 나는 죽으면 안 된다. 편지를 주머니에 넣고 돌아선다.

간신히 방에서 나온 나는 옆방 문을 열고 들어간다. 아무것도 보이지 않지만 분명 사람이 있을 것이다. 나는 편지를 찾듯 침대를 더듬거린다. 왜소한 발 하나가 만져진다. 나는 누군지도 모르는 그 사람을 들쳐업고 밖으로 나온다. 이제야 사람들이 하나둘 방을 빠져나오기 시작한다. 불이야! 라고 외치면서.

**122.** 날이 밝아오고 있다. 소방차가 사방에서 물줄기를 뿜어 올리지만 불길은 쉽사리 잡히지 않는다. 주로 궁핍한 자들이 기거하는 곳이니, 비싼 자재를 들여서 짓지는 않았을 것이다. 그러니 불길은 쉽게 잡히지 않을 것이고, 모든 걸 모조리 집어삼킨 뒤에야, 더이상 번질 데가 없어지고 나서야 사그라들 것이다.

시커멓게 그을린 사람들이 소방대원의 부축을 받으며 나오고 있다. 어떤 이는 하얀 이불보에 뒤덮인 채로 들것에 실려나온다. 얼마나 많은 사람들이 저 불길 속에 갇혀 있는지 알 수 없다. 얼마나 많은 사람들이 무사히 저곳을 빠져나왔는지도 알 수 없다. 옆방에 누가 사는지도 모르는 그들을 누군들 알고 있겠는가. 신원이 불확실한 누군가는 죽어서도 자기 신원을 찾지 못할 것이다.

이 모든 게 축제 때문에 생긴 일인지도 모른다는 생각이 든다. 도시의 축제에 초대받지 못한 젊은 사내는 아마 우울했을 것이다. 친구도 없고, 애인도 없고, 직장도 없고, 집도 없어서 더욱 외로웠을 것이다. 사내에게 그날 밤은 어느 때보다 차갑고 길게 느껴졌을 것이다. 불꺼진 쪽방에 쭈그리고 앉은 사내는 자기에게 주어진 그 긴긴 밤을 처음에는 수많은 망상과 상상으로 버텨보려고 애썼을 것이다. 그런데도 쓸쓸함은 불청객처럼 끝내 돌아가지 않고 사내의 쪽방 한쪽을 차지하고 누워 사내를 귀찮게 괴롭혔을 것이다. 오히려 망상과 상상이 깊어질수록 사내는 비참한 생각이 들었을 것이다. 견디다 못한 사내는 벽에 영혼처럼 벗어 걸어둔 자기 옷에 라이터 불을 당겼을 것이다. 망설임은 없었을 것이다. 떨림도 없었을 것이다. 무서움도 없었을 것이다. 사내는 자기 영혼을 불살라서라도 자기만의 축제를 벌이고 싶었을 것이다. 사내는 축제의 주인공이 되고 싶었을 것이다. 그러다 사내는 안개 같은 연기 속으로, 연기처럼 사라졌을 것이다.

**123.** "괜찮아요?"

"머리만 조금 아파. 고마워, 덕분에 살았어."

"와조가 우릴 구했어요."

"눈 뜬 봉사 둘보다 낫군."

"수레는 못 가지고 나왔어요."

"그깟 수레……"

여자는 와조의 목을 쓰다듬다 울어버린다.

"몇 명이나, 죽었을까?"

"시신을 일곱 구 정도 찾았대요."

"내가 죽을 수도 있었어."

"안 죽었잖아요."

"일곱이나 죽었다잖아."

나는 불길이 모두 잡힌 고시원을 올려다본다. 처참한 광경이다.

"불쌍한데 더 불쌍해."

"세상이…… 원래…… 불쌍하다고 사정을 봐주진 않잖아요. 더 가혹하면 가혹했지……"

우리는 죽은 자에 대한 안타까움과 살아남은 자로서의 미안함 때문에 그 자리를 쉽게 뜨지 못한다. 죽은 자는 그것으로 고통이 끝나고, 산 자에게는 새로운 고통이 시작된다. 어느 쪽이 조금 더 나을지는 모르겠다.

**124.** 저 멀리 우체통이 보인다. 그제야 주머니 속에 넣어둔 편지가 생각난다. 우체통은 아들의 귀가를 반기는 어머니처럼 단단하면서도 우뚝하게 서 있다. 더없이 견고한 자태다. 어느 때보다 그것의 존재가 반갑게 느껴져서, 다가가 그 드럼통 몸매를 양손으로 꽉 껴안고 입맞추고 싶다는 생각까지 든다. 나는 우체통을 껴안는 대신 더럽고 꾸깃꾸깃해진 편지를 주머니에서 꺼내 빳빳하게 편다. 지윤이는 알까. 이 편지를 썼던 고시원에서 불이 나 많은 사람이 죽었다는 것을. 이 편지를 가져오기 위해 연기 속으로 다시 뛰어들었다는 것을. 이 편지 때문에 그나마 내가 목숨 하나를 살릴 수 있었다는 것을. 아니 지윤이가 살렸다는 것을. 지윤이는 몰라도 편지만은 다 알고 있다는 듯 겉봉에서 연기 냄새가 난다. 편지를 가져오길 잘했다는 생각이 든다. 나는 편지를 어머니 품속 같은 우체통 안으로 집어넣는다. 그곳은 안전할 것이다.

우체통에서 돌아서자 여자가 기다렸다는 듯 휴대폰을 건넨다. 난 말없이 받아든다. 공중전화를 찾아나설 기력도 없는 상태다.

친구와의 통화는 꽤 오랫동안 계속된다. 내가 고시원 방화에 대한 얘기를 기자보다 더 생생하게 전해주자 친구는 방금 인터 넷으로 관련 뉴스를 봤다면서, 정말로 그 현장에 네가 있었던 거냐며, 묻고 또 묻고 확인한다. 가까운 사람 중에 그런 안타까 운 사고현장에 있었던 사람은 지금까지 한 번도 없었다면서 약 간 떨리는 목소리로 다친 데는 없냐고 묻는다. 평소라면 그냥 지나쳤을 인터넷 뉴스가 남 일이 아닌 것처럼 생각되는지 무섭 다고도 말한다. 대형사고 현장에서 구사일생으로 살아난 사람을 영웅 취급하듯 친구도 나를 그렇게 대하려 한다. 친구는 말하는 중간중간 터져나오는 내 기침 소리를 듣고는 상황의 심각성을 더욱 생생하게 느끼는 것 같다. 친구는 전화를 끊는 마지막 순 간까지, 진심으로 걱정해주는 목소리로 그만하길 다행이라고 거 듭 말한다. 그러나 그만하지 못한 사람도 있다는 내 말에 친구 의 목소리가 무겁게 가라앉는다.

**125.** 아무도 편지하지 않았다. 오늘은 그 말을 전하는 친구의 목소리가 다른 날보다 더 미안해하는 것처럼 들렸다.

**126.** 휴대폰을 건네주는데 여자의 표정이 심각해 보인다. 나는 어디 안 좋은 거냐고 묻는다. 여자는 고개를 가로젓더니 와조를 쳐다본다.

"어디가 좀, 안 좋은 것 같아."

와조가 바닥에 누워 있다. 내가 달려가 일으켜세워보지만 다리에 힘이 없는지 그대로 주저앉아버린다. 나는 배낭에서 사료를 한 움큼 꺼내 와조의 코에 대준다. 와조는 냄새도 맡기 싫다는 듯 매정하게 고개를 돌려버린다. 물을 줘도 마찬가지다. 그저 자고만 싶은지 눈을 스르르 감아버린다. 와조는 절대 길바닥에 누워 자는 개가 아니다. 안내견으로서의 사명감이 아직도 남아 있어 길에서는 결코 긴장을 늦추지 않는 개다.

"병원에 데려가는 게 좋겠어."

고시원 화재가 와조에게 어떤 나쁜 영향을 미친 게 아닌가 싶다. 숨도 조금 가쁘게 내쉬는 것 같다. 여자가 손을 흔들어 알아서 택시를 잡는다. 택시가 멈추자 여자와 둘이서 와조를 택시에 태운다. 여자는 기사에게 가장 큰 동물병원으로 가달라고 한다. 택시 안에서도 와조는 내내 눈을 감고만 있다.


**127.** 의사는 검사에 들어가기 전 와조에 관해 묻고 차트에 기록한다. 나이며 이름, 식사량, 좋아하는 음식, 대소변 상태, 평소 생활습관…… 내가 떨리는 목소리로 말을 좀 더듬자 여자가 대

신 나서서 얘기해준다. 여자는 침착한 목소리로 와조에 대해 알고 있는 걸 모두 말한다. 한때 맹인안내견이었다는 말과 함께, 교통사고로 다리를 다친 적이 있으며 그 사고로 지금은 시력을 잃은 상태라는 것도. 그리고 삼 년 동안 여행을 다녔고 고시원 화재현장에 있었다는 말까지 빠짐 없이. 의사가 여자의 말에 고개를 사려깊게 끄덕인다. 여자가 와조에 대해 참 많은 걸 알고 있다는 생각이 든다.

갖가지 검사가 시작된다. 혈액검사, 엑스레이검사, 초음파검사……


엑스레이 필름과 함께 검사결과가 나온 종이 뭉치를 들고 나오는 의사의 낯빛은 그리 밝지 않다. 의사의 입에서 어떤 말이 튀어나올지 알고 있다는 듯, 벌써부터 내 심장이 두근거린다. 엑스레이 필름을 판독기에 끼우며 의사는 와조의 상태에 대해 천천히 설명해준다. 하얀 판독기 위로 와조의 하얀 뼈와 각종 장기들이 희미하게 보인다. 내 눈에는 아무런 문제도 없는, 깨끗하고 단정해 보이는 사진인데 의사는 줄곧 아니라고만 한다.

의사는 노견인 와조가 여행으로 많이 지쳐 있는 상태라고 말한다. 심장도 좋지 않고 간도 많이 부어 있으며 신장과 전립선 쪽에도 약간의 문제가 있다고 설명한다. 사고로 다쳤던 다리에 관절염까지 와 있고, 화재로 폐와 기관지에도 약간의 무리가 간 것 같다고 말한다. 모든 장기의 기능이 정상수치에서 조금씩 떨어져 있는 상태란다.

"지금으로서는 쉬게 하는 게 좋겠습니다. 일단은 반나절 정도 수액과 영양제를 맞혀봅시다."

의사의 처치가 시작된다. 와조의 몸에 뾰족한 바늘이 들어가고, 다리에서 올라온 전선 같은 갖가지 줄들이 공중에 매달려 있는 링거 주머니에 이른다. 고장난 수도꼭지에서 물방울이 떨어지듯 줄을 타고 방울들이 똑똑, 떨어진다. 링거를 맞자마자 와조는 눈을 지그시 감고 잠만 잔다. 숨소리도 한결 잔잔해지고 평화롭다.

의사는 와조가 그 동안 많이 힘들었을 거라면서 어떤 낌새를 못 챘냐고 묻는다. 저 정도면 표정이나 행동에서 이상한 점 한두 가지 정도는 내비쳤을 거라면서. 나는 가만히 고개만 젓는다. 쇠약해졌다고 느꼈지만 내 눈에는 그런대로 건강해 보였다. 그런데 건강했던 게 아니라 견뎌냈던 거란다. 의사 말대로 와조가 눈빛과 표정으로 자기 감정을 전달했는데 내가 몰랐던 거라면, 그래서 내 생각만 하고 여기저기 끌고 다녔던 거라면, 그 미안함을 어떻게 전해야 할까.

"눈이 안 보이는 상태라 여행이 운동효과는 있었겠지만, 나이가 있어서 나중에는 그게 스트레스가 됐을 겁니다. 더이상은 무립니다."

와조는 제 몸이 힘들면서도 내색 한번 하지 않고 날 위해 버텨왔다. 오로지 내 곁에 있어주기 위해서. 자기 생각은 조금도 하지 않고 내 생각만 했던 거다. 어쩌면 와조는 아직도 자신을 안내견이라 생각하고 있었는지도 모른다. 아니면 자기 생명이 다하는 날까지 옆에서 날 지켜줘야 한다는 의무감 같은 걸 갖고 있었는지도 모른다. 자기 때문이라고 생각하고 있었는지도 모른다. 내가 처음에 그렇게 생각했던 것처럼.

**128.** 와조에게 여행은 고행이었을 것이다. 나는 붕대로 칭칭 감겨 있는 와조의 발을 가만히 잡아본다. 이 녀석을 만나고 감정에 많은 변화가 있었던 게 사실이다. 동물이 사람의 사상을 바꾸어놓을 수 있다는 것도 녀석을 통해 알았다. 예전에 나는 한 장의 사진을 본 적이 있다. 전쟁으로 부모를 잃은 아프가니스탄의 여자아이를 찍은 사진이었다. 아이는 더러운 손가락을 빨며 굶주린 얼굴로 카메라를 쳐다보고 있었다. 누구를 원망해야 하는지, 또 누구를 증오해야 하는지도 모르는 눈동자였다. 그 아이 옆에는 더러운 개 한 마리가 서 있었다. 와조를 만나기 전이었다면 난 분명 그 사진을 보고 당연하듯 아이를 가엾게 생각했을 것이다. 그 옆에 서 있는 더러운 개 같은 건 눈에 들어오지도 않았을 것이고, 개가 굶주리든 말든 어떻게 되든 말든 상관없다고도 생각했을 것이다. 그런데 이상하게 그날은 더러운 그

개가 아이보다 더 처량하게 느껴졌다. 내 시선은 아이보다 개에게 오랫동안 머물러 있었다. 와조를 알고 있는 나였기 때문이었다. 아이와 개를 한 컷에 담은 사진 작가의 사상 또한 그거였다고 나는 생각한다. 개든 사람이든 생명은 똑같다는 사상.

나는 사진을 보고 나오며 개에게 좀더 시선을 빼앗긴 이유를 찾으려고 애썼다. 찾지 않으면 누군가로부터 손가락질을 받을 것만 같았다. 그리고 드디어 나는 그것을 찾아냈다. 이유는 이것이었다. 개에게는 언어가 없다는 것. 말을 하고 편지를 쓸 수 없어, 배고프다고 말할 수 없고 아프다고 표현할 수 없다는 것. 인간이 문명을 이룰 수 있었던 건 언어가 있기 때문이었다. 언어는 소통이고 소통은 곧 발전이었다. 언어가 없어 개는 소통을 하지 못해 문명을 이룰 수 없었다. 물론 개에게도 인간이 알아듣지 못하는 자기들만의 의사소통 수단은 있을 것이다. 문제는 나 같은 무심한 인간을 만났을 때 그 의사가 전달되지 않아, 오랫동안 침묵 속에서 고통을 겪어야 한다는 것이다. 개는 사람의 감정을 읽을 수 있지만 사람은 개의 감정을 읽지 못할 때가 아주 많다.

조부는 내게 항상 말했다. 인간보다 말 못 하는 개가 더 불쌍하다고. 인간보다 개가 더 낫다고. 맞는 말이다.


나는 잡은 발을 놓지 않고 와조에게 말을 걸어본다. 와조는 아무 말도 없다.

**129.** 저녁 열시가 넘어 와조를 품에 안고 병원을 나온다. 정말 많이 아픈 건지 녀석은 내려가려고 버둥대지도 않고 아기처럼 꼭 붙어 있다. 너무 가볍다. 나는 하늘을 올려다본다. 다른 날보다 밤하늘이 유난히 깜깜하고 막막하게 느껴진다. 어디로 가야 할지도 모르겠다. 그때 여자가 너무 늦었으니 우선은 방을 잡자고 말한다. 와조를 품에 안은 나는 여자를 따라 가까운 모텔로 향한다. 여자가 방을 잡고 모텔비를 지불한다. 이번에는 왠지, 빚졌다는 느낌은 들지 않는다.

**130.** 와조를 가운데 두고 여자와 내가 천장을 바라보며 나란히 누워 있다. 와조와 함께했던 하루하루가 퍼즐처럼 조각조각 지나간다. 그 조각 귀퉁이마다 와조가 있다. 나를 비롯해 여행중에 만났던 사람들을 웃게 하고, 또 슬프게도 했던 와조. 삼 년, 결코 짧은 시간은 아니었다. 와조한테는 아마 삼십 년처럼 긴긴 시간이었을 것이다. 보이지 않아, 그 시간은 더 길고 멀게 느껴졌을 것이다.

내가 이토록 긴 여행을 할 수 있었던 건, 오지 않는 편지 때문이 아니라, 와조 때문이었는지도 모른다는 생각이 든다. 와조가 있어 긴긴 시간을 버틸 수 있었던 것이다. 와조와의 여행이 나는 참으로 즐거웠는데, 와조도 그럴까. 와조를 대신해 여자가 대답해준다.

"개는 주인의 가난을 탓하지 않는대. 그러니 다른 어떤 것도 탓하지 않을 거야. 투정도 원망도 할 줄 모르지. 그게 바로 인간과 다른 점이야. 주인이 있다는 것만으로도 만족하지. 배가 고프고, 자기 몸이 아프더라도 말이야. 삼 년 동안 한 번도 떨어져본 적이 없으니, 충분히 즐거웠을 거야."

"저번에 한 번 떨어져 지냈잖아요."

"대신 내가 있어줬잖아."

내게 주어진 시간이 다된 느낌이다. 모래시계 속 마지막 모래 한 알이 무수히 많은 모래 속으로 파묻혀 사라지는 걸 지금 목도한다. 그러니 이제 나는 여기서 이 여행을 끝내려 한다. 즐거웠지만 한편으로는 지치고 힘들었을 와조를 위해서 끝내려 한다. 어찌 보면 와조로 인해 시작됐다고 할 수 있는 여행이 와조로 인해 끝난다. 내 짐작과 달리 편지로 끝나지 않고 와조로. 그것은 내가 와조에게 해줄 수 있는 유일한 배려이자 마땅한 예의일 것이다. 실은 나도 이 여행을 끝내고 싶을 만큼 많이 지쳐 있다. 그리고 언젠가는 끝내야 할 여행이었다. 모든 건 끝이 있기마련이듯, 나의 여행도 이렇게 끝을 맞는다. 이 여행을 통해 목적했던 걸 얻지 못했다 해도 상관없다. 와조와 함께한 삼 년이란 시간만으로도 나는 충분히 많은 걸 얻었다고 생각한다. 와조가 선택한 방향은 날 실망시킨 적이 없었으니, 이번에도 나는 그냥 따라가기만 하면 될 것이다.

자신감 없고, 세상 물정을 잘 몰라, 세상에 맞설 용기조차 희박했던 내 여행의 첫 시작이 떠오른다. 길 위에서 보낸 나의 이십대와 길 위에서 맞이한 나의 삼십대. 여행의 끝에 와 있는 지금의 나, 이젠 세상을 조금이나마 알았을까. 조금은 강해졌을까.

내일이면 여자와도 이별이다. 아주 짧았던 것도 같고, 아주 길었던 것도 같다. '사바나'는 우리의 마지막 모텔이 된다.

"내일, 집으로 돌아가려고요."

"그래야지. 와조도 돌아갈 집이 있어서 좋을 거야. 이제 생각났어? 집에 돌아가면 가장 먼저 뭘 할 건지?"

"실감이 잘 안 나요. 삼 년이라. 두렵기도 하고."

"뭐가?"

"집에 적응할 수 있을지."

"가족이 있고, 와조가 있는데 무슨 걱정이야?"

"그렇겠죠. 시계도 가고 있을 테니까."

"나처럼 수도꼭지에서 물이 똑똑, 떨어지고 있을지도 몰라."

"그럼 어떻게 하죠?"

"그냥 놔둬."

"……"

**131.** 잠이 오지 않아 몸을 자꾸 뒤척인다. 마지막이어서 그런 걸까, 불을 끄지 않아 그런 걸까. 그때서야 퍼뜩, 편지가 생각난다. 편지를 쓰지 않아 잠이 오지 않은 것이다. 무서운 습관의 힘이다.

나는 편지를 쓰기 위해 바닥에 엎드린다. 배낭에서 편지지와 지우개 달린 연필을 꺼낸다. 연필은 그새 몽당연필이 되어 있다. 지우개도 다 닳아서, 그것은 지우개를 둘러싸고 있는 철 보호막 끄트머리에 저며놓은 듯 얇게 얹어져 있을 뿐이다.

나는 연필심이 부러질 정도로 꾹꾹 눌러 이 여행에서의 마지막 편지를 쓴다. 마지막이라고 생각하니 손끝이 말더듬이처럼 조금 떨리기도 한다. 편지를 쓰는 상대는 여행에서 처음 만난 숫자 1이다. 마지막 날, 첫날 만난 길동무 1에게 쓰는 편지. 마치 시작과 끝이 맞물린 느낌이다. 그래서 영원히 끝나지 않고 계속 순환할 것 같은 기분이다. 결코 이게 마지막이 되지는 않을 것이다. 결코 그게 시작이라고 볼 수 없는 것처럼. 어디가 시작이고 끝인지 알 수 없는 것처럼.

여행지에서 마지막 편지를 쓰는 이 밤은 그 어느 밤보다 숭고하다. 와조의 숨소리는 더없이 고요하고 잔잔하다. 누구한테 쓰는 편지인지 안다는 듯, 와조는 한 번도 짖지 않는다. 이 편지를 다 쓰고 나면 나의 시간은 0시가 될 것이고, 모래시계는 다시 뒤집어질 것이다.

**132.** 방을 나가기 전, 세면대 아래쪽으로 뻣뻣한 몸을 구겨넣고 네임펜으로 작은 문장 하나를 쓴다.

2009년 8월 10일. 나와 와조, 그리고 751이 다녀감.

**133.** 와조를 품에 안고 모텔을 나간다. 여자가 모텔 앞에서 나를 기다리고 있다. 한쪽 발로 시멘트 바닥을 톡톡 치며 여자가 먼저 말한다.

"여기서, 헤어지는 게 좋겠어."

무슨 말을 꺼내야 할지 모르겠다. 너무 많아서인 것 같기도 하고, 너무 없어서인 것 같기도 하다. 어떤 말이 필요한 것 같기도 하고, 어떤 말도 필요 없는 것 같기도 하다. 한참을 망설이며, 머릿속에서 말을 고르다 겨우 한마디를 꺼낸다.

"751은 내가 만난 첫 소설가예요."

"영광인데."

여자가 환하게 짓던 웃음을 갑자기 멈추더니 다시 발로 시멘트 바닥을 톡톡 친다.

"여행 계속 할 거예요?"

"나도 집으로 돌아갈까 해."

"드디어 마지막 문장을 찾은 거예요?"

"응."

“언제요?”

“고시원에서 살아나오면서.”

그 문장이 무엇인지 궁금했지만 나는 묻지 않는다. 죽음의 순간에서 얻어낸 문장이니, 비석에 새겨도 될 정도로 좋은 문장일 거라는 확신이 들기 때문이다. 책이 나온다면 조만간 인쇄된 문장으로 확인할 수도 있을 것이다. 여자가 배낭에서 책을 한 권 꺼내 내게 건넨다. 『치약과 비누』다.

“수레는……”

“빈 수레였어. 주려고 마지막 남은 한 권은 미리 빼놨었고.”

“다른 사람들처럼 정식으로 사고 싶어요.”

내가 지갑을 꺼내려고 하자 여자가 손으로 가로막는다.

“그냥 주고 싶어. 우린 치약과 비누 사이잖아.”

“잘 읽을게요.”

나는 책을 받아든다. 실은 나도 주인공이 왜 치약과 비누를 먹는지 궁금해서 빨리 읽어보고 싶었다.

“결국 751이 내가 여행에서 만난 마지막 사람이 됐네요.”

“이젠 임시 넘버 아닌 거야?”

나는 그냥 웃는다.

“마지막은 무슨…… 번호는 끝이 없잖아.”

“그래요. 끝은 아니죠.”

“우리도 이게 끝은 아닐 거야.”

“그렇겠죠.”

“잘 가. 그리고 잘 지내.”

“751도요. 그 동안 고마웠어요.”

여자는 머리를 쓰다듬어주는 것으로 와조와의 마지막 인사를 나눈 뒤 뒷걸음치며 조금씩 멀어진다. 그러다 잠시 걸음을 멈추고 말한다.

“나도 고마워.”

“뭐가요?”

“있지…… 지내보니까 둘도 괜찮은 것 같아. ……나쁘지 않은 것 같다고.”

여자가 환하게 웃으며 다시 뒷걸음질친다. 나는 말하려다 관둔다. 나도 괜찮았다고, 나쁘지 않았다고 말하려다 관둔다. 말하지 않아도 여자는 이미 알고 있을 것이기 때문이다. 수많은 대화 중에 이미 발생했을 내 목소리의 미세한 떨림으로 말이다.

여자가 두 팔을 높이 쳐들어 손을 흔든다. 나도 손을 흔들어준다. 여자가 양손을 바지주머니에 넣고 돌아선다. 조금은 쓸쓸해 보이는 뒷모습을 보고 나서야 나도 돌아선다. 가만히 생각해보니 여자는 지금까지 만난 사람 중에서 내게 가장 많은 질문을 했던 사람이었다. 내 얘기를 가장 많이 들어준 사람이기도 했고, 나에 대해 가장 많이 알고 있던 사람이기도 했다. 그 모든 게 소설가이기 때문인지도 모르겠다는 생각이 든다.

그때 문득, 여자에게 주소를 묻지 않았다는 게 생각난다. 나는 여자를 부르려고 돌아선다. 그러나 어디로 가버렸는지 여자는 이미 사라지고 보이지 않는다. 나는 손에 쥐고 있는 여자의 책을 본다. 책을 보니, 굳이 묻지 않더라도 여자에게 언제든 편지를 쓸 수 있을 것 같은 예감이 든다.

**134.** 나는 숫자 1에게 쓴 편지를 부치고 친구에게 전화를 건다. 친구는 전화를 받자마자 걱정스런 목소리로 내 안부를 묻는다.

"몸은 괜찮아?"

"응."

"편지는……"

"왔든 안 왔든 이젠 상관없어."

"왜?"

"오늘 집에 가. 앞으로 전화로 너 깨울 일도 없을 거야."

"화재 사고 때문이야?"

"와조가 좀 아파."

"어디가, 왜? 다친 거야?"

"그런 건 아니고. 여기저기 좀 안 좋아서 쉬어야 한대."

"와조도 나이가 있으니까."

"그 동안 수고했다."

"수고는 무슨. 네 덕에 아침에 일찍 일어나는 습관도 생겼는
걸."

"그 습관도 곧 없어지겠지."

"너 여행 떠날 때도 난 백수였는데, 여전히 백수구나."

친구는 지난 삼 년의 시간이 새삼스럽게 다가오는 모양이다.
그러나 친구도 분명 삼 년 전과 비교해 달라진 게 있을 것이다.
지금의 나처럼.

"빨리 와라. 보고 싶다. 마침 죽이는 여자도 하나 찾았거든.
이번에는 정말 죽여. 혼자 보기 아까울 정도로."

"그래. 가서 보자."

전화 받는 걸 늘 귀찮아하던 녀석이었는데, 일상의 습관 하나
가 없어진다고 생각하니 조금은 서운했던 모양이다. 우리의 통
화는 다른 때보다 훨씬 길게 이어졌다. 습관과의 이별이란 원래
가 서운한 법이다. 그 습관이 내면과 일상의 평화에 기여했다면
더욱. 나의 여행이 그랬던 것처럼. 이제 나는 다른 습관에 적응
해야 하고, 다른 일상에서 나를 찾아야 한다. 진정한 내면의 평
화와 안정을 위해서.


나는 공중전화 부스에서 나와 택시를 잡는다. 멀리 떠나왔기
때문에 집까지 가는 길은 그만큼 멀다. 집으로 돌아가는 그 먼
길만큼은 와조에게 흔들림 없는 안정감을 주고 싶다. 택시가 멈

취 선다. 여자와 헤어져 와조와 단둘이 떠나는 길이다. 삼 년이
란 시간에 비하면 여자와 함께한 여행은 턱없이 짧은 시간이었
는데도 왜 이리 허전한 걸까. 그새 여자와 함께 여행했던 습관
이 몸에 밴 건지 둘이 남겨진 지금의 상황이 조금 낯설다. 역시
습관이란 무서운 것이다.

우리를 실은 택시가 조용히 출발한다. 내가 머문 마지막 도시
와도 이렇게, 이별이다.


**135.** 친구에게 확인해본 건 아니지만 아마, 아무도 편지하지
않았을 것이다.


**136.** 날이 저물어서야 집에 도착한다.

우리를 여기까지 데려다준 택시가 돌아가고, 남의 집 앞을 기
웃거리는 도둑처럼 한참 만에야 대문 앞으로 다가서는 용기를
얻는다. 조금은 낯설고 조금은 두렵기도 하다. 내가 모르는 세계
로 진입한 기분이고, 뭔가가 확대됐다 축소된 기분이다.

제일 먼저 눈에 들어오는 건 대문 오른쪽에 심장처럼 걸려 있
는 우편함이다. 그 안으로 가만히 손을 넣어본다. 뜨거운 진동
대신에 차가운 바람이 느껴진다. 친구의 전화는 거짓이 아니었
다. 아무것도 만져지지 않는다. 단 한 통의 편지도 품어본 적 없
다는 듯, 오래 전에 심장이 멈춘 듯, 텅 빈 그것의 내부는 서늘

하다. 단 한 번도 열린 적 없다는 듯, 그것의 입구는 녹이 슬어 뻑뻑하다. 손을 빼내자 손등에 오래된 녹물이 묻는다.

나는 우편함을 뒤로하고 손끝으로 대문을 살짝 밀어본다. 잠겨 있지 않은 문이 삐그덕, 소리를 내며 열린다. 도둑처럼, 대문 안쪽으로 가만히 두 발을 들여놓는다. 그러고는 뒤돌아 내가 넘어온 대문 너머를 한번 쳐다본다. 삼 년 전, 저 대문을 건너는 것으로 나의 여행은 시작되었고, 다시 저 대문을 건너는 것으로 나의 여행은 끝났다. 시작과 끝의 경계란 실은 너무도 가까이 맞닿아 있는 것인데도 왜 멀리 떨어져 있다고 느끼는 것일까. 그건 아마 분리하고 구분하고 구별해야 마음이 안정되는, 인간의 습성이 몰고 온 거리감일 것이다. 나는 경계를 지우려고 노력하며 뒤돌아 다시 긴 마당을 지나 현관문 앞으로 다가선다. 문 손잡이를 앞으로 잡아당겨본다. 역시 잠겨 있지 않은 현관문이 오래된 소리를 내며 조용히 열린다.

집이 나를 받아준다.


**137.** 와조를 거실 바닥에 내려놓고 어머니, 아버지, 형과 지윤이를 찾아 방을 돌아다닌다. 그들은 아직 귀가하지 않은 모양이다. 그들은 늘 바쁜 사람들이었고, 늘 귀가가 늦는 사람들이었다. 말없이 이루어진 나의 귀가에 그들은 곧 깜짝 놀라게 될 것이다.

아무도 없는 집은 너무도 고요하다. 원래 아무도 없으면 집이란 고요할 수밖에 없는 것인데도 그 고요가 퍽 낯설다. 이 고요한 집에서 움직이고 있는 건 방마다 걸려 있는, 시계다. 내 귀에는 온통 그 시계가 내는 소리들뿐이다. 각 방에서 들려오는 시계 초침 소리는 저마다 일치하지 않는다. 저마다 다른 음색과 울림까지 가지고 있어 약간은 혼란스럽다. 그러나 시계 소리라도 있어서 낯선 고요가 조금은 저만치 물러나는 것 같다. 급기야는 제법 시끄럽다는 생각마저 든다.

그때, 내 귀에 시계가 아닌 다른 어떤 소리 하나가 들려온다. 나는 소리가 나는 곳으로 이끌리듯 향한다. 내 걸음이 멈춘 곳은 욕실 앞이다. 지쳐놓은 문을 손끝으로 살짝 밀자 문이 활짝 열린다. 욕조 수도꼭지에서 물이 눈물처럼 똑똑, 떨어지고 있다. 오 초에 한 방울씩 떨어지고 있다. 그 소리가 욕실 가득 울려퍼진다. 누가 목욕을 하고 잠가두지 않은 모양이다. 나는 슬리퍼를 신고 안으로 들어가 수도꼭지를 꽉 잠가본다. 그러나 수도꼭지는 더할 수 없이 이미 꽉 잠가진 상태고, 물은 여전히 계속 규칙적으로 수직낙하하고 있다. 수도꼭지는 안 잠긴 것이 아니라 고장난 것으로 보인다. 언제부터 고장났던 것일까. 내가 없는 동안 얼마나 많은 물방울들이 저 어두컴컴한 지하로 부서져내렸던 걸까. 나는 속으로 계산한다. 오 초에 한 방울이면…… 일 분에는 12방울…… 십 분이면 120방울…… 한 시간이면 720방울……

하루면 17,280방울…… 일 년이면 6,307,200방울…… 삼 년이면 18,921,600방울.

수도꼭지에서 물이 떨어지고 있다는 사실을 알았다면 나도 한 번씩 집 생각을 했을까. 그러다 한 번씩 집으로 돌아가고 싶다는 생각도 했을까. 그랬다면 지금보다 빨리 집으로 돌아올 수 있었을까. 나는 수도꼭지를 고쳐볼까 하다 그냥 관두기로 한다. 대신 물이 빠져나가지 못하도록 욕조 구멍을 고무마개로 막는다. 한 방울 한 방울이 모이면 욕조는 금세 호수처럼 출렁이게 될 것이다. 엉뚱하게도 앞으로 삼 년 동안 물방울을 받아보는 건 어떨까 싶어진다. 방금 머릿속으로 계산을 마친 18,921,600방울이 얼마나 되는지 눈으로 직접 확인해보고 싶어진다. 삼 년이 얼마나 많은 시간이었는지 손으로 직접 만져본 뒤에 그 물속으로 몸을 담가보고도 싶어진다.

정말 엉뚱하다고 생각했는지 나도 모르게 피식, 웃으며 수도꼭지로부터 돌아선다. 등뒤에서는 계속 물방울 떨어지는 소리가 청명하게 들린다. 누군가 흘리는 눈물 같기도 하고, 피 같기도 하다. 그 소리는 울음처럼 점점 커지더니, 욕실에 머물지 않고 온 집 안으로 전염병처럼 퍼져나간다. 삼 년 동안 내내 이 집에서 나는 소리라곤 저 물방울과 시계 초침 소리밖에 없었다는 듯이. 그것은 무언가를 내게 알리는, 아니 강요하고 있는 메시지였다.

메시지를 받은 몸이 갑자기 경직된다. 바닥에 본드칠이라도 되어 있는 듯 발이 움직여지지 않는다. 식은땀이 나면서 그때처럼, 공포의 발작증세가 시작된다. 어지럽더니 숨을 쉴 수가 없고, 불안하고 초조해진다. 물에 담갔다 뺀 것처럼 손바닥은 어느새 축축해져 있다. 다리가 후들거려 서 있을 수조차 없다. 나는 물기 하나 없이 바짝 말라 있는 타일 바닥에 주저앉아버린다.

외면하고 싶었던, 아니 부정하고 싶었던, 어쩌면 까맣게 잊고 있다고 생각했던, 중요한 사실 하나가 분명한 현실로 다가온다. 간밤에 꿨던 악몽이 불현듯 생각나듯이.

**138.** 나에게는 가족이 없다. 어머니도, 아버지도, 형도, 지윤이도…… 모두 없는 사람들이다.

**139.** 나는 아직도 타일 바닥에 엎드린 채로 일어나지 못하고 있다. 내 눈 앞에서 차디찬 타일 조각들이 주변의 조각들을 사방으로부터 흡수해 범위를 확장한다. 어느새 조각 모음들은 거대한 스크린이 되어 내 앞에 펼쳐진다. 그날의 영상이 더없이 선명한 꿈처럼 그 스크린 위에 투사된다. 시끄러운 말소리가 들리고, 이상한 냄새가 나고, 무언가가 전해지고, 어딘가로 뛰어가고, 심장이 뛰고, 멈추고……

**140.** 그날은 이래도 되는 건가 싶을 만큼, 날씨가 화창했다. 사람들은 조부를 복이 많은 사람이라고 했다. 복이 많아 좋은 날을 받아 죽었다고. 조부가 장지로 떠나는 날 가족들은 아침부터 서둘렀다. 가족들도 그렇게 생각했는지 누구도 슬퍼하는 기색 없이 옷을 차려입었고, 맛있게 아침식사까지 마쳤다. 가족 중 누군가는 소리내어 웃기도 했던 것 같다. 그러나 화창한 그날, 죽을 만큼 우울한 건 정작 나였다.

장지로 떠나기 한 시간 전에 내 앞으로 급한 듯, 등기우편물 한 통이 도착했다. 나는 서둘러 우편물을 개봉했다. 아주 짧은 문장으로 된 편지라, 읽는 데 오 초도 걸리지 않았다. 그러나 오 초의 짧은 문장 안에는 그녀와 내가 함께한 17,520시간이 고스란히 담겨 있었다. 그녀의 편지는 나를 아주 놀라게 했다. 이 년이란 시간이 그 짧은 문장 하나로 말끔히 정리될 수 있다는 게. 충분히 정리하고도 남을 정도의 문장이 세상에 존재한다는 게, 아니 그녀가 그런 놀랍고도 위대한 문장을 창조해냈다는 게 신기하기만 했다. 그것은 어떤 말도 할 수 없게 만드는, 어떤 상상도 할 수 없게 막아버리는 기이한 편지였다.

가족들은 나의 불행과 상관없이, 나에게 어떤 불행이 찾아왔는지도 모른 채, 모두들 장지로 가기 위해 차에 올라탔다. 나는 상복 주머니에 그녀의 편지를 구겨넣고 마지막으로 차에 올라탔다. 장지로 가는 동안에도 화창한 날씨는 계속 이어졌다. 그 터무니없는 날씨가 나를 자꾸 화나게 했다. 나는 편지를 다시 꺼내 읽어봤다. 이런 식의 이별을 나는 도저히 용납할 수 없었다. 나는 어디 좀 다녀올 데가 있다며 아버지에게 차를 세워달라고 했다. 이유를 묻는 아버지에게 나는 아무 말도 하지 않은 채, 그저 눈물만 보였다. 가족들은 내가 조부 때문에 눈물을 흘린 거라 생각했는지 잠시 숙연한 모습이 되었다. 조부를 땅에 묻는 날, 아무도 눈물을 보이지 않았던 아침을 상기한 아버지가 차를 세워줬다.

나는 차에서 내리자마자 주머니 속 편지를 부서져라 움켜쥐고 택시를 잡아탔다. 하늘나라로 영원히 떠나버린 조부를 땅에 묻는 일보다 살아 있는 그녀와 헤어지는 일이 내겐 더 끔찍하고 불가해한 일로 여겨졌다. 내가 장지에 일찍 도착한다고 해서 이미 죽어버린 조부가 다시 살아 돌아올 것도 아니었다. 하지만 그녀는 얼마든지 내게 다시 돌아오게 할 수 있었다. 이대로 아무것도 하지 않은 채로 지나버린다면 그녀는 영원히 떠나버리고 말 것이고, 이대로 아무것도 하지 않는다면 나중에 크게 후회할 일만 남게 될 것이다.

나는 그녀의 집부터 시작해서 그녀가 갈 만한 데는 모조리 다 찾아다녔다. 이러다 심장이 고장나는 건 아닌가 싶을 정도로 뛰고 또 뛰었다. 지구를 반 바퀴나 돈 것 같았다. 그러나 그녀는 어디에도 없었다. 마치 처음부터 지구에 없었던 사람처럼.

결국 나는 그날 그녀를 만나지 못했고, 조부의 마지막 가는 모습도 보지 못했다.

**141.** 그리고 가족들의 모습도.

**142.** 어스름해진 저녁, 집으로 돌아가는 내게 한 통의 이상한 전화가 걸려왔다. 조모였다. 조모는 미약한 목소리로, 마치 헛소리하듯 이상한 소식을 내게 전해주었다. 너무도 이상해 나는 나도 모르게 황급히 전화를 끊어버렸다. 그러고는 조금 있다 전화를 걸어봤다. 조모는 다시 미약한 목소리로 못다 한 소식을 이어서 전해주었다. 장지에서 돌아오던 길에 음주운전 차량과 충돌해 가족들이 타고 있던 차가 전복됐다는, 이상한 소식이었다. 나는 조모가 드디어 미쳤다고 생각했다. 조부를 잃은 슬픔 때문에 정신이 어떻게 된 거라고.

나는 정신이 어떻게 된 사람처럼 병원으로 달려갔다. 지구를 반 바퀴나 돈 것처럼 심장이 뛰었다. 나는 이상하게도 상복 차림으로 영안실 안으로 들어갔다. 이상하게도 어머니와 아버지, 지윤이는 상복을 입은 채로 미동도 없이 누워 있었다. 상복 차림의 형은 이상하게도 혼자 마지막까지 살아, 의식불명 상태로

중환자실에 누워 있었다. 이상하게도 나는 눈물이 한 방울도 나오지 않았다. 꼭 잠긴 수도꼭지처럼.

그날 밤 기적처럼, 잠깐 형의 의식이 돌아왔다. 형은 나를 알아볼 정도의 의식을 가지고 나를 쳐다봤다. 나는 놓치지 않겠다는 듯 형의 손을 꼭 붙잡았다. 그러고는 애원하듯 울부짖었다. 제발 형만이라도 내 옆에 있어달라고…… 남아달라고…… 살아달라고. 눈물이 멈추지 않고 쉴새없이 쏟아졌다. 고장난 수도꼭지처럼. 그때 형이 입술을 조금 움직였다. 나는 입술 가까이 얼굴을 갖다댔다.

"너…… 하고…… 싶은…… 대로…… 하고…… 살아……"

그 말을 하고 난 뒤의 형은 이상하게 손에 힘이 하나도 없었다. 내 손을 붙잡으려고도 하지 않았고 날 쳐다보려고도 하지 않았다. 그러고는 조금 있다 형은, 숨을 쉬지 않았다. 형의 마지막 숨이 내 코끝으로 전해졌다. 그것은 지금껏 어디서도 맡아보지 못했고, 또 앞으로도 맡을 수도 없을 것 같은, 이상하리만치 좋은 냄새였다. 너 하고 싶은 대로…… 형은 그 말을 내게 해주려고 잠깐 깨어났던 것이다. 나는 잠든 형의 얼굴을 쳐다봤다. 형은 사는 데 많이 지쳤다는 얼굴을 하고 있었다. 나는 형이 일부러 그런 표정을 지었다고 생각한다.

**143.** 그후 나는 생의 모든 일은 하루 사이에 일어난다는 걸 알게 되었다.

**144.** 물방울 떨어지는 소리와 시계 초침 소리뿐이었던 집에 와조와 내가 있다. 나와 와조가 있어 소리는 조금 더 풍성해졌다. 와조의 가느다란 숨소리와 뒤척임이 있고, 나의 발작증세가 있다. 발작증세에는 여러 가지 소리가 동반된다. 나의 발작은 조금도 치유되지 않았다. 알고 보면 몸에서는 굉장히 많은 소리가 난다. 몸도 하나의 악기이기 때문이다. 죽음에 가까워질수록, 고장난 그 악기는 불협화음을 낸다. 그래도 내 곁에 와조가 있다고 생각하면 위안이 된다.
그러나 그 위안조차 내 것은 되지 못한다.

**145.** 와조가 죽었다.

**146.** 기다렸다는 듯 집에 돌아온 지 하루 만에. 한때는 날 죽였다고 생각했던 와조가 끝내는 날 살리고 죽는다. 와조는 참아왔던 것 같다. 죽음을. 차갑고 낯선 길거리가 아닌, 많은 사람들이 오가는 모텔방이 아닌, 한때 우리가 함께 살았던 우리의 집에서 죽고 싶어서, 다가온 죽음의 시간을 혼자서 유예시켜왔던 것 같다.

와조처럼 예의 바르고, 조용하고, 말없는 눈물이 흘러내린다. 집에 누워 있는 와조는 더없이 편안해 보인다. 다행히 와조의 죽음은 고통이 삭제된 채로 찾아왔다. 그 또한 나를 위한 와조의 배려였다고 나는 생각한다. 모텔이 아닌 집에서 와조를 보내게 되어 내 마음도 편하다. 편한 가운데 나는 이제야 깨닫는다. 내가 와조 곁에 있어준 게 아니라, 와조가 내 곁에 있어줬다는 것을. 와조가 있어 나는 행복했고, 한 번도 외롭지 않았다. 삼년 동안 나는 늘, 둘이었다.

나는 굳어가는 와조를 품에 꼭 껴안으며 속삭인다.

"와조야…… 다음 생에도 나의 강아지로…… 와조."


**147.** 기운 없는 나를 대신해 친구가 톱질과 망치질을 해 관을 짜고, 앞마당 가장 양지바른 곳을 골라 땅을 판다. 친구가 땅을 파다 말고 묻는다.

"깊이 팔까?"

"아니 얕게."

"깊이 파는 게 좋을 텐데."

"깊으면 멀리 떨어져 있는 기분일 것 같아."

"알았어. 얕게……"

와조를 관에 넣는다. 뚜껑을 닫기 전, 와조를 한 번 더 꼭 껴안아준다. 뚜껑을 들고 있던 친구가 이제 닫을까, 라고 묻는다. 나는 한참 있다 고개를 끄덕인다. 관 뚜껑이 와조를 조금씩 지워간다. 다시는 볼 수 없는 얼굴이다.

와조의 관이 얕은 땅 속으로 들어간다. 조부가 묻히던 날만큼이나 날씨는 화창하다. 와조는 지금쯤 하늘나라에서 조부의 안내견이 되어 있을 것이다.


흙을 덮고 땅을 다지며 친구가 또 묻는다.

"발작은 아직도야?"

"응."

"힘들면 당분간 우리집에 와 있어."

"너희 집 더럽잖아."

"청소를 자주 안 해서 그렇지, 한번 하면 깨끗해."

"어차피 돌아오면 마찬가지야. 그냥 여기 있을래. 와조도 있고."

"죽이는 여자도 봐야지. 언제 들킬지 몰라."

"조만간."

"기운 차려. 너도 지금 와조 옆에 파묻게 생겼어."

"차차 나아지겠지."

"조그마한 방 하나 얻어 이사를 가는 건 어때?"

"이사? 와조를 여기 묻었는걸."

“이 집은 놔두고. 보고 싶으면 한 번씩 와서 보면 되잖아.”

발작이 멈추지 않으면 그래야 할 것도 같다.

“오늘 같이 있어줄까?”

“고맙다.”


**148.** 친구가 밤새 나한테 말을 걸어준 덕에 발작은 잠잠해졌다. 친구는 아침밥도 함께 먹어주었다. 그러나 여자친구한테 걸려온 전화를 받자마자 쏜살같이 밥숟가락 놓고 나가버린 통에 발작은 다시 시작되었다. 더이상 목구멍으로 밥이 들어가지 않는다. 나는 식탁을 치우고 설거지를 한다. 급하게 나가더니만 친구는 휴대폰 배터리를 놓고 갔다. 마침 벨이 울린다. 칠칠치 못하기는. 인터폰을 받지 않고 고무장갑 낀 손으로 버튼을 누른다. 저 멀리서 대문 잠금쇠 풀리는 소리가 들린다.

개수대에 세제를 풀어 행주를 주물러 빤다. 기다리는 친구는 오지 않고, 누군가 나를 부르는 소리가 들린다. 거품이 뚝뚝 떨어지는 손을 모아쥐고 현관으로 나간다.

“총각, 총각 있어?”

현관문을 연다. 옆집 아줌마다.

“슈퍼 아줌마가 봤다고 하더니 정말이네. 대체 이게 얼마 만이야, 그래. 언제 온 거야?”

“사흘 전에……”

평소 말이 많던 아줌마는 삼 년 동안 하지 못한 수다를 한가득 늘어놓는다. 그 동안 아무와도 말을 안 하고 지낸 사람 같다. 내가 해줄 수 있는 건 그저 네, 라고 말하며 고개를 끄덕여주는 것밖에 없다. 어느새 고무장갑에 묻어 있던 물기도 다 말라 있다.

"아이고, 내 정신 좀 봐. 잠깐 집에 좀 갔다올게."

가스레인지에 냄비라도 올려놓고 온 모양이다. 집에 갔다와서 다시 그 긴 수다를 시작하겠다는 뜻이겠지. 그걸 또 다 들어줘야 한다고 생각하니 조금은 피곤해진다. 그러나 아줌마는 자기 집이 천릿길이나 되는 것처럼 십 분이 지나도 오지 않는다.

나는 다시 부엌으로 들어가 행주를 마저 빤다. 그때까지도 아줌마는 오지 않는다. 다 빤 행주를 야무지게 비틀어 물기를 짜낸다. 어머니는 행주나 걸레를 빨고 나서는 반드시 물기를 꽉 짜내야 한다고 했다. 물이 흥건히 젖어 있으면 울 일이 생긴다면서. 물기를 꽉 짰으니 앞으로 내게 울 일은 없을 것이다.


**149.** 내 방으로 들어가려는데 아줌마가 낑낑대며 걸어오는 소리가 들린다. 현관으로 들어와 아줌마가 내 앞에 내려놓은 것은 송장이 덕지덕지 붙어 있는 택배 상자다. 원래는 텔레비전이 들어 있던 상자였는지 겉에 텔레비전 그림이 그려져 있다.

"뭐예요?"

“열어봐.”

나는 다가가 상자를 열어본다. 나는 그만 상자 안에 든 물건의 정체에 할 말을 잃고 만다. 보고도 뭔지 몰라 아줌마에게 묻는다.

“이게 다 뭐예요?”

“보고도 몰라? 편지지.”

나는 편지를 일일이 확인한다. 모두 내 앞으로 온 편지다. 우표마다 소인이 찍혀 있고, 받는 사람에는 내 주소와 이름이 똑똑히 적혀 있다.

“이걸 어떻게 아줌마가……”

“총각 여행 떠나고 가족들 우편물이 계속 들어오더라고. 나중에는 하도 많이 쌓여서 바닥으로 떨어지고 비도 맞고 해서, 안 되겠다 싶어 담당 우체부한테 부탁했어. 이 집에 아무도 없으니 앞으로 이 집 우편물 우리집으로 넣어달라고.”

나는 바닥으로 털썩 주저앉고 만다. 아줌마는 좀 놀란 눈치다.

“왜 그래, 총각? 내가 뭐 잘못했어?”

“아니, 좀 어지러워서……”

“근데 총각 앞으로 온 편지가 왜 그리도 많아. 보고 깜짝 놀랐어. 하루에도 두서 통씩 오는데, 팬레턴가 뭔가 그런 거야?”

“아니, 그냥 편지예요. 편지.”

그러고는 덧붙여 말한다.

“고마워요……”

**150.** 아줌마가 돌아가고 나는 상자에 가득 든 편지를 한 통 한 통 꺼내본다. 모두 다 내가 아는 숫자들이고 내가 알고 있는 주소다. 누구도 나한테 거짓 주소를 말하지 않았다. 내가 보낸 편지는 모두 잘 도착했고, 그들은 편지쓰기를 귀찮아하지도 않았고, 글을 모르지도 않았고, 내 편지가 분실되지도 않았으며, 안 읽은 것도 아니었고, 죽지도 않았으며, 내 편지가 맘에 안 든 것도 아니었다. 내가 편지를 보냈던 사람들 모두, 살아서 내게 답장을 보내왔다. 아무도 나에게 편지하지 않은 게 아니었다. 여행 전에도 여행중에도 그리고 여행 후에도 나는 결코 혼자였던 적이 없었다.

결국 나는 눈물을 쏟고 만다. 행주를 바짝 비틀어 짰는데도 불구하고.


**151.** 나는 밥도 먹지 않고 밤새도록 소파에 앉아 편지만 읽는다. 너무 많아 이 밤이 지나도, 아니 한 달이 지나도 다 읽지 못할 것 같다. 그래도 나는 한 자 한 자 놓치지 않고 꼼꼼하게 읽는다. 편지는 나를 웃게도 하고 울게도 하고 슬프게도 한다. 개중에는 나로부터 답장이 오지 않아 다시 편지를 보낸 숫자도 있다. 내가 묵었던 모텔에 남자친구랑 가봤다면서, 다녀갔다는 표

시로 내가 세면대에 써놓은 문장을 사진으로 찍어 보내준 숫자도 있다. 모텔에 가면 세면대 살피는 버릇이 생겼다는 숫자도 있고, 로또 당첨이나 된 것처럼 그런 모텔을 두 군데나 알고 있다며 자랑하는 숫자도 있다. 예쁜 글씨체를 가졌다며 칭찬하는 숫자도 있고, 껌딱지 예술가가 보내온 편지에는 전시회 초대장이 두 장이나 들어 있다. 안타깝게도 초대장에 적혀 있는 날짜는 이미 지나버렸다. 여고생 239는 어머니의 불륜을 눈감아주는 대신 불륜남 의사로부터 쌍꺼풀 수술을 공짜로, 그것도 아주 성공적으로 받았다고 한다. 수술 후, 태어나 처음으로 자기 돈으로 시집을 사봤고, 지금은 재수하면서 연기학원에 잘 다니고 있다고. 내년에는 꼭 연극영화과에 들어갈 수 있게 나보고 파이팅 해달라고 한다. 기차 이동 판매원이었던 109는 자기 인생을 지배해버린 '약간의 오해'에 대해 털어놓고 있다. 들어보니 정말 약간의 오해에 해당되는 일이다. 지금은 전공을 살려 의상 관련 일을 하고 있다고. 고시원을 위대한 건물이라 칭했던 367은 아직도 그 고시원에서 생활중이라고 한다. 좀더 시설 좋은 고시원으로 옮기고 싶지만 나한테 답장이 오지 않아 망설이고 있다고. 나한테 편지가 오면 옮긴 후에 새 주소를 알려주려 한다고. 커피 한 잔 마시고 오겠다며 내게 물건을 맡기고 버스에서 내렸던 412는 버스로 돌아오지 않았던 사연을 얘기한다. 커피를 뽑아 마시고 있던 차에 친구의 죽음을 알리는 전화 한 통을 받고 자판기 앞에서 그만 정신을 놓고 말았다고. 실은 나에게 소개해주기로 했던 그 친구가 와병중이어서 그날 문병을 가는 길이었다고. 자기 방이 아니면 글을 쓰지 못한다는 사람은 소설쓰기를 다시 시작했다며 얼마 전에 탈고한 소설을 읽어줄 수 있냐고 물어왔다. 나와 운동화 끈을 바꿨던 32의 편지도 있다. 32는 얼마 전에 새 사업을 시작하면서 운동화도 하나 장만했는데 운동화 끈은 여전히 내 걸로 묶고 다닌다고 한다. 끝으로 가족에게 보낸 편지들도 집으로 무사히 돌아와 있다.

이 편지 속에 다 있다. 내가 알고 있는 사람들의 모습이 다 들어 있다. 이 사람들이 보내준 편지에 답장만 쓰고 지내도 평생을 충분히 살아낼 수 있을 것 같다. 신기한 건 편지를 읽고 나서부터 발작이 감쪽같이 사라졌다는 것이다. 앞으로 내게 오는 편지만 있다면 발작 같은 건 일어나지 않을 것 같다. 편지를 받을 사람이 있고 또 답장을 보내줄 사람이 있다면, 생은 견딜 수 있는 것이다. 그게 단 한 사람뿐이라 하더라도.


**152.** 쓰레기봉투를 버리러 나가다 우편함에 꽂혀 있는 두 통의 우편물을 발견한다. 우편함은 우편물이 꽂혀 있을 때 가장 우편함답다는 생각이 드는 순간이다. 우편물을 꺼낸다. 그것은 내가 우편함에서 뽑아든 따끈한 첫번째 편지가 된다. 이제 편지는 옆집으로 배달되지 않고 내 집으로 정확하게 도착한다.

편지를 들여다보며 마당을 걷는다. 한 통은 내가 마지막 모텔에서 숫자 1에게 보낸 편지다. 첫날 만난 길동무 1에게 쓴 편지. 언어가 없는 와조에게 쓴 편지. 생각보다 조금 늦게 도착한 걸로 보아 옆집 우편물에 잠시 섞여 있다, 아줌마에 의해 슬쩍 우리집 우편함으로 옮겨온 것 같다.

나는 글을 읽을 줄 모르는 와조를 대신해, 내가 쓴 편지를 와조의 무덤 앞에 앉아 큰 소리로 읽어준다. 고맙고 미안하다는 내용의 편지다. 와조가 내 마음을 알아줬으리라 생각한다.

두번째 편지는 751한테서 온 것이다. 내가 먼저 보내려고 했는데 한 발 늦었다. 주소를 말해준 적이 없는데 어떻게 알고 편지를 보냈을까. 나는 팬시점에서 신경써서 고른 듯한 푸른색 편지봉투를 개봉한다. 첫 줄에 내 의문에 대한 답이 들어 있다. 여자는 내 편지를 부쳐줄 적에 주소를 슬쩍 훔쳐봤다는 말로 편지를 시작하고 있다. 글씨는 악필에 가까워서 간간이 읽기 어려운 글자도 섞여 있다. 여자는 사진도 한 장 동봉했다. 지하철에서 선글라스를 쓰고 맹인 흉내를 내고 있는 나와 그 옆에 듬직한 자세로 앉아 있는 와조를 찍은 사진이다. 그것은 여행지에서 내가 찍은 첫 사진이자, 와조와 함께 찍은 처음이자 마지막 사진이다. 내겐 아주 소중한 사진이 된다. 이젠 와조를 언제든 볼 수 있으리라.

여자는 편지 말미에, 내게 보내는 이 편지가 자신이 써본 첫

종이편지라고 말한다. 컴퓨터로 글을 쓰는 게 익숙해서 그런지 편지지를 몇 장이나 버렸는지 모른다며 투덜거린다. 앞으로도 계속 이런 식이면 고민 좀 해봐야겠다며 그때처럼 전자우편에 대한 예찬을 늘어놓는다. 그 부분을 읽을 때는 여자가 내 옆에 앉아 조잘대고 있는 것 같아 귀가 따가웠다.

여자는 끝으로 편지지 마지막 줄에 추신을 붙여, 현재 한 사람만 나오는 소설을 구상중에 있다며 살짝 귀띔해준다. 그 소설의 모델이 나라고도 한다.


편지를 다 읽고 나자, 하고 싶은 말이 많아진다. 나는 편지를 들고 방으로 들어가 여자에게 바로 답장을 쓴다. 와조가 내 곁을 떠난 얘기도 쓰고, 사진을 보내줘서 고맙다고도 쓰고, 내일 아버지의 장난감가게를 열 거라는 말도 쓰고, 『치약과 비누』를 읽고 있는 중이라고도 쓰고, 조모랑 살게 될 거라는 말도 쓰고, 편지는 연필로 쓰라는 조언도 하고, 욕실 수도꼭지에서 물방울이 떨어지고 있다는 말도 쓴다. 그리고 그 수도꼭지를 고칠 생각이 없다는 말도. 더불어 누군가에게 편지를 쓰는 이 밤이 더없이 숭고하다는 말도……

밤새 쓴 장문의 편지를 들고 우체통 앞에 섰다.

그리고 중얼거렸다.

이게 마지막 편지가 될 거야.

답장이 오지 않으면 더이상 편지 부치는 일은 하지 않을 거야.

마지막이기에,

봉투를 살짝 열어보고 싶은 마음도 들었다.

그러나 이내 관뒀다.

분명 까만 문장들은 날 부끄럽게 할 것이기 때문이었다.


드디어 편지가 내 손을 벗어났다.

텅!

우체통 바닥으로 떨어지는 편지 소리가 아련하게 들려왔다.

내 가슴처럼 그것도 텅 비어 있구나.

부치고 나니 머릿속마저 텅 비어버린 느낌이었다.

잠시, 아무것도 생각나지 않았다.

밤새 쓴 편지의 내용도, 편지를 쓰는 동안 내게 일어났던 믿기 힘든 그 일도.


편지는 늘 사고 없이 도착했다.

애석하게도.


누군가 답장이 오는 데는 편지를 쓴 시간만큼의 시간이 걸릴 거라고 했다.

시간은 의외로 빨리 지나갔고, 예상대로 답장은 오지 않았다.

다짐대로 나는 다시는 편지를 부치지 않겠노라 결심했다.


그런데 그날 저녁, 한 통의 편지가 다급하게 도착했다.

잘못 온 편지임에 분명했다.

나는 사납게 봉투를 찢었다.

믿을 수 없게도, 내게 온 편지가 분명했다.

편지는 담담했고, 공손했다.


편지 위로 눈물이 뚝, 떨어졌다.

기다리던 답장이 도착해서가 아니었다.

작은 생명이 떠올라서였다.


편지를 쓰는 일은 내게 외로운 일이 아니었다.

내게는 십이 년 동안 내 곁을 지켜준, 작고 여린 생명이 있었다.

그 십이 년 어디쯤에서 나는 글이란 걸 처음 썼고, 좌절도 맛봤다.

그래서 가끔은 지금까지 내가 써온 모든 편지들을

내가 아닌 그 녀석이 써왔다는 느낌이 들곤 했다.


하지만 녀석은 마지막까지 나와 함께해주지는 못했다.

편지가 절반쯤 씌어지고 있을 때

녀석이 떠났다.

나는 아무것도 할 수 없었다. 아니, 아무것도 할 수 없을 거라 생각했다.

그런데 아니었다.

사랑하는 누군가를 떠나보내도 배가 고파오듯, 나 또한 글이 고파왔다.

나는 다시 노트북을 켰고, 녀석을 떠올리며 나머지 편지를 썼다.

그러니까 마지막 편지의 절반은 외롭지 않았고, 나머지 절반은 외로웠다.

그 편지 어디쯤에도 분명, 녀석의 영혼이 깃들어 있으리라 생각한다.


녀석은 그전까지 내가 알고 있고, 그래서 자주 흐느꼈던 슬픔이 가짜였음을 알려주고 떠났다.

그러나 그 슬픔을 표현할 수는 없을 것 같다. 그걸 표현하기에 내 언어는 너무 빈곤하다.

녀석이 없으므로 앞으로 내가 써야 할 편지들은 오롯이 나 혼자만의 몫이다.

외로울 테지만, 참아보겠다.


그 편지는 눈먼 개로부터 시작되었다는 걸 밝혀둔다.

그 녀석이 그러했다.


끝으로 편지에 답장을 주신 여섯 분의 심사위원 선생님들께 감사의 말을 전한다.

그분들은 내게 소중한 이 지면을 선사해주셨다.

더불어 내게 축하의 말을 건네준 따뜻한 이들에게도 고마움을 전한다.

# 편지할게요

정한아

독자 여러분께.

그날, 비가 많이 왔습니다. 저는 파주 출판마을에 갈 때마다 길을 헤매는데, 그날도 출판사 건물들 사이에서 방향을 잃어 약속시간보다 늦고 말았지요. 인터뷰에 앞서 저는 잔뜩 긴장한 상태였는데, 올해 문학동네작가상 수상자가 저보다 일찍 등단한 선배작가였기 때문입니다. 게다가 지각까지 한 저는 잔뜩 굳은 마음으로 문을 열었습니다. 자그마한 체구의 여자가 고개를 돌려 저를 바라보았습니다. 제 옷에서는 빗물이 뚝뚝 떨어지고 있었지요.

그녀는 작은 새 같은 인상이었습니다. 저처럼 이 자리를 두려워하고 있다는 걸 알 수 있었지요. 그래서 한번 불러보았습니다.

"언니." 머리를 갸웃거리며, 우리는 함께 웃었습니다. 호칭이란 참 신기하지요.

그녀의 이름은 장은진. 1976년생. 2004년에 「키친 실험실」로 중앙신인문학상을 받았고, 동명의 작품집을 하나 가지고 있습니다. 인터뷰를 하러 오기 전에 제가 들은 정보는 그것이 다였습니다. 아, 그리고 인터뷰 시간은 아무 때나 괜찮다는 것. 즉, 그녀는 전업작가라는 것.

창밖에는 수많은 출판사 건물들이 보였고, 계속 비가 내리고 있었습니다. 유년 시절에 대해 묻자 그녀는 아주 오래 전 일처럼 기억을 더듬었습니다.

"어렸을 땐 소설가가 될 거라고 한 번도 생각해본 적 없어요. 소설의 마지막 장을 덮을 때면 늘 '나 같은 사람은 죽었다 깨어나도 소설가는 될 수 없겠구나' 생각했으니까. 아무나 할 수 있는 일이 아니라 하늘이 점지해줘야만 하는 거라고 여겼죠."

그런데도 그녀는 소설가가 되었으니, 거기에는 지금까지 한 번도 해본 적 없는 행위, 소설을 쓰게 되는 첫번째 사건이 있었다는 이야기지요. 그것은 쌍둥이 동생의 권유로 시작되었습니다. 그때 그녀는 대학을 휴학하고 미래에 대해서 고민하던 중이었는데, 국문과에 다니던 동생이 창작수업 과제를 이야기하면서 '너도 한번 써보라'고 말했던 것입니다. 일란성쌍둥이의 권유. 그것은 아마 거울 속의 자신이 말하는 것과 같은 것이겠지요?

그래서, 그녀는 소설을 썼습니다.

"하룻밤 만에 한 페이지를 썼어요. 동생이 읽어보더니 정말 괜찮다고 이야기해주더군요. 그렇게 한 편의 소설을 완성했어요. 그런데 이상했어요. 한 편을 쓰니까 또 계속 쓰고 싶은 마음이 드는 거예요."

아, 저는 세상에서 이상한 게 제일 좋아요. 거기에는 이유가 없으니까요. 남에게 이해받을 수 없는 것, 그래서 점점 더 속수무책으로 빠져드는 것. 세상의 모든 것에 다 이유가 있다면 얼마나 끔찍하겠어요?

그렇게 그녀의 습작이 시작됩니다. 공무원이 되어볼까 토익공부를 해야 하나 고민하던 중이었는데, 소설을 쓰는 일을 멈출 수 없게 되어버린 거예요. 소설가는 아무나 될 수 없는 거라는 예전의 생각도 파고들 틈이 없었습니다. 작품을 완성하면 그대로 가져다 신춘문예에 응모를 했습니다. 계획이라든가 전략 같은 것도 없었지요.

"지금 생각하면 정말 웃음이 나올 정도로 순진했지요. 세어보면 아마 백 번은 낙선을 했을 거예요. 그런데 그땐 또 떨어졌다고 울기도 많이 했으니까."

미래를 생각해보려고 휴학을 했다가 소설가라는 직업을 찾아냈으니 어쨌든 목적에 어긋난 것은 아니었지요. 하지만, 과연 소설가가 일반적인 의미에서 직업으로 불릴 수 있을까요? 한마디로 말해서, 소설은 돈이 안 되잖아요? 돈 이야기가 나오자 그녀는 웃었습니다. 너무 맑고 투명한 웃음이라서 흠칫 놀랄 정도였어요.

"나는 원래 돈에 별 애착이 없어요. 많이 가져본 적도 없고, 써본 적도 없으니까. 습작기에는, 아, 정말 이런 이야기가 어떻게 들릴지 모르겠는데, 삼십만원을 가지고 일 년간 살았던 적도 있어요."

저는 입을 딱 벌리고 그녀를 바라보았습니다. 일 년간 삼십만원이라니, 한 달이 아니라 일 년간이요.

"그렇게 되면 거의 비인간적인 생활이 돼요. 정말 기본적인 거, 밥 먹고, 도서관에서 책 읽고, 집에서 잠자는 생활밖에 다른 데에는 여유가 없어지죠. 친구들이랑 만난다든가 차를 타고 어딜 간다든가 하는 건 꿈도 꿀 수 없게 돼요. 삼 년간, 점차 세상이랑 멀어지는 느낌이 들었어요. 그러다가 이제 정말 더는 물러설 곳이 없다는 생각이 들었을 때 당선 연락이 왔어요."

연인들의 키스 장면만 모아놓은 영화가 있는 것처럼, 당선 연락을 받는 작가 지망생들의 모습만 모아놓은 필름이 있었으면 좋겠어요. 비슷한 이야기를 들어도 이 대목에서는 늘 짜릿함에 몸이 부르르 떨리거든요. 당선 소식을 듣는 그 순간 작가 지망생들은 이 세상에 없는 행복을 느끼는데, 그건 말 그대로 우리가 허상에 빠지기 때문이에요. 인정을 받았다는 생각이 뭔가를 완성시킨 것 같은 기분을 주거든요. 하지만 깨달음의 시간이 모두에게 찾아오지요. 아무도 우리의 이름을 부르지 않거든요.

"중앙신인문학상은 큰 상이었죠. 하지만 변한 것은 아무것도 없었어요. 당분간 소설을 쓸 돈이 조금 주어진 것뿐이었죠. 그래서 나는 지금 여기, 문학동네작가상을 받은 후에도 내 삶이 크게 변할 거라고 생각하지 않아요."

그녀는 담담하게 말했습니다. 마치 무공의 원리를 터득하고 산에서 내려가는 고수를 바라보는 사람처럼, 저는 입을 다물어버렸습니다.

인터뷰를 하는 동안 그녀만큼 자주 등장하는 인물이 한 명 더 있었는데, 그건 바로 그녀의 쌍둥이 여동생이었습니다. 그녀와 얼굴도 똑같이 생겼을 것이므로 상상하기도 아주 쉬웠습니다. 동생 역시 그녀처럼 소설을 쓰고 있고, 2007년에는 신춘문예에 당선되기도 했습니다. 쌍둥이 소설가라니, 소설처럼 재미있는 이야기지요.

"같이 글을 쓰니까, 서로 동료가 되어주는 게 참 좋지요. 저는 외출도 잘 하지 않는 편이라 주위에 문우들도 없거든요. 제 소설의 첫 독자는 그애예요. 다만 불편한 건, 서로 공유하는 추억이 많다는 거예요. 게다가 우리는 쌍둥이라서 기억의 질감도 비슷하고, 생각도 비슷하게 하거든요. 꿈도 비슷하게 꿀 때가 있어요. 그래서 서로의 소설을 읽어보고 겹치는 것을 피해가려고 해요."

그렇게 동생과 함께 소설을 쓰면서 몇 년이 지났고, 작년 여름에는 그녀의 첫 단편집이 출간되었습니다. 첫 단편집이 그녀에게 어떤 의미냐고 물었지요. 그런데 아까, 일 년에 삼십만원 얘기를 할 때도, 무명의 시간을 이야기할 때도 가벼웠던 그녀의 모습이 조금 흔들렸습니다. 그건, 이라고 말을 떼던 그녀는 이내 입을 다물어버렸습니다. 눈물 때문에 그녀의 검은 눈동자가 희미하게 보였습니다. 한동안 침묵이 흘렀습니다. 빗소리가 계속 창문을 두드렸지요. 그녀는 조용히 말했습니다.

"그 책을 보면 안쓰럽다는 생각이 들어요. 주인을 잘못 만나 이렇게 있구나, 해서."

어떤 분은 '뭐 그렇게까지' 라고 생각하실지도 모르지요. 하지만 작가들에게 책이란 한마디 말로 설명할 수 있는 것이 아닙니다. 모든 책은 작가로 인해 이 세상에 나오고, 작가로 인해 판단을 받으며, 크게 성장하기도 하고 죽어버리기도 하지요. 흡사 생명과도 같은 것이란 말입니다. 생명을 책임지는 것처럼 두려운 게 있을까요. 그래서 그녀는 이름이 필요하다는 생각을 했다고 했습니다. 말하자면 생명을 위한 온실을 찾은 것이지요.

"그래서 작가상에 응모하게 된 거예요. 응모는 정말 이것으로 마지막이라고 생각했어요."

저는 인터뷰에 나오기 전에 그녀의 소설을 읽었는데, 첫 단편집에서 읽은 것과는 달라진 분위기를 느낄 수 있었습니다. 다소 어두웠던 첫 책과 달리 색감이 부드럽고 가벼운 소설이었거든요.

"이제 그 분위기에서 벗어나고 싶다는 생각을 했어요. 저는 원래 좀 부정적인 성격이라 우울도 많은 편인데, 요 근래 들어서는 밝은 소설을 쓰고 싶다는 생각, 여운을 주고 싶다는 생각을 많이 했거든요."

당선작은 그녀의 세번째 장편소설입니다. 소설의 모티프는 그녀가 키우던 개에게서 시작되었습니다. 척수염에 걸려 오래 전에 눈이 멀어버린 개였죠. 소설 속에서 눈먼 개는 주인공의 유일한 친구로 등장합니다.

"소설을 쓰면서 조금 찜찜한 기분이 계속 들었어요. 그 녀석(그녀는 그 개를 '그 녀석'이라고 불렀습니다)에게 뭔가 안 좋은 일이 일어날 것만 같았죠. 그래서 빨리 끝내려고 꽤 속도를 내면서 소설을 썼어요."

불길한 예감은 피해가는 법이 없지요. 소설이 중간쯤 씌어졌을 때 갑자기 그 개가 죽고 만 것입니다. 병에 걸린 상태로 십이년을 살았으니, 수의사는 그 개가 천수를 누린 것과 같다고 말했습니다. 개가 죽고 일주일간 그녀는 아무것도 하지 못했습니다. 그녀가 소설을 쓰는 동안 늘 함께했던 존재, 그래서 언젠가는 저 녀석이 소설을 쓰는 건가 내가 소설을 쓰는 건가 싶었던 존재가 사라져버렸으니까요. 그렇지만, 언제나처럼 그녀는 다시 일어나서 소설을 썼습니다. 소설을 다 쓴 후에는 불현듯 응모를 해야겠다는 생각도 했지요.

"그래서 이렇게 된 게, 그 녀석이 도와준 게 아닌가 하는 생각이 들어요. 당선 소식을 들었을 때, 그 녀석이 지금 여기에 있었더라면 내가 많이 고마워했을 텐데, 생각했어요. 같이 기뻐하지 못해서 아쉬워요."

그녀의 하루는 매일 똑같습니다. 아홉시 기상, 오후 네시까지는 대개 소설을 씁니다. 일곱시쯤 운동 삼아 산책을 나가고, 돌아와서 책을 읽다가 새벽 한시쯤 잠자리에 드는 패턴이지요. 이 리듬이 깨지면 불안해서, 좋은 일이 있든 나쁜 일이 있든 일과를 지키는 편입니다.

"소설을 쓰기 전에는 유머러스하다는 말도 많이 듣고, 주위 사람들과도 친했는데, 점점 관계를 맺는 게 어려워지는 것 같아요. 집에서 혼자 있다보니까 소통에 대해서, 여러 가지 소통의 방식에 대해서 생각하게 돼요. 이런 것을 소설 안에서 형상화시키는 게 참 재미있어요."

그녀의 말대로 이번 당선작의 주인공은 여러 사람을 만나고, 그들과 관계를 맺는 여행을 하지요. 이 소설을 읽은 사람들은 누구나 새로운 소통의 길을 발견하고, 마지막에는 환하게 번지는 행복감을 느낄 수 있을 겁니다.

"그렇더라도 언니는 혼자잖아요?" 불현듯 화가 나서, 저는 이렇게 소리쳤습니다. 왜냐하면 그것은 근래 제게도 너무나 중요한 문제였기 때문입니다. 소설쓰기란 혼자서 할 수밖에 없는 일

이고, 또 시간을 많이 들일수록 좋아지는 작업이기 때문에 궁극
적으로 우리가 돌아갈 곳은 빈 방뿐입니다. 창밖으로 봄이 오는
것을 지켜보면서, 왠지 진짜 인생을 살지 못하고 있다는 기분에
저는 자주 침울하였습니다. 그녀는 전부 이해한다는 듯 고개를
끄덕였습니다.

부동의 자세로 오랫동안 생활했기 때문에, 그녀는 늘 오른쪽
어깨에 통증을 느끼고 간혹 호흡에 어려움을 느끼기도 합니다.
누가 시키지 않은, 어떤 보상도 없는 소설쓰기 때문이지요.

"행복하지 않아요. 불행하다고 생각할 때가 더 많아요. 그런
데도 소설을 쓰는 건, 글쎄요, 독자들이 소설을 읽을 때 장편소
설의 경우 네다섯 시간을 보내게 되는데, 타인의 시간을 그만큼
채울 수 있다는 건 아무나 할 수 있는 일은 아니잖아요. 나는 그
시간에 매혹을 느끼는 것 같아요."

삼 년 전쯤에는 통증이 너무 심해져서 대개의 시간을 누워서 보
냈습니다. 허공에 팔을 뻗어서 책을 읽고, 천장을 바라봤던 그녀.

"소설을 처음 쓸 때는 정말 자신감이 넘쳤었는데, 쓰면 쓸수
록 자신감이 없어져요. 그만둘 수도 있다는 생각을 늘 하고 있
어요."

하지만, 상금을 받으면 어디에 쓸 거냐는 물음에 그녀는 말갛
게 웃으며 또 오랫동안 소설을 쓸 수 있겠다고 말합니다. 책 이
야기를 할 때 그녀는 처음으로 행복해 보였습니다.

"도서관에서 책을 빌려 보던 습작기에는 복사비도 아까워서 필사를 하곤 했어요. 요즘은 책을 사서 읽으니까, 그것만으로도 부자가 된 것 같은 기분이에요. 책을 빌려서 읽으면 그 안에 든 내용도 빌린 것 같은데, 사서 읽으니까 왠지 그 내용도 내 것 같은 거 있죠."

그녀에게는 쌍둥이 동생 말고도 위로 언니, 아래로 남동생이 있습니다. 가족들은 조금 무뚝뚝한 편이라고 했습니다. 수상 소식을 듣고 기뻐하던 분위기도 하루 만에 덤덤해져버렸다고요. 마지막으로 우리는 어머니 이야기를 했습니다.

"딸 둘이 소설을 쓴다고 방 안에 들어앉았으니, 그 심정이 어떠셨겠어요. 지금 돌이켜보면 우리가 힘든 만큼 엄마도 정말 많이 힘드셨겠구나, 우리를 많이 참아주셨구나, 하는 생각이 들어요."

잦아들던 목소리가 이내 멈추었습니다. 그녀는 눈물 때문에 가만히 고개를 숙였습니다.

"그렇지만 지금은 둘이 컴퓨터 앞에 나란히 앉아 있는 모습이 제일 예뻐 보인다고, 누구보다 우리를 자랑스럽게 생각하세요."

그녀는 좋은 소설가보다는 좋은 사람이 되고 싶다고 말했습니다. 글 쓰는 사람은 진실되어야 한다는 생각을 늘 하고 있다고요. 인터뷰를 마칠 즈음, 저는 어딘가 깨끗해진 느낌이었습니다. 젖은 옷도 말라서 다시 보송보송해져 있었지요.

새 수상자를 맞이한 문학동네의 들뜬 분위기와 달리 그녀는 계속 침착했고, 조용했고, 소리없이 웃었습니다. 광주에 사는 그녀는 마지막 기차를 놓쳐서 그날 밤 제 방에 와서 하룻밤을 지냈습니다. 아침에 눈을 뜨자 그녀는 이미 깨서 가만히 눈을 깜빡이고 있었지요. 새로운 사람을 만나고 새로운 일을 겪으면 잠을 잘 이루지 못한다고 말했습니다. 여기저기 책과 먼지로 둘러싸인 작은 방에서 그녀와 저는 아무 말도 하지 않고 나란히 누워 있었습니다. 낯선 누군가와 그렇게 누워 있어본 것은 처음이었습니다. 아무 말도 하지 않고 오랫동안 침묵 속에 있어본 것도, 그렇게 편안했던 것도 처음이었지요. 꼭 자매가 된 것 같은 느낌이었습니다. 왜냐하면 그녀가 말했던 삶의 조건들이란, 제게도 다르지 않은 것이었기 때문입니다. 소설을 쓰는 삶이란 아무리 달라도 종국에는 다 같은 것이니까요.

저와 함께 오렌지를 반으로 나누어 먹고, 그녀는 서울을 떠났습니다. 우리는 짧게 포옹을 했는데 끌어안은 어깨가 작고 따뜻해서, 저는 문득 놀랐습니다. 차창을 사이에 두고 그녀는 손을 흔들었습니다. 차가 떠나고, 저는 뒤돌아서 혼자 길을 걸어왔습니다. 또 언제 그녀를 볼 수 있을까 생각했습니다. 그녀는 집이 서울에서 먼데다, 휴대폰도 가지고 있지 않거든요. 하지만 다시 만나면 그만큼 더 반가울 것 같아요. 그때까지, 격려와 안부를 전하며. 건필.

문학동네 장편소설

아무도 편지하지 않다
ⓒ 장은진 2009

1판 1쇄 | 2009년 9월 28일
1판 12쇄 | 2023년 9월 8일

지은이 장은진
책임편집 백다흠 박지영
디자인 엄혜리 유현아 | 저작권 박지영 형소진 최은진 서연주 오서영
마케팅 정민호 서지화 한민아 이민경 안남영 김수현 왕지경 황승현 김혜원 김하연
브랜딩 함유지 함근아 고보미 박민재 김희숙 정승민 배진성
제작 강신은 김동욱 이순호 | 제작처 영신사

펴낸곳 (주)문학동네 | 펴낸이 김소영
출판등록 1993년 10월 22일 제2003-000045호
주소 10881 경기도 파주시 회동길 210
전자우편 editor@munhak.com | 대표전화 031)955-8888 | 팩스 031)955-8855
문의전화 031) 955-3576(마케팅) 031) 955-2675(편집)
문학동네카페 http://cafe.naver.com/mhdn
인스타그램 @munhakdongne | 트위터 @munhakdongne
북클럽문학동네 http://bookclubmunhak.com

ISBN 978-89-546-0900-5 03810

* 이 책의 판권은 지은이와 문학동네에 있습니다.
  이 책 내용의 전부 또는 일부를 재사용하려면 반드시 양측의 서면 동의를 받아야 합니다.

잘못된 책은 구입하신 서점에서 교환해드립니다.
기타 교환 문의: 031) 955-2661, 3580

**www.munhak.com**

# 문 학 동 네 작 가 상   수 상 작

**제1회 나는 나를 파괴할 권리가 있다** 김영하
비범하고 충격적인 신예의 탄생을 알린 문제작. 매혹적인 죽음의 미학을 탁월하게 형상화하여 한국문학의 새로운 장을 열었다.

**제1회 식빵 굽는 시간** 조경란
식빵 굽는 냄새와 함께 펼쳐지는 서른을 앞둔 여성의 황량한 내면 엿보기. 미혹으로 가득찬 인간관계의 부조리함을 탄탄하고 세련된 문체로 드러낸다.

**제2회 마요네즈** 전혜성
붕괴해가고 있는 우리 시대 가족의 현주소를 적나라하게 파헤친 문제작. 가족과 모성애, 사랑의 이름으로 희생된 '여자' 어머니에 대한 새로운 발견과 통찰이 빛난다.

**제4회 기대어 앉은 오후** 이신조
삶의 다의적 진실을 꿰뚫어보는 섬세한 감성, 연민과 관용, 정밀한 심리묘사 등과 같은 여성적 미학으로 현대사회에서 훼손된 영혼들 사이의 교신을 형상화한다.

**제5회 모던보이—망하거나 죽지 않고 살 수 있겠니** 이지민
통념을 깨뜨리는 발상과 거침없고 재치 넘치는 표현으로 삶의 권태를 가로지르는 한바탕 백주의 활극.

**제6회 동정 없는 세상** 박현욱
야하면서도 건전하고 불순하면서도 순수한 젊은 호흡으로 성장 없는 독특한 성장소설, 동정童貞/同情 없는 우리 시대의 뛰어난 우화를 완성해냈다.

**제8회 지구영웅전설** 박민규
과연 우리의 상상력은 어디까지가 온전히 우리의 것인가, 되묻게 만드는 엉뚱하고 기발하고 유쾌한 만화적 상상력과 독특한 구성력이 돋보인다.

**제9회 어느덧 일주일** 전수찬
발랄하고 상쾌한, 연상녀 + 연하남 커플의 유쾌한 일주일. 생을 쿨하게 바라보는 시선, 물 흐르듯 자연스러운 경쾌한 입담, 인물들에 대한 야릇한 호기심이 읽기의 충동을 유지시킨다.

**제10회 악어떼가 나왔다** 안보윤
날카로운 시선으로 인간 본성의 모순, 우리 사회의 병리적 현상을 풍자하고 조롱해나간다.

**제11회 내 머릿속의 개들** 이상운
희극적인 상황 설정과 풍자적인 어법에서 시대 상황을 관통해 지나가는 힘이 느껴진다. 적당히 과장된 인물들이 벌이는 한바탕의 소란은 우리 시대의 흥미로운 우화가 되어준다.

**제12회 달의 바다** 정한아
인물들이 빚어내는 따뜻함이 생에 대한 냉정한 통찰과 어우러져 균형을 이룬다. 아픔을 부드럽게 감싸는 긍정, 가볍게 뒤통수를 치는 듯한 반전의 경쾌함이 돋보인다.

**제14회 아무도 편지하지 않다** 장은진
여운을 남기는 압축적 구성과 작품 곳곳에 따뜻하게 배어 있는 명징한 유머가 묘한 아픔을 수반하고 있다.

제15회 **사라다 햄버튼의 겨울** 김유철

관계의 가능성이란 그 불가능성을 받아들이는 것에서부터 시작된다는, 이 역설적 진실은 소박하지만
잔잔한 울림을 남긴다.

제16회 **죽을 만큼 아프진 않아** 황현진

삶의 진창을 넘어서고자 애쓰는 한 소년의 고독한 성장기를 과장된 상처 없이, 자기 연민 없이, 신선
한 리듬이 살아 있는 위트 있는 문장으로 이야기한다.

제18회 **시간 있으면 나 좀 좋아해줘** 홍희정

거침없이 살기에는 너무 거친 이 시대를 자기만의 속도로 살아가는 나이든 소년/소녀들의 자화상. 타
인의 고통에 민감하게 반응하고 그것을 따스하게 감싸안는 공감력은 이 소설만의 힘이라 하기에 충분
하다.

제20회 **그믐, 또는 당신이 세계를 기억하는 방식** 장강명

고작 패턴으로 존재하는 인간은 어떻게 그 밖으로 나갈 수 있을까? 이 소설은 시간을 한 방향으로, 단
한 번밖에 체험하지 못하는 인간존재의 한계를 근본적으로 성찰하고 있다.


# 문 학 동 네 대 학 소 설 상 수 상 작


제1회 **코끼리는 안녕,** 이종산

말하지 않은 채로 무엇인가를 강조할 줄 아는 소설. 저 매력적인 대화들은 우리가 아직 잘 모르는 새
로운 스타일의 이야기가 시작되고 있는 것이라는 강력한 예감을 갖게 한다.

제1회 **아프리카의 뿔** 하상훈

탁월한 이야기꾼의 자질이 고스란히 드러난 작품. 치밀하게 자료조사를 하여 소설로 빚기까지의 노고
와 작가의 공력이 고스란히 느껴진다.

제2회 **브라더 케빈** 김수연

읽는 내내 능청스러운 문장에 속수무책이고, 각 장이 매듭지어질 때마다 작은 감탄이 새어나온다. 매
력적인 캐릭터 구축 능력, 자기 세대의 문제를 포착하는 시선 모두 남다르다.

제3회 **초록 가죽소파 표류기** 정지향

이 시대 대학생이 할 법한 고민 대부분을 정교한 플롯과 다양한 에피소드를 통해 매우 설득력 있게 전
개한다. 작가가 서사를 장악하고 있기에 가능한 작품이다.

제4회 **최선의 삶** 임솔아

강렬하고 파괴적인 사건과, 그것을 바라보는 무감한 시선이 섬뜩한 충격을 안겨주는 소설. 불합리와
모순, 그리고 분노를 느끼며 경험하는 잔인한 성장의 일면을 지독히 사실적으로 그려낸다.

제5회 **환상통** 이희주

'빠순이'의 시선에서 들려주는 아이돌 팬덤에 대한 생생한 증언과, 그 사랑의 특수성에 대한 섬세한
기록을 만날 수 있게 해준다.